D1233004

BRUMA BLANCA

JACLYN REDING

BRUMA BLANCA

Titania
ARGENTINA - CHILE - COLOMBIA - ESPAÑA
ESTADOS UNIDOS - MÉXICO - URUGUAY - VENEZUELA

Título original: *White Mist*
Editor original: Signet, New American Library, a division of Penguin Putnam,
                 Inc. Nueva York
Traducción: Rosa Arruti

First published in the United States under the title *White Mist* by Jaclyn Reding.
Published by arrangement with NAL Signet, a member of Penguin Putnam, Inc.

Copyright © 2000 *by* Jaclyn Reding
© de la traducción: 2003 *by* Rosa Arruti
© 2004 *by* Ediciones Urano, S. A.
   Aribau, 142, pral. - 08036 Barcelona
   www.titania.org
   atencion@titania.org

ISBN: 84-95752-33-6
Depósito legal: B- 282 - 2004

Fotocomposición: Ediciones Urano, S. A.
Impreso por Romanyà Valls, S. A. - Verdaguer, 1 - 08786 Capellades
(Barcelona)

Impreso en España - *Printed in Spain*

Para mi papá,
Fred Adamowicz,
el más genuino de todos los héroes...

Este año pasado nos diste un susto.
Gracias por superarlo
y quedarte con nosotros.

Al fin y al cabo, aún nos quedan
años de partidos de hockey
a los que asistir juntos.

Como autora, cuento con el privilegio de conocer a otros escritores cuyo trabajo admiro y cuya amistad valoro.

Damas tan encantadoras como Sandra Marton, Allison Leigh, Susan King, Elizabeth Boyle, Catherine Coulter y Mary Jo Putney han tenido todas ellas algún efecto en mi vida, por su apoyo y amabilidad.

Ojalá que este pequeño reconocimiento pueda demostrar verdaderamente cuánto las aprecio.

Prólogo

Cha do dhùin doras nach d'fhosgail doras.
Cuando una puerta se cierra otra se abre.

*L*a vida tal y como ella la conocía había llegado a su fin. Sucedió la mañana del doce de septiembre de 1820…y en ningún momento lo vio venir.

Lady Eleanor Wycliffe, heredera del ducado de Westover —el ducado más ilustre de toda Inglaterra, ni más ni menos— había sido educada como tantísimas jóvenes inglesas de buena cuna. Sus días llenos de desahogo y comodidades transcurrían sin que se esperara de ella otra cosa que dar puntadas perfectas y comportarse como una joven educada y agradable.

Ya antes de entrar en la clase de la Excelsa academia para damas de noble alcurnia de la señorita Effington, le habían inculcado que su única ambición en la vida sería hacer una buena boda, ser una anfitriona refinada y esforzarse todo lo posible por ofrecer a su futuro y aún desconocido esposo el venidero e importantísimo heredero varón.

Siéntese erguida, señorita.

Tiene que deslizarse, querida, nada de zancadas.

Eleve los dedos con la inclinación justa al servir el té.

Palabras indispensables susurradas por diversas mujeres mayores, palabras cuya única intención era infundir en cualquier joven de edad comprendida entre doce y veintidós años un miedo total a acabar sola, como la hermana de Fulanita o la sobrina de lady Menganita, las parias sociales conocidas como…

... solteronas.

Escalofrío.

No obstante, Eleanor había disfrutado de una ventaja destacable en todo aquello.

A diferencia de las pobres jovencitas cuyos matrimonios a veces eran convenidos después de poco más de una presentación entre la novia y el novio —como le había sucedido a su mejor amiga de estudios, lady Amelia Barrington, quien dos años antes había quedado unida de por vida a la pareja favorita de su padre en las partidas de swift—, a Eleanor le habían repetido desde que tenía cuatro años que le concederían la oportunidad de elegir a su compañero de toda la vida.

Durante su primera temporada en sociedad, lady Wycliffe había cumplido su papel, tal y como se esperaba de ella. Había buscando y finalmente encontrando a un hombre con quien compartía intereses comunes, un hombre que la trataba con amabilidad y que podría proporcionarle un hogar y las comodidades a las que estaba acostumbrada.

Richard Hartley, el tercer conde de Herrick, era apuesto, educado y tenía buena reputación entre la alta sociedad. Le gustaba leer y tenía oído para la música, igual que Eleanor. No la corregía deliberadamente cada vez que ella pronunciaba una palabra de forma diferente a la de él, y escuchaba, escuchaba con atención, todo lo que ella tenía que decir. Se llevarían bien, y lo mejor de todo era que la finca de Richard, Herrick Manor, estaba a tan sólo dos millas de la residencia ducal de Westover en Wiltshire, lo cual le convertía, creía Eleonor, en una elección de lo más sensata.

Curiosidades de la vida, recordaba haber pensado. Cuán peculiar que el destino les hubiera puesto a uno en el camino del otro a tanta distancia, en Londres, cuando sus familias habían sido vecinas durante generaciones. Sin darle más importancia, Eleanor se tomó esto como un motivo más que les destinaba a compartir sus vidas.

Christian, sin embargo, no parecía entender aquella lógica.

Christian Wycliffe, marqués de Knighton, hermano mayor de Eleanor y patriarca familiar desde la muerte de su padre dos décadas antes, había contemplado con reparos esta relación desde un principio. Pero, como aseguró a su hermana, su disconformidad simplemente respondía al temor por la pronta decisión de ella, por su elección demasiado rápida, pues ésta era su primera temporada tras su presentación en sociedad.

—Date tiempo, Nell —le había dicho cuando Eleanor mencionó

por primera vez a Richard como futuro cuñado—. No hace falta que te lances precipitadamente.

Pero lanzarse precipitadamente era una cualidad en la que Eleanor parecía destacar, como aquella ocasión en la que había decidido que no le hacía ninguna gracia quedarse en casa con la niñera mientras su madre y Christian acudían a un baile. De modo que, con todo el atrevimiento de una niña de siete años, se introdujo como pudo en el pequeño compartimento oculto tras el asiento en el interior del carruaje de la mansión, pensando que una vez que llegaran al lugar donde se celebraba el baile, su madre no tendría otra opción que permitirle asistir. Lo que Eleanor no había considerado en ningún momento era que, después de meterse dentro del compartimento, después de ser zarandeada durante el viaje, lo que no iba a resultar tan fácil sería salir de ahí. El desenlace final fue que, en vez de asistir a la fiesta, la madre de Eleanor, lady Frances, se pasó la velada de pie junto al carruaje, retorciendo su pañuelo con ansiedad mientras Christian, el cochero de la mansión y varias personas más se veían obligados casi a desmontar el carruaje para sacarla de allí.

De cualquier modo, pese a la falta de entusiasmo que había mostrado Christian, Eleanor había mantenido su confianza en la elección de Richard como futuro esposo. Al fin y al cabo, casi todas sus amistades se habían casado para entonces, y el joven pretendiente le iba muy bien. Pasaron juntos buena parte de los siguientes meses, bailando, paseando por el parque —siempre bajo la mirada atenta de su madre, por supuesto—, encaminándose hacia aquel momento inevitable en que Richard pediría su mano. Las matronas de la sociedad movían con gesto de aprobación sus cabezas tocadas con turbantes, y Eleanor esperaba pacientemente mientras todo seguía el curso oportuno, tal y como habían vaticinado durante toda su infancia...

...hasta el 12 de septiembre de 1820, cuando Christian reveló con exactitud a Eleanor por qué aquel matrimonio nunca podría llevarse a término.

Para tratarse de un día que iba a conllevar una convulsión equiparable a un temblor de tierra, la jornada había empezado con una calma de lo más engañosa.

Eleanor se había despertado temprano, cuando los primeros rayos de sol asomaron sobre las colinas orientales, titilando sobre el rocío iridescente que espolvoreaba las ondulaciones cubiertas de brezo que se extendían más allá de los muros del castillo en Wiltshire. Todo parecía tan perfecto.

Había desayunado a solas en su habitación, disfrutando de un rato tranquilo junto al calor relumbrante del fuego de turba, arropada bajo los pliegues de una gruesa manta de lana mientras leía e incluso cosía un poco. Había pensado en dedicar todo el día a actividades tan plácidas como éstas, hasta poco antes del mediodía, cuando llegó una carta para ella con el sello heráldico distintivo del conde de Herrick.

Richard le había escrito desde la propiedad que poseía su familia en Yorkshire, y en la carta, tal y como Eleanor había previsto hacía tiempo, le proponía el matrimonio, con información sobre su abogado en Londres, el señor Jeremiah Swire, quien, si ella aceptaba, se ocuparía de la firma de los contratos matrimoniales y otros detalles legales.

Pese a no tratarse del tipo de propuesta bajo la luz de la luna, con el pretendiente hincado de rodillas, de la que habían hablado entre susurros ella y Amelia B. cuando eran niñas, Eleanor bulló de entusiasmo e inmediatamente se fue en busca de su hermano Christian.

Le encontró a solas en su despacho.

Después de leer la carta de Richard dos veces, Christian continuó sentado en silencio tras su escritorio, escuchando mientras Eleanor expresaba diligentemente sus alegaciones a todo los argumentos que ella preveía que su hermano iba a exponer e incluso alguno más que a él no se le había ocurrido. Recordó a su hermano que su propia boda con Grace a principios de aquel año e incluso la boda de sus padres habían sido convenidas por su abuelo el duque de Westover. Eleanor arguyó que su futuro se afianzaba sobre cimientos mucho más firmes puesto que ella y Richard habían pasado bastante tiempo uno en compañía del otro y se habían escogido el uno al otro en vez de ser una tercera persona la que elegía por ellos.

Eleanor se mostró segura en su posición y refutó cada razonamiento que Christian formuló a continuación en contra de la boda con otro argumento a favor, y cuando Christian se quedó finalmente callado, Eleanor empezó a pensar que le había convencido.

No podía estar más equivocada.

—Lo siento, Nell. Un matrimonio con Herrick es simplemente imposible. No tengo nada más que decir al respecto.

De pronto, el Christian que tenía delante en aquel singular momento tenía un aspecto muy diferente al del querido hermano que siempre había conocido. Tenía el mismo cabello castaño de siempre, un tono o dos más oscuro que el de ella, y los ojos azules asombrosamente claros de su madre, pero la frente sobre estos ojos estaba profundamente marcada por las arrugas, y la sonrisa que siempre le había mostrado había desaparecido.

Fue en ese momento cuando Eleanor había empezado a preocuparse en serio.

—¿Por qué, Christian? Por favor, dime exactamente por qué estás tan decidido en contra de lord Herrick. ¿Acaso crees que no es honesto? ¿Te has enterado de alguna cosa de él de la que yo debería estar informada?

—No —contestó con un ceño implacable—. Por todo lo que yo he podido saber de él, Herrick es exactamente el caballero que todos conocemos.

—Richard me dijo que de niños no os llevabais bien. Él creía que eso tal vez influyera negativamente en tu opinión, pero yo habría pensado que...

Christian sacudió la cabeza.

—Esto no tiene nada que ver con cualquier refriega escolar, Nell.

—Entonces, ¿por qué, Christian? Si te estoy diciendo que lord Herrick es el hombre con quien deseo casarme, ¿por qué no puedes dar tu bendición? ¿No eras tú el que siempre ha dicho que podría elegir? ¿No era eso lo que me habías prometido? Bien, yo he cumplido mi parte. He escogido, y mi elección es Richard.

Christian no le contestó. Se limitó a mirarla fijamente, sin intentar convencerla, pero al mismo tiempo, por lo que parecía, él seguía completamente inflexible.

Frustrada ante el estoicismo de su hermano en lo referente a su futura felicidad, Eleanor desafió a Christian como nunca antes había hecho. Se sentó erguida en su asiento, agarrando con las manos los brazos de la silla, y dijo:

—No me dejas otra opción, Christian. Puesto que no puedes dejar a un lado tus propios sentimientos y pensar en los míos, tengo que decirte que estoy dispuesta a reunirme con Richard en Gretna Green* si es preciso.

—¡No!

En sus veinte años de vida, ésta era la primera vez que Eleanor re-

---

* En el pasado, los jóvenes que querían casarse se fugaban a la ciudad escocesa de Gretna Green, porque en Escocia podían contraer matrimonio legalmente a los 16 años mientras que en Inglaterra los menores de 21 años debían recibir el consentimiento de sus padres. (N. de la T.)

cordaba haber visto a Christian levantando la voz. Ni siquiera cuando le había estropeado su par favorito de botas, pisoteando con ellas bajo la lluvia en el laberinto de setos, él había levantado la voz. Christian siempre la había consentido descaradamente durante toda su infancia, le había concedido prácticamente todo lo que ella pedía, llegando incluso a birlar de la cocina tres de las tartaletas de limón favoritas de su hermana cuando ésta tenía cinco años, pese al hecho de que la pequeña perdió el apetito para la cena.

Por lo tanto, el repentino estallido de él aquella mañana la había alarmado. Las palabras que dijo Christian a continuación, pronunciadas en tono muy diferente, la dejaron estupefacta.

—Los motivos por los que no puedes casarte con Herrick no tienen nada que ver con mis sentimientos personales hacia él, Nell. No podrías entenderlo. Créeme, aún no habías nacido cuando...

Eleanor pasó el siguiente cuarto de hora sentada quieta como una estatua mientras Christian exponía un crudo relato que comenzó con la revelación de que su padre, Christopher Wycliffe, no había muerto de la enfermedad que a ella le habían contado desde que tuvo edad para preguntar. O sea, que no había habido fiebre, ni una última boqueada en una gélida noche cuando ella aún estaba dentro del vientre de su madre, hacía ya tanto tiempo.

En vez de eso, continuó Christian, su padre había muerto luchando por el honor de su madre en un duelo contra el hombre con el que había mantenido una relación ilícita, el mismo hombre que, había sobradas posibilidades, mejor dicho, probabilidades de que fuera el verdadero progenitor de Eleanor...

...el anterior conde de Herrick, William Hartley.

«El padre de Richard.»

Todavía ahora, Eleanor podía recordar la indefensión que sintió en aquel momento, como si las mismísimas paredes que la rodeaban empezaran a acorralarla. Sintió un nudo cada vez más opresivo en la garganta, que atragantó cualquier respuesta que pudiera haber dado, y los ojos irritados por las inminentes lágrimas. Mientras oía las terribles insinuaciones de su hermano, sacudió la cabeza como si con eso pudiera borrarlas de algún modo.

—Eso no es verdad, Christian —sollozó—. Richard me dijo que su padre murió al caerse de un acantilado una mañana que salió temprano a cabalgar. Nadie le vio y su caballo regresó sólo al establo. Su cuerpo nunca apareció. ¿Por qué haces esto, Christian? ¿Por qué te inventas esto?

Christian cerró los ojos entonces, respirando a fondo para seguir conteniendo las emociones reprimidas.

—No estoy inventándomelo, Nell. Dios, cuánto desearía que así fuera, he pasado la mayor parte de mi vida intentando que no tuvieras que oír estas palabras. —La miró, visiblemente hundido—. Yo estaba allí aquella noche junto con el duque. —Christian nunca había llamado a su abuelo de otra manera que «el duque»—. Vi a lord Herrick disparar a nuestro padre. Le vi caer. Me arrodillé a su lado mientras moría. La pistola estaba tendida ahí en la hierba, aún amartillada. La cogí. No sabía lo que estaba haciendo. Sólo vi a lord Herrick alejándose. Le apunté. Yo…

Christian se detuvo, sacudiendo la cabeza, sin el valor para pronunciar las siguientes palabras.

No era necesario.

—¿Ttt… tú le mataste?

—Te lo juro, ni siquiera recuerdo haber disparado. Sólo le vi caer sobre la hierba y luego todo se emborronó. Las dos siguientes semanas fueron una pesadilla en vida. El duque encubrió todo lo referente a esa noche, se deshizo del cadáver de lord Herrick, sobornó al médico para que certificara que nuestro padre había muerto de una enfermedad. También quería desterrar a nuestra madre, denunciarla públicamente de adulterio, pero le supliqué que no lo hiciera. Le prometí que si la salvaba a ella y a la criatura que llevaba en sus entrañas, si dejaba a un lado la cuestión de tu paternidad, si dejaba las cosas como estaban, yo haría todo lo que me pidiera. Renunciaría a mi vida para que él la dirigiera como su heredero. Y así lo hice.

Eleanor se quedó mirando a su hermano mientras se esforzaba por controlar la respiración. Su conciencia era un zumbido y le temblaban las manos.

Un momento después, su mente se aclaró al reparar en un solo detalle.

—¿Por eso? ¿Es por eso por lo que accediste a casarte con Grace sin ni siquiera haberla visto antes? Todos estos años me preguntaba por qué insistías tanto en permitirme elegir esposo cuando a ti parecía preocuparte tan poco la persona a la que ibas a hacer tu esposa. ¿Desde el primer momento era porque sabías que habías sacrificado tu vida para proteger a nuestra madre e impedir que alguien, incluida yo, supiera que en realidad no soy nada más que una *bastarda*?

Christian se limitó a mirarla, con la expresión helada por el evidente dolor. Cuánto lamentaba aquello. Pero ¿lamentaba haber tenido que herirla? ¿O lamentaba haber tenido que decirle la verdad después de habérsela ocultado durante todos aquellos años?

Si Eleanor no se hubiera topado con Richard en su vida, si nunca hubiera pensado en convertirse en su esposa, probablemente habría pasado el resto de sus días ignorando la verdad, sin saber nunca que de hecho no era lady Eleanor Wycliffe, hija de una de las más ilustres familias de Inglaterra. ¿Nunca habría sabido que era la consecuencia no prevista de una relación adúltera que había acabado con el asesinato de dos hombres, uno de ellos probablemente su padre biológico, el otro su padre oficial?

Todo lo que había sabido de su vida durante todo ese tiempo era una terrible farsa. Había crecido creyendo que su madre y su padre habían vivido en un cuento de hadas juntos antes de que a su padre se lo hubiera llevado injustamente la muerte. Lo había creído porque era lo que le había contado la poca gente en la que podía confiar.

Recordaba haber pensado en una cita del *Phrixus* de Eurípides sobre los hijos que sufrían los castigos de los dioses por los pecados de sus padres. Entonces se preguntó si los dioses castigarían por *doble* partida a los niños cuyos padres y *madres* habían pecado. Si así fuera, entonces sin duda estaba condenada eternamente, pues ¿qué destino más cruel podía existir que vivir toda la vida en el papel de alguien que nunca ha existido?

Aquella noche, mientras todo el mundo dormía en el castillo, Eleanor se marchó, se escabulló guarecida por la protectora noche sin luna de las Tierras Altas. No pensó en explicarle a nadie más a dónde iba. La verdad era que en realidad no se conocía a sí misma.

Cogió cincuenta libras que encontró en el estudio de su hermano Christian y que empleó para atravesar las Tierras Altas, viajando hacia el sur cuanto pudo, hasta la diminuta localidad costera de Oban. Allí era donde se encontraba sentada ahora, sorbiendo té de mora en el pequeño salón posterior de una posada de techo de paja situada en la calle que daba al puerto principal. Estaba agotada, después de tantos días caminando sentía calambres en sus pies enfundados en endebles pantuflas, y además se había gastado casi todo el dinero. No pudo evitar pensar en lo ridículo de la situación: una vez saldara su cuenta con el posadero, sólo le quedaría el dinero suficiente para comprar una pasaje en el paquebote que la llevaría otra vez costa arriba hasta Skynegal. De regreso a las mentiras. De regreso a la traición.

Tal vez fuera una señal. Tal vez debiera haber continuado con su vida, como siempre, ignorante por completo, sirviendo té, alzando los dedos lo justo al tiempo que fingía desconocer la terrible verdad sobre su pasado. Tal vez estaba destinada a ser esa persona, la *falsa* heredera Westover, ilegítima en secreto, feliz en su ingenuidad.

Justo cuando Eleanor estaba a punto de preguntar a la esposa del mesonero la dirección para ir acoger el paquebote que viajaba al norte, avistó por casualidad un anuncio torcido colgado de la pared.

SE NECESITA INSTITUTRIZ PARA MUCHACHA DE BUENA CUNA,
DE OCHO AÑOS DE EDAD.
PREGUNTAR EN DUNEVIN, ISLA DE TRELAY.

Lo leyó una vez más. Y luego una tercera vez.

Lo que se dio a continuación fue una de esas coyunturas que surgen una sola vez, tal vez dos, en la vida de una persona. Hay quien lo llama encrucijada, otros lo denominan momento decisivo. Eleanor podía embarcar en ese paquebote que viajaba hacia el norte y regresar por donde había venido. Sabía lo que le esperaba allí. Pasaría la vida viviendo una mentira, intentando ocultar cada día la verdad de su ilegitimidad mientras se enfrentaba a diario a la compasión de las miradas de quienes estaban al corriente de los hechos.

O podía tomar la otra vía, la que no había explorado, precaria y tal vez desconcertante, pero una vez en ella, quizá pudiera encontrar un camino hasta la verdad…

… la verdad sobre quién era en realidad Eleanor Wycliffe.

Capítulo 1

Is minig a bha'n Donas dàicheil.
El príncipe de la Oscuridad es un caballero.
–William Shakespeare
(*El rey Lear*, Acto III, escena IV)

Isla de Trelay, en las Hébridas escocesas

Oyó al criado acercarse pesadamente durante todo un minuto antes de su aparición, jadeante y malhumorado, por la empinada ladera de la colina después de unos cien metros de caminata para llegar desde el castillo hasta allí.

—Tiene una visita, señor. —El hombre se detuvo y se dobló por la cintura para poder recuperar el aliento—. Ha llegado una visita al castillo para verle.

Gabriel MacFeagh, vizconde de Dunevin, apenas alzó una ceja con la llegada del hombre. Por el contrario, se quedó arrodillado ante lo que antes había sido una rolliza pava real, que había quedado reducida a una confusión de plumas y restos sanguinolentos parcialmente ocultos bajo una capa espesa de brezo.

—Se acerca el invierno —dijo para sí más que para que le oyera el hombre que tenía al lado—. Los animales de la isla van a la caza de las provisiones necesarias para mantenerse durante los gélidos meses que están por venir.

Las marcas de mordiscos más pequeños y el persistente olor a almizcle revelaba que había sido un turón, una alimaña parecida a una comadreja que se distinguía por un oscuro antifaz en el pelaje a la altura de los ojos. Era una calamidad que no podían permitirse pasar por alto, ya que incluso corderos más pequeños y otros mamíferos habían caído víctimas de estos intrusos nocturnos. Por el aspecto de la pava, o más bien lo que quedaba de ella, este atacante en concreto no tardaría en regresar.

Gabriel incorporó todo su cuerpazo de metro noventa y siete y sacudió su oscura cabeza mientras dejaba caer la carcasa del ave en un saco que había traído con objeto de evitar atraer a otros predadores a una distancia tan próxima al castillo.

—Parece que ese turón ha vuelto a merodear por el gallinero la noche pasada, Fergus. Es la segunda que perdemos esta semana. Mejor le decimos a MacNeill que vamos a tener que poner algunas trampas por aquí.

Tan corpulento y alto como su señor, Fergus MacIan era el asistente personal del vizconde desde que éste se convirtió en señor unos diez años antes. Con anterioridad a eso, había servido al hermano de Gabriel y al padre de ambos, de modo que llevaba viviendo en la distante isla casi toda su vida. De pie ahora al lado de Gabriel, con la llamativa presencia que le daba su atuendo de tela escocesa, se rascó la cabeza entrecana por debajo de su gorra de Kilmarnock y asintió con conformidad.

—Sí, mejor nos ocupamos de ellos lo antes posible, señor. La última vez, el bicho liquidó cuatro de las gallinas y aun así no pudimos atraparlo, asqueroso *messan*.

Gabriel se volvió, el dobladillo de su falda escocesa casi tocaba el manto de tojo, brezo y juncia que le llegaba hasta la rodilla y cubría la sombría ladera resguardada del sol. Llamó con un silbido a Cudu, su enorme lebrel negro que estaba metiendo el hocico entre los hoyos y la arenaria al pie de la colina, a la búsqueda de un conejo con el que divertirse.

—*Thig a-nall an seo* —le llamó Gabriel en gaélico, ya que era el idioma al que el animal respondía mejor. Miró al perro, que alzó la delgada cabeza como respuesta y empezó a recorrer tranquilamente la ladera de la colina para unirse a él.

Desde arriba, Gabriel avistó un fulmar en la distancia, elevándose graciosamente sobre la superficie de las oscuras aguas del revuelto Atlántico hacia el oeste. Las estrechas alas grises del ave constituían una silueta poética recortada contra el bajo sol de la tarde, que en esta época del año proporcionaba muy poca luz y aún menos calor.

Un poco apartado de la costa, varias embarcaciones dedicadas a la pesca del arenque habían iniciado el regreso para pasar la noche. Más allá de ellas, al suroeste, sólo podía distinguir las brumosas colinas de Donegal en Irlanda, elevándose como islotes distantes sobre el alejado horizonte.

Trelay había sido el hogar de los MacFeagh durante casi cuatrocientos años, pero el clan había echado raíces en las islas incluso antes, mucho antes de eso. El momento exacto de su llegada a las Hébridas era, no obstante, una historia que se perdía en las brumas confusas del tiempo.

Una antigua leyenda sostenía que Trelay, «la Isla de los Exiliados» como la llamaban, y sus islas vecinas de Colonsay y Oronsay, habían sido las tierras donde desembarcó por primera vez san Columbano después del destierro de su Irlanda natal. El santo había pensado en instalarse aquí para continuar la obra de su Señor, pero al encaramarse a una de las colinas —tal vez incluso a la misma en la que se hallaba Gabriel ahora— y al ver su estimada tierra natal recortada en la bruma, partió hacia Iona, situada más al norte, tras jurar que nunca moraría en un lugar desde donde alcanzara a ver su suelo natal. No obstante, antes de marcharse, estableció un antiguo priorato, cuyas ruinas rocosas aún eran visibles en la costa occidental de la isla, un último vestigio de una era mucho más sagrada en esta isla infortunada.

—¿Quién me está esperando, Fergus? —preguntó finalmente Gabriel, rascando la cabeza nervuda de Cudu mientras el perro detenía su trote ante él. Incluso a cuatro patas, la cabeza del animal llegaba hasta el pecho de Fergus—. Seguro que no es Clyne, mi administrador, no creo que se haya adelantado a cobrar los alquileres. Aún falta una quincena para San Miguel.

Fergus sacudió la cabeza y dio una patada al brezo con su pie enfundado en un zapato bajo de cuero.

—Oh, no, señor. Es una jovencita que quiere hablar con usted.

—¿Una jovencita? ¿Está loca?

Cudu soltó un gemido al oír la sugerencia.

Fergus simplemente puso una mueca bajo su tupida barba gris.

—No, señor, parece que tiene una mente bastante juiciosa. Dice que ha venido desde Oban como respuesta a su anuncio pidiendo una institutriz para la señorita Juliana.

Una *institutriz*. Gabriel casi había olvidado por completo el anuncio con el que había empapelado el continente casi un año antes cuando la última institutriz, la señorita Bates, por desgracia había dejado su empleo. Era una más en el flujo constante de educadoras, aunque había conseguido mantener a ésta durante seis meses, más que a la mayoría.

La sucesión de hechos pronto se había constituido en rutina. Aunque pudiera encontrar finalmente a alguien dispuesto a viajar hasta esta distante isla de Trelay, una de las partes más remotas de Escocia, en cuestión de meses, a veces a las semanas de su llegada, la educadora acudía un día a él con una triste historia sobre una tía enferma o una abuela impedida que de repente necesitaba toda su atención y requería que se marcharan… de inmediato.

Aunque al principio Gabriel lo había creído, pagando incluso el transporte de una de las educadoras para que regresara a Edimburgo, pronto empezó a advertir que, con cada marcha sucesiva, todas ellas tenían la misma mirada en los ojos.

Para cuando se marchó la señorita Bates el año anterior, Gabriel ya sabía reconocer que aquella era una mirada de miedo.

Después de la señorita Bates, y pese a las gestiones realizadas incluso en Londres y también en Francia, los esfuerzos de Gabriel para garantizar a su hija una nueva institutriz no habían recibido una sola respuesta. Por lo visto, los rumores sobre la historia mancillada de la isla habían traspasado fronteras internacionales. Ya estaba a punto de tirar la toalla y resignarse a la posibilidad de que su hija no conociera otro mundo que este lugar desolado de mal agüero cuando, de repente, una extraña surgía aparentemente de entre las mismas brumas y ofrecía un renovado destello de esperanza.

Ante esta idea prometedora, Gabriel bajó la mirada casualmente a sus manos, manchadas con la sangre de la carcasa de la pava. Una imagen de la misma expresión horrorizada con la que le había dejado su institutriz huida centelleó en su imaginación. Se volvió para mirar a Fergus aún de pie a su lado.

—Pide a Màiri que sirva el té a nuestra invitada mientras me limpio. No serviría de mucho que la dama conociera al Diablo del Castillo de Dunevin sin ni siquiera haber tenido ocasión de deshacer la maleta.

De repente estaba rodeada de ellos.

Eleanor sentía las gélidas miradas acechándola desde todos lados, la observaban y estudiaban silenciosamente mientras permanecía sentada con las manos enguantadas recogidas y los dedos firmemente enlazados sobre su regazo. Mirara donde mirara, por mucho que intentara evitarlos, ahí estaban. Si cerraba los ojos, casi podía oírlos, sus vocecitas llegaban como susurros con las ráfagas del aire de la isla...

Corre...

Sal de aquí...

Antes de que sea demasiado tarde...

Una combinación de diversos ciervos, gatos monteses y peludas martas la miraban directamente, disecadas y sostenidas sobre paredes de piedra gris, de aspecto inacabado, elevándose más de seis metros sobre su cabeza. Cerca, una espada tradicional escocesa, de aspecto amenazador, cuya hoja arañada y marcada sin duda tenía algo que ver con una buena cantidad de las cabezas reducidas que colgaban junto a una daga que parecía capaz de atravesar un buey.

«Oh, cielos», pensó para sus adentros. «¿Qué diablos acababa de hacer?»

Eleanor permanecía sentada a solas, erguida como una farola, con las rodillas pegadas con fuerza, preguntándose, no por primera vez, qué era lo que la había empujado a venir aquí.

Tal vez debería haber escuchado las advertencias de la señora MacIver, la esposa del mesonero de Oban, advirtiéndola de que no abandonara la seguridad del continente escocés para ir a la remota isla de Trelay, perpetuamente envuelta en nieblas.

Era el *lugar donde rondaban las almas en pena*, habitado por el tenebroso vizconde, lord Dunevin, o como le había llamado la señora MacIver: el *Diablo del Castillo de Dunevin*.

—Es el último de los MacFeagh y tal vez ese nombre muera con él —le había contado la mujer con su voz susurrante y reservada, como si de verdad temiera que el hombre alcanzara a oír de algún modo hasta el continente escocés—. Un clan marcado por generaciones de muertes inexplicables y rumores arraigados sobre su adoración a otro mundo. Se cuenta que los de su grupo tienen poderes místicos. Provienen de una mujer foca, eso es. Incluso el nombre, MacFeagh, tenía raíces en el nombre gaélico *MacDhuibh-shith,* «hijo del hada oscura».

Como para corroborar las funestas admoniciones de la mujer, cuando avistó por primera vez la solitaria isla, una repentina bruma blanca creció densamente en torno a la pequeña embarcación de una sola vela que la transportó hasta allí. A Eleanor le vino de pronto a la cabeza la noción del mítico transbordador aproximándose a las puertas del infierno, casi esperaba ver al perro Cerbero con sus tres cabezas feroces y la cola en forma de serpiente de pie guardando la inhóspita costa rocosa.

Incluso el barquero al que Eleanor había contratado con su último dinero para que la llevara al otro lado de las aguas picadas del estuario de Lorne había sacudido la cabeza cuando ella descendió de su pequeña barca de pesca, ladeando una ceja con tristeza como si de verdad creyera que una vez desembarcara nunca se volvería a saber de ella.

—Tenga mucho cuidado ahí, jovencita —le había dicho, insinuando con la mirada que se refería a otra cosa que el mero salto del barco a tierra.

Pero los habitantes de las Tierras Altas eran conocidos por su carácter supersticioso. Y lady Eleanor Wycliffe no lo era en absoluto.

Incluso ahora que estaba sentada en medio de la corriente y la humedad de la antigua fortaleza, Eleanor tuvo que tranquilizarse diciéndose que la habitación en realidad no tenía el aspecto de la guarida de Satán. De hecho, no había ninguna horquilla ni soplos de humo infernal por allí. Había libros colocados ordenadamente sobre elevados estantes que ocupaban toda la pared, una alfombra gastada extendida sobre el suelo de piedra, un amplio escritorio desvencijado con papeles apilados convenientemente en un rincón.

A su espalda, un fuego ardía feliz en una chimenea con base de piedra. El aire no olía a azufre, sólo a sal, a humedad y tiempo, y al terrenal olor a turba que la gente del lugar secaba todavía a estas alturas del año en el brezal para prepararse para el inminente invierno. El viento no aullaba con el terror atronador del averno, más bien silbaba a través de las almenas en lo alto de la torre central del castillo y tiraba juguetonamente de las cortinas de tela escocesa a través de la estrecha ventana abierta a su lado.

En vez de eso, el lugar se presentaba exactamente como lo que era, una fortaleza de aspecto antiguo en una isla muy remota de las Hébridas, frente a la costa escocesa occidental, y si Eleanor dejaba a un lado todas las cosas que le habían dicho sobre el propietario del castillo, incluso podía empezar a pensar que no había motivo para estar nerviosa.

Hasta que llegó un sonido desde fuera de la puerta, como unos pasos que se aproximaban, que hicieron que Eleanor volviera a ponerse erguida.

«Ya viene.»

Su coraje se desvaneció instantáneamente mientras se agarraba fuertemente con los dedos a los brazos tallados del sillón. ¿Qué le diría cuando llegara? «Buenas tardes, milord, sí, he venido a solicitar el puesto de institutriz de su prole, perdón, de su hija. Y si no le importa, le estaría agradecidísima de que no me ofreciera en sacrificio a los infiernos mientras estoy ocupando el cargo…»

¿Y si en efecto él era tan espantoso como decía todo el mundo? La señora MacIver le había contado que la niña no podía hablar, que el padre le había arrebatado la voz en un intento de impedir que revelara la verdad de sus actos malignos. ¿Y qué le habría sucedido exactamente, se preguntó, a la anterior institutriz?

Apartando rápidamente la mirada de la daga colgada de la pared, Eleanor echó un vistazo a la ventana, preguntándose qué caída habría desde allí en caso de que necesitara huir.

—Le he traído té.

Eleanor dio un brinco al oír la voz que sonó repentinamente a su espalda. Se volvió y tomó aliento para tranquilizarse cuando descubrió, no al diabólico vizconde que había esperado, sino al arrugado vejete que le abrió la puerta del castillo a su llegada. No había oído entrar a nadie.

El hombre podía haber surgido de las páginas de un libro de historia vestido como iba con unos coloridos pantalones de tela escocesa, la cabeza cubierta por una boina azul y el rostro tapado por una espesa barba entrecana de nariz a barbilla. Era más bajo que ella, con ese tipo de expresión permanentemente furibunda que conlleva tener que entrecerrar los ojos contra los penetrantes vientos de las islas. Le recordó los grabados que había visto alguna vez de implacables guerreros de las Tierras Altas, sólo que en vez de esgrimir la clásica espada escocesa llevaba en las manos una bandeja de plata con té.

—Su señoría me ruega que le pida disculpas. Estará aún un rato ocupado.

Sin molestarse en esperar una respuesta, el hombre plantó la bandeja con poca ceremonia sobre la mesa situada al lado de Eleanor y se dio media vuelta, marchándose de forma tan abrupta como había llegado.

Las damas de la academia de la señorita Effington se habrían quedado consternadas.

Eleanor esperó a que se cerrara la puerta tras el hombre y luego esperó un momento más, antes de levantar cuidadosamente la tapa de la tetera de porcelana para husmear con cautela en su interior. Ciertamente parecía té, pensó, luego olisqueó el brebaje floral. En una ocasión había leído que el arsénico tenía un aroma especialmente similar a las almendras. Examinó con la vista el pequeño plato de galletas junto a la tetera y estudió con especial interés especulativo la canela y azúcar espolvoreados por encima.

Su primera idea, por supuesto, fue evitar del todo la bandeja, pero luego su estómago se lo repensó, ya que soltó un decisivo ruido. Había tardado horas en cruzar la distancia desde el continente; ahora se acercaban al final del día y no había tomado un solo bocado desde el desayuno. Tal vez unos pocos sorbos de té y un mordisquito a una galleta sirvieran para aplacar el nerviosismo que sentía. Aparte, si tenía que hacer de institutriz aquí, no tendría la opción de evitar las comidas de la casa.

Dejando a un lado la cautela, Eleanor cogió una galleta y le hincó el diente.

Estaba deliciosa, por supuesto, como corresponde a una galleta, así que se la zampó y luego otra antes de que hubiera pasado un cuarto de hora. Dejó la tercera en el plato y, una vez que acabó de tomarse la taza de té, se levantó de la silla y recorrió la habitación con la esperanza de aliviar su fastidiosa ansiedad.

Se detuvo a mirar algún que otro objeto repartido por la habitación —una esfera que mostraba la ubicación de las constelaciones, un reloj con una sola manilla y grabados de delfines— en un intento de deducir alguna información, cualquier cosa, sobre el tipo de hombre que podría ser el vizconde.

Inspeccionó meditabunda los títulos ordenados en las estanterías, impresionada ciertamente por la colección. ¿Era un hombre culto, interesado en temas diversos? ¿O eran todos estos volúmenes tan sólo una selección acumulada generación tras generación? La caña de pescar y un par de gastadas botas de agua colocadas en un rincón podrían hacer pensar que era amante de aquel pasatiempo propio de personas dotadas de buena paciencia. El tamaño de las botas, sin embargo, indicaba que no tenía una figura menuda.

Eleanor se acercó a la ventana y se detuvo un momento, observando el impresionante panorama debajo de ella. En contraste con el inhóspito litoral rocoso, el interior de la isla era asombrosamente frondoso y colorido, incluso en esta época del año, salpicado de tonalidades que pasaban de una a otra como un caleidoscopio de pinturas a la acuarela.

El ganado de color negro, el más oscuro que había visto en su vida, pastaba perezosamente sobre el cerro que se asomaba al tosco embarcadero de piedra que servía como punto de desembarco de la isla, donde había llegado por primera vez apenas una hora antes. Algodonosas ovejas de rostro negro salpicaban la ondulante colina tras ellos, mientras a lo largo de la distante costa podían avistarse varias casitas de arrendatarios, estructuras abigarradas que parecían pedazos asimétricos de roca y piedra cubiertos por techos de paja o hierba verde.

Un perro soltó un repentino ladrido de barítono desde abajo y Eleanor se volvió a mirar. En vez del perro, avistó una figura solitaria sentada sobre una roca que daba al mar. Algo en aquella figura, la sensación de aislamiento en aquel acantilado batido por el viento, atrajo la atención de Eleanor. Había un pequeño telescopio de bronce sobre la mesa situada a su lado. Movida por la curiosidad, se tomó un momento para inclinar la cabeza hasta el ocular para poder mirar más de cerca.

Una figura infantil, una niña, quedó enfocada lentamente a través del visor. Su pelo oscuro, color azabache, se levantaba con las ráfagas de viento, volaba agitadamente sobre su rostro y ojos como telas de araña enredadas, pero la niña no parecía advertirlo. Ni parecía advertir el pequeño cordero de pie a su lado que se entretenía con la cinta de la faja de su vestido. Simplemente estaba ahí sentada, como cualquier piedra ubicada allí, y la sensación de soledad que la rodeaba era tan fuerte, tan poderosa, que era evidente como la misteriosa bruma que se adhería al litoral de la isla.

No podía haber duda de que se trataba de la hija del vizconde, la posible pupila de Eleanor.

—Siento haberla hecho esperar tanto.

Eleanor se apartó de un brinco del ocular, casi zarandeó el objeto al hacerlo. Se había quedado tan absorta observando a la niña que no le había oído venir. De todos modos, esta vez no había duda de quién era.

Desde luego que no era una figura menuda; en pocas palabras, era la figura más imponente que Eleanor jamás hubiera tenido delante. Incluso más alto que su hermano y más ancho de hombros. Sólo con su llegada, la habitación se volvió característicamente más pequeña. Eleanor observó mientras él se encaminaba al escritorio y tomó nota de su altura, por encima del metro noventa, y de la negrura de su cabello que caía justo por debajo del cuello de su levita.

Llevaba una falda de pliegues en tonos rojo oscuro, blanco y verde, con un banda de la misma tela echada informalmente sobre el hombro de su levita de lana oscura. Tenía el cuello de la camisa abierto holgadamente por debajo y su rostro estaba oscurecido por una leve barba incipiente, como si no se hubiera afeitado en días. Sus medias de tela escocesa y zapatos con hebillas estaban salpicados de barro y tenía el pelo alborotado sobre la frente a causa del viento. Sus ojos eran tan oscuros que Eleanor no fue capaz de distinguir el color, en su boca no había indicio de sonrisa. Con su aspecto rudo y fuerte presencia, Eleanor no pudo evitar pensar que el título de «Diablo de Dunevin» resultaba sumamente apropiado.

Se dio cuenta entonces de que su corazón latía con fuerza.

—Soy Dunevin —se presentó él—, señor del castillo y de esta isla. Fui yo quien puso el anuncio que vio en Oban. Por favor, ¿no quiere sentarse?

Habló como alguien educado en el sur, con un mínimo acento en las erres. Su voz tenía un timbre grave y sosegadamente cautivador, como el retumbar distante del trueno que uno oye antes de la tormenta. Era el tipo de voz que ponía la piel de gallina a las doncellas jóvenes.

Eleanor era una de esas doncellas.

Dunevin indicó con un gesto la silla que había ocupado previamente y dijo sin más preámbulos:

—Fergus no me ha dicho que fuera tan joven.

Aún impresionada por la visión de él, el sonido de él, la presencia de él, Eleanor necesitó un momento para responder.

—¿Discúlpeme?

—¿Qué edad tiene señorita, dieciocho años recién cumplidos?

Su manera tan directa de hablar, tan franca, la sacó finalmente del desconcierto que le había provocado. Eleanor respondió después de aclarar su garganta.

—Tengo veintiuno, milord.

Él alzó una ceja.

—¿De veras? ¿Veintiuno?

—Bien, casi. —Ella se agitó bajo la mirada que él mantenía sin pestañear sobre ella—. En cualquier caso, le aseguro que soy ciertamente capaz de arreglármelas solas.

El vizconde la observó, evaluándola mentalmente, estaba segura. Se estaba preguntando que hacía sola en un lugar como esta isla remota una joven dama aparentemente refinada. Su silencio era de lo más turbador.

—Me temo que Fergus no me ha dicho su nombre, ¿señorita…?

—Harte —respondió ella sin pensar, diciendo lo primero que le vino a la cabeza—. Señorita Nell Harte.

Era un nombre tan bueno como cualquier otro, supuso. No habría sido muy acertado darle su nombre verdadero, teniendo en cuenta que los nombres de Wycliffe y Westover eran casi tan renombrados como el de Hanover en todo el reino.

—Bien, *señorita Nell Harte* —dijo él, repitiendo el nombre ficticio de una manera que le hizo preguntarse si se burlaba de ella—. ¿De dónde procede?

—De Surrey —mintió.

—¿Surrey? —repitió él.

—Sí.

—Las tierras de la familia de mi esposa se sitúan muy cerca de ahí, en una pequeña parroquia llamada Abinger. ¿La conoce?

Eleanor tragó saliva, atrapada en la indecisión de si continuar con su falsa historia y decirle que conocía aquel lugar o admitir que no y posiblemente alertarle del hecho de que en realidad no sabía nada de Surrey, aparte de que se localizaba en el sur de Inglaterra.

—Abinger… —respondió rápidamente con un gesto de asentimiento—. Sí. Sí, lo conozco.

—Claro, entonces tiene que haber conocido al párroco de allí, el señor Pevensley. Fue él quien nos casó a mí y a mi esposa.

Eleanor asintió con una sonrisa cauta y, aunque su cerebro le gritaba que se callara, dijo:

—Desde luego. Le vi poco antes de partir. Está bastante bien.

¿Qué diablos le había pasado por la cabeza para decir aquello?

—Claro…

El vizconde se quedó callado, mirándola de nuevo con esa mirada directa que le provocaba ganas de cubrirse un poco más tirando de los bordes de la capa. Eleanor rezó para que no le hiciera más preguntas sobre el párroco. Pasó un momento. El viento silbaba a través de la ventana. Eleanor se ajustó el puño de su manga.

—¿Referencias?

Se había temido esto, por supuesto, por eso no la cogió con la guardia totalmente baja.

—Me temo que no tengo ninguna, milord.

Dunevin la miró.

—¿Sin referencias?

Eleanor sacudió la cabeza y sonrió, recogiendo las manos con primor sobre su regazo. No ofreció más explicaciones. No tenía ninguna.

El vizconde la fundió con una mirada.

—Señorita Harte, perdóneme por ser, bien, *franco,* pero por lo que puedo ver apenas acaba de salir de la escuela, ha aparecido de la nada, de Dios-sabe-dónde, ciertamente de ningún sitio cercano a Abinger, ya que el párroco, el señor Pevensley, hace ya más de cinco años que murió...

Un sonrojo de azoramiento empezó a cubrir rápidamente las mejillas de Eleanor.

—... solicita el puesto de institutriz de mi única hija, y aun así no tiene referencias que demuestren que está cualificada para el cargo. Como es obvio, dadas estas observaciones iniciales, tengo que asumir que tiene algo que ocultar. Probablemente no se llame Harte. De modo que, dígame, ¿qué le hace pensar que voy a contratar a alguien para encomendarle el cuidado y educación de mi única hija?

Eleanor se enderezó en su asiento, negándose a amilanarse ante aquella censura, y dijo con voz sorprendentemente clara.

—Porque, si me perdona la franqueza, milord, no hay nadie más *dispuesto* a ocupar el puesto.

Dunevin la miró fijamente, en silencio y, era obvio, que disgustado.

Eleanor abrió la cartera y desdobló ante él el anuncio que había cogido de la pared de la posada.

—Por lo que me han contado, soy la única que ha mostrado cierto interés por el puesto en cierto tiempo.

El vizconde ni siquiera se molestó en echar un vistazo al anuncio. En vez de eso, se quedó mirándola, fijamente, con el gesto torcido de forma irrevocable.

Eleanor insistió.

—Sé que la última institutriz a la que consiguió emplear dejó su cargo hace casi doce meses. También sé que no ha podido contratar a otra persona para el puesto desde entonces, pese a las numerosas indagaciones que ha hecho por todas partes.

Se adelantó un poco en la silla.

—Lord Dunevin, aunque no puedo entrar en los detalles de mis antecedentes, sí puedo asegurarle que he crecido toda la vida entre la buena sociedad, no en Surrey sino en otro sitio. Tiene razón al suponer que nunca antes he trabajado como institutriz, lo cual es el motivo de mi falta de referencias. Creo que mi educación familiar me capacita de manera más que suficiente para el puesto. Hablo francés además de latín. He sido preparada en los mejores centros para señoritas de toda Inglaterra. He servido literalmente cientos de tazas de té, he confeccionado innumerables menúes de cenas y, aunque ahora no lo parezca —continuó, mirándose el traje gastado por el viaje—, sé cómo vestir con propiedad. Sé bailar alemanda, cuadrilla, vals y docenas de otros estilos. Puedo coser diversos puntos con pulcritud y exactitud. Sé calculo. Tengo formación musical. Puedo recitar poesía y citar a filósofos. Me atrevería a decir que no encontrará a nadie más cualificado para este puesto en toda su vida —tomó aliento—, de modo que, desde mi punto de vista, puede permitir que su hija languidezca un año más sin educación o puede darme una oportunidad. Eso es lo único que pido, la oportunidad de demostrarle que puedo enseñar a su hija las aptitudes necesarias para desenvolverse en sociedad. Supongo que es lo que espera, ¿no?

El vizconde continuaba mirándola fijamente con expresión petrificada.

Eleanor continuó sentada, devolviéndole la mirada, medio esperando que él la despidiera cuando volviera a abrir la boca. No tenía ni idea de qué iba a hacer si esto sucedía, a dónde iría. De lo que sí estaba segura, si él la echaba, era de que tendría que nadar mucho hasta llegar a tierra firme. Estaba sin blanca.

Pero, por increíble que fuera, él no la despidió, al menos no de inmediato. En vez de eso, el vizconde se levantó y cruzó la estancia hasta la ventana, con las manos enlazadas relajadamente a la espalda. Mientras permanecía así, Eleanor se fijó en la manera en que su pelo se rizaba justo por debajo de su levita, en la postura meditabunda de sus hombros. Continuó así durante varios minutos, sin hablar, únicamente mirando a su hija igual que había hecho Eleanor desde el mirador momentos antes.

Desde donde Eleanor estaba sentada, podía ver que la niña no se había movido pese al hecho de que había empezado a caer una suave lluvia. Pasó un momento. Dos. La lluvia caía con más fuerza, impulsada por el viento que se estaba levantando. Ella seguía quieta. El vizconde seguía observando.

Finalmente, cuando Eleanor estaba a punto de salir a recoger a la niña ella misma, avistó a una doncella abriéndose camino desde dentro del castillo en dirección a ella. Echó un manto sobre los hombros de la muchacha y se la llevó de su asiento, guiándola hasta el cobijo de los muros del castillo.

El vizconde seguía sin moverse.

—¿Cómo se llama su hija? —preguntó con suavidad Eleanor, incapaz de soportar más rato el silencio.

—Juliana.

Dunevin se volvió con el rostro tan ofuscado como el cielo del exterior.

—No habla.

Eleanor asintió.

—Sí, lo sé.

La miró. Y luego él sacudió la cabeza.

—Por lo que veo, los lugareños ya le han llenado la cabeza de cuentos horripilantes, sin duda sin olvidar nada en sus descripciones. Probablemente habrán intentado disuadirla de viajar hasta aquí. —Hizo una pausa—. Y aun así ha venido a solicitar el puesto de institutriz pese a todas las advertencias. ¿Por qué?

—Las leyendas fanáticas sobre las desgracias ajenas no me interesan, milord. Siempre he creído que los chismorreos sólo son obra del… —Eleanor se detuvo, con la esperanza de que él no se percatara de lo que había empezado a decir.

—… del demonio —concluyó él— o eso dicen. Pero, cuénteme, señorita Harte, ¿también piensa así cuando el chismorreo se *refiere* al propio demonio?

Su mirada de pronto era tan intensa que a Eleanor no se le ocurrió nada que decir como respuesta.

El vizconde abandonó el sitio en la ventana y regresó al escritorio para abrir el cajón de arriba.

—Por lo visto, nos necesitamos el uno al otro. Me ha convencido con sus argumentos, señorita Harte. Está contratada. Quien tenga suficiente juicio como para desdeñar las historias y tonterías supersticiosas de los continentales sin duda merece una oportunidad. El salario es de cien libras al año. ¿Le parecen aceptables estas condiciones?

Apenas seis meses antes, Eleanor se había gastado cien libras y mucho más sólo en vestuario para su presentación en sociedad y sin pensárselo dos veces. Claro que era dinero Westover, dinero que, ahora lo sabía, pretendía ocultar la verdad del pasado tras una máscara de decoro.

El dinero que tendría a partir de ahora se lo ganaría por su cuenta. La sensación de independencia que le daban cien libras al año valía más que todas las riquezas de Westover.

Eleanor asintió.

El vizconde sacó unas monedas del cajero del escritorio y las dejó caer en una pequeña bolsa con un cordel. Luego colocó la bolsa en el escritorio que tenía delante.

—Considérelo un adelanto de su salario. Hará bien invirtiendo una cantidad en un par de zapatos resistentes y un abrigo más práctico. El invierno llega rápido a las islas, señorita Harte, y aquí no le servirán demasiado los zapatos de señorita. Mi asistente, Fergus, puede hacerle cualquier encargo que usted pida al zapatero de Oban.

Cruzó hasta la puerta y la abrió dejando ver a un hombre de pie allí.

—Fergus, por favor, enseña a la señorita Harte la planta infantil. —Se volvió hacia ella—. Allí encontrará ahora a mi hija. La cena se sirve a las seis, aquí seguimos los horarios del campo. Si hay alguna otra cosa que necesite, Fergus se ocupará de ello por usted.

Eleanor se levantó para marcharse, preguntándose por la repentina necesidad de Dunevin de librarse de ella.

—¿No debería hablar con lady Dunevin antes de ir a conocer a su hija, milord?

El rostro de Dunevin perdió toda expresión. Durante un momento permaneció petrificado a causa de aquellas palabras.

—Me temo que no va a ser posible, señorita Harte. Lady Dunevin murió.

Y con aquello, el Diablo del Castillo de Dunevin salió majestuosamente de la habitación de forma tan repentina como había entrado.

Capítulo 2

Is cruaidh an leònar a bhreugadh
Nach urrainn a ghearan a dhèanamh.
Es difícil calmar al niño
que no puede explicar qué le duele.
–Proverbio gaélico.

La planta infantil de Dunevin constaba de tres habitaciones encaramadas en el piso más alto de la torre principal del castillo, la torre del homenaje. Su acceso era a través de una sucesión de escaleras de defensa encajadas en cada una de las torretas situadas en las esquinas de la torre principal, por lo cual la tarea de llegar ahí en solitario no era fácil.

El primer tramo de escaleras les llevó al piso ubicado encima del vestíbulo principal y, una vez allí, cruzaron la galería superior a la torreta adyacente. En cuanto llegaron al siguiente piso, la escalera se había acabado de nuevo y se vieron obligados a cruzar otra vez hasta la tercera torreta para poder continuar por el siguiente tramo de escaleras. Continuaron de este modo a lo largo de cinco plantas en una especie de confuso esquema de zigzag y, para cuando llegaron a la zona infantil del piso de arriba, Eleanor había perdido casi toda la confianza en su habilidad para encontrar el camino de regreso sin ayuda.

El criado del vizconde, Fergus, quien tenía encomendada la tarea de dirigirla a través de esta madeja enredada de escaleras y torres, le explicó que la antigua torre del homenaje se había construido de esta manera específicamente como medio de defensa.

—Concedía al señor de Dunevin la oportunidad de escapar en situaciones de peligro —le había dicho— a través de un pasadizo secreto del que sólo estaban al corriente el señor y sus sirvientes de más confianza.

Después de haber atravesado ella misma el complejo laberinto, Eleanor tuvo que mostrarse conforme. Si hubiera tenido que encontrar el camino ella sola, no hubiera pasado de la tercera planta. De hecho, en más de una ocasión, mientras ascendían los peldaños, creyó que al doblar una esquina, se encontraría con los huesos desmoronados de algún intruso fallecido mucho tiempo atrás, consumidos siglos antes, aún sosteniendo su tradicional espada escocesa después de perderse durante el asedio a este lugar.

La alcoba de la institutriz, la habitación que enseñaron en primer lugar a Eleanor y que sería su propio lugar de retiro en días venideros, era modesta tanto en tamaño como en mobiliario. Constaba de una pequeña cama litera forrada de tela escocesa, una mesilla a un costado, un pequeño cofre con cajones y un simple lavatorio en el extremo más alejado. Los muros blanqueados con cal sobre la piedra descubierta no tenían decoración de ningún tipo aparte de un desnudo gancho que, como Fergus demostró entonces, servía para sostener la lámpara de aceite típica escocesa que había traído él, un elemento de hierro en forma de cucharón que ardía gracias a una médula de junco clavada en una cantidad poco profunda de aceite con olor a pescado.

La habitación era lo que en otras épocas se llamaba una «habitación en el muro», construida en el grosor de los muros de la torre de homenaje, idéntica a la que la hija del vizconde ocupaba una puerta más allá, siguiendo por el pasillo. El aula era la habitación que ocupaba la mayor parte del piso superior, extendiéndose ampliamente por la estancia.

En contraste con los dormitorios, las paredes estaban revocadas de yeso y había un hogar en una estructura de piedra tallada, lo cual indicaba que originalmente la habitación había servido de dormitorio con dos alcobas más pequeñas empleadas tal vez como guardarropa anexo o habitaciones de criados. No obstante, pese a todo el espacio, el aula tenía una única ventana, la única que había en todo el piso.

Eleanor se quedó de pie en el umbral de la puerta, su presencia inadvertida mientras contemplaba el juego de la decreciente luz del día, que entraba por esa única ventanita, contra el perfil de la niña sentada al otro lado de la habitación. Estaban a solas ya que Fergus había regresado escaleras abajo poco después de conducirla hasta aquí, dejando que Eleanor se presentara ella sola a la silenciosa jovencita de cuyo cuidado ahora era responsable.

Juliana MacFeagh era una niña guapa, delgada, con un pelo del mismo negro interminable que su padre. Aún húmedo de la lluvia, se rizaba suavemente por debajo de sus hombros, y la larga cinta de color claro que se lo apartaba de la cara colgaba lánguidamente sobre una oreja. Llevaba una bata azul cielo atada con un fajín en la cintura, sobre unos bombachos blancos que se asomaban bajo capas de faldas escocesas. Tenía una boca pequeña, fruncida con un gesto aparentemente de desaprobación, aunque no exactamente, y los ojos, grandes sobre su delicado rostro, eran de un color oscuro e indistinguible.

A primera vista, parecía una niña de nueve años de aspecto perfectamente normal, de las que pasaban los días vistiéndose para ofrecer un té y arreglándose el pelo con peinados complicados. Sólo cuando uno la miraba más de cerca, había algo en ella, algo en lo más profundo, que la mantenía distante, intocable en cierto sentido, como una muñeca de porcelana de Dressel que Eleanor había visto en una ocasión en un escaparate de Bond Street, en Londres, preciosa a la vista, pero tan frágil que sólo podía mostrarse, nunca jugar con ella.

Eleanor entró en la habitación sin hacer ruido, atravesó las sombras alargadas de la tarde que se derramaban a través de la ventana hasta quedarse al lado de su joven pupila. Juliana permaneció donde estaba, sentada sobre uno de los asientos empotrados tallados en el muro de piedra debajo de la ventana. No se movió. Si se había percatado de alguna manera de que Eleanor estaba allí, no prestó ninguna atención a su llegada.

—Hola, Juliana —dijo Eleanor, sonriéndole al saludarla—. Soy la señorita Harte, tu nueva institutriz.

Tendió una mano, pero la niña no se movió para cogerla. No obstante, miró a Eleanor brevemente, permitiendo que su frente se arrugara levemente, lo que indicaba que, aunque tal vez no pudiera hablar, Juliana sí que oía.

Pasó un momento. Juliana volvía a mirar por la ventana después de volverse un poco más de espaldas a donde Eleanor aún seguía de pie. Detrás de ella, la lluvia se escurría en hilillos que descendían con parsimonia por el cristal de la ventana, y el viento bufaba por el patio inferior como si de un gemido distante se tratara. El tiempo iba pasando mientras Eleanor buscaba algo, cualquier cosa, para romper el interminable silencio entre ellas.

—Tenemos un poco de tiempo para nosotras antes de la hora de cenar —dijo—. La lluvia no nos permite salir, pero he pensado que tal vez podríamos encontrar algo aquí con lo que entretenernos.

39

No hubo respuesta.

Eleanor preguntó a Juliana desde detrás de su cabeza:

—¿Sabes leer?

De nuevo, nada. Por lo tanto, Eleanor se puso a mirar por la habitación en busca de un libro o un juego o cualquier cosa que pudiera atraer el interés de la niña.

Enseguida decidió que el lugar era tan inhóspito y carente de carácter como un libro que únicamente tiene páginas vacías. A excepción de un solo mapa gastado de Inglaterra que parecía dibujado dos siglos antes, las paredes estaban desnudas y pintadas de un pobre color pálido que no era exactamente verde ni exactamente beige, sino algo espantoso situado en medio. El mobiliario, formal y poco atractivo, se había recubierto con el mismo color deslustrado y constituía el toque final al aura sombría que impregnaba el lugar. Unas barras estrechas de hierro flanqueaban el exterior de la ventana, y aunque era probable que estuvieran concebidas como medida de seguridad, sólo servían para darle a aquello un aire de cabina de peaje más que de morada de aprendizaje.

El único ornamento adicional, descubrió Eleanor con consternación, era una vara delgada de abedul bien gastada colocada de forma amenazadora cerca de la puerta

No era de extrañar que la niña pasara los días mirado por la ventana.

En las estanterías, Eleanor pudo ver unos pocos ejemplos de la típica literatura infantil, las *Fábulas* de Esopo y los cuentos de los hermanos Grimm, junto con las *Institutiones Grammaticae* de Wedderburn más básicas. Algunos juguetes parecían intactos, como si jamás los hubiera tocado la mano de un niño, y permanecían colocados junto a otros que habían soportado generaciones de juego. En concreto uno, una muñeca de madera con ojos negros pintados y rubísimo pelo rizado, atrajo la atención de Eleanor.

Era una muñeca de las utilizadas por las modistas francesas para mostrar sus últimos diseños en miniatura para sus clientes ingleses. Estaba muy bien vestida con enaguas de tela escocesa y una camisola de lino bajo un vestido con falda de aros como los que eran populares el siglo anterior. Pero no fue el elaborado atuendo lo que atrajo la atención de Eleanor. Algo en la expresión de la muñeca resultaba idéntico a la mirada ausente de Juliana. Esto llevó a Eleanor a estirar el brazo para tocar la pequeña figura.

Juliana se puso en pie de un brinco, levantándose de su asiento junto a la ventana para coger la muñeca rápidamente. Se quedó mirando a Eleanor con recelo, con la mirada entrecerrada y en silencio.

—Oh, no iba a hacerle ningún daño —dijo con suavidad Eleanor—. Sólo quería mirarla.

Juliana no dijo nada. En vez de eso regresó a su sitio una vez más para contemplar el horizonte a través de los barrotes de la ventana. Agarraba la muñeca con fuerza, sentándose como hace un conejo cuando está acorralado, tieso e inmóvil, como si esperara fundirse con el entorno y pasar desapercibida.

Eleanor se acercó a Juliana lentamente y se sentó sobre el asiento a su lado. Encogió las rodillas entre sus brazos y se inclinó hacia delante, observando y esperando.

—Es una muñeca preciosa, Juliana.

Juliana mantenía los ojos incondicionalmente fijos en la ventana, sin hacer ningún esfuerzo por responder. El único movimiento era el subir y bajar de su pecho con su suave respirar.

—¿Sabes? —insistió Eleanor—, cuando yo era una niña, tenía una muñeca bastante parecida a ésta. Era una muñeca de las llamadas «reina Ana» pero yo la llamaba «Frances», por mi madre, porque tenía el mismo aspecto que...

Eleanor se olvidó de lo que iba a decir a continuación. Juliana había abandonado la ventana y de pronto se había vuelto a mirar a Eleanor. Aunque su boca no dijera nada, sus ojos estaban llenos de un anhelo tan absoluto que a Eleanor la invadió un escalofrío que no tenía nada que ver con el desapacible clima.

Al igual que el juguete de su propia juventud, esta muñeca obviamente era para Juliana una conexión con la madre que había perdido; considerando los años de la muñeca, tal vez fuera una reliquia de la propia infancia de lady Dunevin entregada a su única hija. Mientras Eleanor permanecía allí sentada observando el tormento que se apoderaba de los ojos de la niña, por un momento efímero afloraron pensamientos sobre su propia madre, pensamientos a los que, tercamente, no había prestado atención durante las últimas semanas, desde su huida de Skynegal.

Cuánto la echaba de menos. Por lo que podía recordar, Frances, lady Knighton, había sido más que una madre para su única hija; había sido su amiga más entrañable. Frances lo había compartido todo con Eleanor, desde contarle cuentos por la noche hasta enseñarle los pasos intrincados de una docena de bailes diferentes. Todavía ahora, si cerraba los ojos, Eleanor casi podía sentir el contacto cariñoso y familiar de la mano de su madre sobre su pelo después de un baño, una tarea que la dama había continuado haciendo incluso después de que Eleanor se hiciera mujer.

Recordaba con afecto el amor de su madre por las flores silvestres y las horas que había pasado con Eleanor caminando por incontables prados, mientras narraba pequeñas anécdotas sobre cada flor que encontraban. Recordaba las conversaciones que habían compartido, charlas sobre grandes bailes y fiestas magníficas a las que Eleanor asistiría cuando finalmente llegara la hora de su «presentación» en sociedad.

Habían hecho planes durante mucho tiempo para esa primera temporada, comentando todos los detalles, hasta el color de cada par de zapatos; incluso habían hablado, recordó Eleanor con añoranza, de lo que sería recibir un beso por primera vez del guapo joven que un día la haría su esposa.

«Será como si la tierra dejara de girar y todo a tu alrededor se desvaneciera en una reluciente nube blanca», le había dicho Frances cuando Eleanor le preguntó un lejano día de primavera. Caminaban por Hyde Park, en el paseo diario que realizaban madre e hija. Los narcisos y azafranes de primavera estaban en brillante floración, y Frances se había vuelto a mirar a su hija con una tierna sonrisa de complicidad.

«La primera vez que beses al hombre que amas, durante ese preciso momento en el tiempo, te olvidarás en cierto sentido hasta de respirar. Imagínate estar exactamente en medio de un arco iris, mi niña querida. Tu corazón tendrá alas y nada volverá a ser lo mismo durante el resto de tu vida.»

Eleanor ahora miraba el rostro inocente de esta niña que no podía volver a ver a su madre, hablar con su madre, intercambiar pensamientos con ella, y sintió la necesidad de estirar el brazo para abrazarla, ofrecerle un poco de alivio para confortar aquella pérdida tan enorme.

—Juliana, yo...

El momento se desintegró casi antes de que hubiera empezado a hablar en el instante en que Fergus apareció por la puerta.

—Es hora de que bajen a cenar —dijo, lanzando una mirada de refilón a Juliana, que estaba sentada delante de Eleanor, aún agarrando la muñeca entre sus brazos.

Eleanor soltó una exhalación y le hizo una gesto de asentimiento.

—Gracias, Fergus.

Juliana esperó a que se marchara y entonces se volvió otra vez a la ventana, pero aquella rara ocasión, aquel breve momento ya había pasado. La niña se había retraído, sus ojos oscuros se mostraban de nuevo tristemente distantes.

Sin querer presionarla, Eleanor se puso en pie.

—Parece que nos esperan abajo, Juliana. No estoy muy segura de ser capaz de encontrar el camino hasta allí. ¿Me pregunto si te importaría guiar la marcha?

Juliana permaneció quieta mirándola. No obstante, tras un momento, se levantó y se puso a andar hacia la puerta.

Eleanor siguió a Juliana en silencio mientras recorrían la sucesión de corredores y torres superiores, tan sólo con el sonido crujiente de las faldas al frotar el suelo de piedra y el tamborileo distante de la lluvia que seguía cayendo en el patio exterior. Intentó pensar en algo que decir, alguna frase mágica que traspasara el muro de silencio para llegar hasta la afligida niña que se ocultaba detrás, pero decidió dejar a Juliana con sus pensamientos. Acababa de llegar, y Juliana necesitaría adaptarse a este nuevo cambio en su vida. Tenían días por delante para ir conociéndose la una a la otra.

La lluvia había traído la oscuridad de la noche más temprano, así que Eleanor había encendido una vela para iluminarse el camino. Su pequeña llama danzaba y refulgía mientras caminaban, arrojando sombras plateadas contra las tapicerías de hermosa trama que colgaban de los muros de piedra.

Cuando Eleanor y Juliana llegaron al salón de banquetes, lord Dunevin ya estaba sentado al otro lado de la larga mesa de pulida madera de roble. La habitación era grande y estaba decorada espléndidamente, pero no fue la plata, reluciente a la luz de las velas, ni tan siquiera la hermosa chimenea de mármol tallado, lo que captó su atención. Lo primero que Eleanor advirtió al entrar en el comedor fue que la mesa estaba preparada únicamente para recibir a un solo invitado.

—Buenas noches, milord —dijo Eleanor con tono alegre, fingiendo no advertir aquel detalle mientras entraban. Hizo una inclinación con la cabeza como saludo—. Mis disculpas por el retraso. Juliana y yo estábamos empezando a conocernos en el aula y perdimos la noción del tiempo.

El vizconde alzó la vista del borgoña de su copa de vino.

—Mi hija no toma sus comidas en el comedor, señorita Harte.

El latigazo de sus palabras heló de inmediato el ambiente de la estancia, que ni siquiera el ardiente fuego de la chimenea logró calentar. Eleanor miró primero al vizconde y acto seguido a Juliana, situada a su lado. Había bajado la cabeza y miraba fijamente las puntas de sus zapatos que sobresalían de debajo de los pantalones como si hubiera recibido una reprimenda por una trastada. Después de un momento de silencio absoluto, la niña empezó a volverse en dirección de la puerta, pero Eleanor le puso la mano en el hombro, deteniendo su salida.

—Desde luego, milord —dijo, manteniendo un tono agradable—. Pero, si me permite la pregunta, ¿dónde toma las comidas Juliana?

El vizconde la miró con el ceño fruncido.

—Cena en la planta infantil.

A Eleanor no le sorprendió la frase del vizconde; muchos miembros de la nobleza preferían llevar vidas totalmente separadas de sus hijos, sólo les veían en algunos ratos programados cada semana y en las fechas señaladas, dejando su cuidado en manos de otras personas el resto del tiempo. Pero dado el aislamiento de la niña, tanto por su casa como por su mudez, Eleanor había pensado que a Juliana le convendría estar en compañía de los demás.

—Milord, le ruego que me perdone, pero más allá del hecho evidente de que para cuando la comida suba todas esas escaleras estará bastante fría, ¿cómo puede estar seguro de que su hija se alimenta de forma adecuada?

—Mis criados se ocupan de ello.

Eleanor frunció el ceño al confirmar aquella indiferencia.

—Con el debido respeto, sir, sé de casas donde los sirvientes optan por quedarse con la carne y las empanadas para ellos mientras sirven a los niños gachas. ¿Cree que eso es prudente?

La mirada que apareció en el rostro del vizconde comunicó entonces a Eleanor que no era un hombre acostumbrado a ser cuestionado por nadie, y especialmente por alguien que había entrado a trabajar a su servicio tan recientemente. Sus ojos, de un frío gris negruzco sin brillo, se fijaron en los de ella y mantuvieron su mirada.

—Mis criados, señorita Harte, han demostrado todos ellos su lealtad a mí a lo largo de años de servicio. Esa misma lealtad se extiende a los miembros de mi familia. ¿Y es necesario que le recuerde que ahora se la puede incluir entre los mismos sirvientes a los que acaba de acusar de manera tan gratuita?

Aunque pretendía intimidar, sus palabras no tuvieron el efecto deseado. Pese a que él había intentado disimularlo con insensibilidad, Eleanor detectó otra cosa por completo diferente en él.

Tras ese exterior brusco, lord Dunevin se ocultaba... pero se ocultaba ¿de qué?

¿De la mudez de Juliana? ¿La volvía imperfecta en algún sentido a sus ojos? Eleanor conocía muchas familias de la alta sociedad que pensaban así. El menor defecto, un leve ceceo se convertía en motivo de alarma cuando la perfección era el único ideal. Las personas que la poseían hacían ostentación de esa perfección, mientras que los que estaban privados de ella se esforzaban por ocultar aquello que les hacía únicos, por temor a la censura de la sociedad.

—Milord, si pretendemos que Juliana se haga un sitio entre la buena sociedad, le hará falta aprender las costumbres de decoro apropiadas en la mesa. Si toman sus comidas en extremos opuestos de la casa, no hay manera de que usted sepa si ha aprendido la forma correcta de sostener el tenedor, por no hablar de la manera más silenciosa de sorber la sopa. En una sociedad en la que todos nuestros movimientos se hallan bajo constante escrutinio, la reputación de más de una dama se ha visto dañada por modales deficientes en la mesa. La única manera de que Juliana aprenda y se acostumbre a la sociedad de los demás es practicar de forma diaria.

A Gabriel le llevó varios momentos comprender que estaba mirando a su nueva institutriz sin saber qué decir como respuesta. Esta mujer, que había salido prácticamente de la nada, que sólo le llegaba a la barbilla, con aquellos centelleantes ojos verdes y el pelo de intenso color oscuro, le acababa de desafiar tan alegremente, como nunca haría la mayoría de los hombres.

¿No comprendía verdaderamente quién era él? ¿Que la mayoría de la gente se echaría a temblar sólo ante la perspectiva de estar de pie ante él, el Diablo del Castillo de Dunevin?

Le dedicó una fiera mirada de pocos amigos, aquella que, como bien sabía, había hecho huir al continente a muchas doncellas timoratas. Pero ella se limitó a sonreír, esperando aún una respuesta. Dunevin no quería transigir, permitir que Juliana se quedara, pero al mismo tiempo era incapaz de refutar lo que la señorita Harte estaba diciendo. Juliana necesitaba aprender a comportarse en situaciones sociales, ya que llegaría un día en que no contara con la seguridad de la isla para esconderse.

¿No era ése justamente el motivo de que hubiera contratado a su institutriz en primera instancia: preparar a Juliana para que se enfrentara al mundo situado más allá de sus costas? Sin duda podría acostumbrarse a sentarse a la misma mesa que su hija durante el transcurso de la comida.

—Muy bien —fue todo lo que dijo antes de volver la atención a la sopa que Fergus acababa de empezar a servir. Juliana seguía de pie, mirando fijamente primero a Gabriel y luego a la señorita Harte.

—Puedes sentarte ahí, Juliana —dijo la institutriz, sonriendo y señalando la silla a la derecha de Gabriel, donde estaba preparado el plato. Ella ocupó entonces la silla a su izquierda. Fergus, siempre vigilante, se apresuró a traer un nuevo servicio que colocó delante de ella.

Desde el momento en que sirvieron la sopa en los platos, la comida se sumió en un silencio mucho más ensordecedor que la tempestad que manifestaba su bramido contra los vidrios de las ventanas al otro lado de la sala. La tormenta se había desplazado súbitamente desde el estuario, y Gabriel se preguntó durante un fugaz instante si su inesperada aparición podía atribuirse de alguna manera a la llegada de su nueva institutriz. Sin duda estaba demostrando ser tan impredecible, tan enigmática, como los cielos siempre cambiantes de las Hébridas.

¿Quién era esta mujer?, se preguntó, dedicándole una mirada furtiva al tiempo que volvía a llenarse la copa de vino. Mientras ella miraba su plato de sopa, sus espesas pestañas proyectaban sombras de recato sobre sus mejillas bajo la débil luz de las velas. ¿Qué estaba haciendo ahí? ¿Por qué se ocultaba en esta isla, o más importante aún, de quién?

La observó mientras levantaba la cuchara de sopa, asegurándose de que Juliana seguía su ejemplo, y sorbía ligeramente el caldo humeante, un caldo de cangrejo tan suave como sabroso, una especialidad de la cocinera de Dunevin. Observó la punta de su lengua limpiándose la plenitud de su labio inferior. La habitación pareció caldearse de pronto.

Gabriel sabía que aquella institutriz se llamaba señorita Nell Harte igual que él se llamaba Napoleón Bonaparte, pero también sabía que, fuera quién fuera, se trataba de una dama de buena familia, ciertamente ingenua al haber venido a esta isla sola, pero refinada y educada, y puesto que eso era exactamente lo que necesitaba para Juliana, les venía como anillo al dedo.

La necesitaba. Necesitaba que Juliana aprendiera las habilidades sociales que rápidamente le ayudarían a presentarse de la manera más normal. Sabía muy bien que el tiempo que le quedaba se iba acortando peligrosamente.

Gabriel no era consciente de la manera en que estaba observando a la misteriosa señorita Harte hasta que ésta le preguntó:

—¿Desea alguna cosa, milord? ¿El salero tal vez?

Gabriel apartó la mirada y se concentró en lo que tenía delante, entre las sombras al otro lado de la larga mesa.

—No, gracias, señorita Harte.

El silencio se prolongó durante los cuatro platos que parecieron más bien diez hasta que la señorita Harte finalmente bajó el tenedor del postre y dijo:

—Me fijé en sus establos cuando llegué a la isla, milord. Si el tiempo lo permite, he pensado que tal vez pueda familiarizarme con los alrededores de la isla mañana. ¿Le gusta montar a Juliana?

Gabriel la miró como si acabara de hablarle en un idioma extranjero. Aunque resultaría una pregunta completamente razonable para cualquier otra persona, hasta entonces ella no se había percatado de que para él era tan imposible de responder como si hubiera tenido que dar la respuesta a por qué las cabras estaban locas. Gabriel podía contar con los dedos de la mano las ocasiones en los últimos tres años que había pasado en compañía de su hija. Ya no sabía si sabía montar o si era capaz de hacer una reverencia correctamente. Pero la institutriz le miraba esperando una respuesta y, por consiguiente, tras un momento, Gabriel habló, dirigiendo sus palabras a los paneles al otro extremo de la habitación.

—No puedo decir con certeza si le gusta montar o no, señorita Harte.

—Ya veo... —Frunció el ceño un momento mientras sostenía la taza de té y luego dijo—: Antes en el aula, he estado considerando el programa de estudios para Juliana y he pensado en comenzar tal vez nuestros estudios por la literatura. ¿Sabe leer?

—Creo que tiene un conocimiento rudimentario, pero no estoy seguro.

—¿Sabe si está iniciada en la lectura de los clásicos, si conoce a Virgilio o a Homero?

—No, no lo sé.

—¿Sabe sumar? ¿Tiene alguna formación musical?

Esta vez, Gabriel ni siquiera se molestó en responder, simplemente sacudió la cabeza mirando al revestimiento de paneles. ¿No podía entender ella que no estaba siendo obtuso de forma intencionada, sino que de verdad no sabía nada de su propia hija?

—¿Podría decir con alguna certeza la fecha de nacimiento de su hija, milord?

La pregunta pretendía cogerle desprevenido, lo sabía, para que apartara su atención del punto donde la tenía fija, en el muro de enfrente.

Y lo había conseguido.

La miró.

—Veinte de febrero, señorita Harte.

Una vez conseguido su propósito, la institutriz se limitó a sonreír.

—Gracias, milord. Tomaré nota para tenerla presente.

El alto reloj de pared situado tras ellos escogió ese momento para dar las siete. Había pasado una hora, pero parecían más bien varias. Gabriel de pronto quiso encontrarse en cualquier otro lugar menos allí, en aquella habitación, enfrentándose a la evidencia de la hija que había descuidado durante estos últimos tres años.

Se puso en pie, se limpió la boca antes de dejar la servilleta al lado de su plato de postre.

—Se hace tarde y aún tengo varios asuntos que atender. Si me disculpa.

El vizconde se apartó de la mesa antes de que Eleanor pudiera formular alguna respuesta y sin dar las buenas noches a su hija, advirtió ella con amargura.

Él estaba enfadado, Eleanor lo sabía, enfadado por la recriminación implícita en su última pregunta. Probablemente no debería haberla hecho, pero la indiferencia del vizconde por los intereses de su hija había ido más allá de la frustración. En cualquier caso, había conseguido recordarle que sí que tenía una hija, una hija muy necesitada de su atención. Por qué se negaba a dársela, era algo que Eleanor estaba decidida a descubrir.

Eleanor miró al otro lado, donde Juliana observaba fijamente su budín, que no había tocado. Como hacía con casi todo lo que pasaba a su alrededor, la niña no prestó atención a la marcha de su padre, al menos no lo exteriorizó, aunque en su interior, ¿quién podía saberlo?

Eleanor se levantó de la mesa.

—Ven, Juliana, vamos a ver si encontramos algo interesante que hacer en la sala de juegos durante el resto de la noche.

Esperó mientras Juliana se levantaba de la silla, colocaba la silla en su sitio y se disponía a salir lentamente de la habitación. Mientras caminaba detrás de la singular niña silenciosa, Eleanor pensó para sus adentros que, antes de venir a la isla, creía que en el mundo no podía haber nadie más perdido que ella.

Ahora veía que se había equivocado al suponer aquello...

... y poy doble partida.

Capítulo 3

—*B*uenas noches, Juliana.

El pequeño reloj de similor colocado sobre la mesa del vestíbulo daba las nueve con su dulce carillón mientras Eleanor cerraba suavemente la puerta del dormitorio tras ella. Finalmente había llegado el término de aquel día tan incierto, un día cargado de ansiedad, el principio de una nueva vida en un lugar en absoluto familiar.

Eleanor empezó a andar por el pasillo pero se detuvo ante la puerta del dormitorio. Si se retiraba en ese momento, no conseguiría otra cosa que permanecer echada despierta en la oscuridad. Ahora mismo su cabeza estaba desbordada por pensamientos desorientados y preguntas por resolver, de modo que en vez de retirarse, decidió bajar a la cocina a ver si podía prepararse una taza de té.

Por lo que parecía, en el castillo todo el mundo se había retirado a descansar, ya que encontró todos los pasillos oscuros, vacíos y silenciosos; ni siquiera la lluvia hacía ruido. Eleanor se llevó con ella el candelero que había usado para leerle a Juliana un cuento y se abrió camino lentamente a lo largo de cada tramo sucesivo de escalera por torreones hasta llegar a la planta inferior del castillo. Se perdió sólo en una ocasión, cuando, en la última planta, se fue a la torre de la izquierda en vez de a la de la derecha y, sin saber cómo, se encontró de pie en el exterior de la puerta cerrada del estudio del vizconde, donde había estado esperando llena de ansiedad aquel mismo día más temprano. La parpadeante luz cobriza del fuego ardía por debajo.

Al fin y al cabo no todo el mundo se había retirado.

Eleanor permaneció durante un rato fuera de la puerta, reflexionando sobre el misterioso lord Dunevin. Recordaba las alarmantes advertencias que había oído antes de venir a la isla aquel mismo día. La gente del continente le había llamado diablo, describiéndole como un villano adusto que había cometido innumerables atrocidades contra numerosas víctimas desventuradas. No obstante, hasta el momento, Eleanor no había visto nada que confirmara esas lastimeras acusaciones. En vez de asustarla, el vizconde la intrigaba como una curiosa contradicción, un hombre paradójico incluso en aspecto. Sus facciones eran evidentemente duras y su altura imponente, pero hablaba con una profundidad tan tranquila, su voz era la de un hombre que prefería ocupar un lugar en la periferia en vez de someterse a la censura de las miradas críticas de la sociedad.

Pese a la poca cantidad de tiempo que había pasado en su compañía, Eleanor ya había decidido que él soportaba una espantosa carga. Se apreciaba en sus ojos, tan oscuros, remotos y ensombrecidos, y hacía que Eleanor se preguntara cuánto tiempo llevaba sin su esposa. ¿Habría muerto la vizcondesa al dar a luz a Juliana? Eso podría explicar que lord Dunevin se mostraba tan incómodo en presencia de su hija, y evitara incluso comer con ella. O, tal vez, ¿culpaba en cierto sentido a Juliana por la pérdida de su esposa?

Por experiencia, Eleanor sabía que, cuando alguien pierde a un ser querido, las demás personas en su vida se sienten aún más vinculadas a esta persona. Dunevin no quería estar en las proximidades de su hija aquella tarde, no obstante, durante la entrevista mantenida más temprano en su estudio, se había mostrado ciertamente preocupado por la educación y cuidados que debería recibir Juliana.

¿Por qué no, se preguntaba Eleanor, enviar simplemente a Juliana a uno de los centros para jovencitas que tanto gustaban a muchos miembros de la nobleza, como su propia Academia de la Señorita Effington? Habría sido una solución sencilla. No obstante, Eleanor sabía que había algo más en aquello, algún motivo que iba a continuar siendo un misterio, al menos durante esa noche en concreto. Se alejó de la puerta del estudio y continuó su camino.

La cocina, como le había comentado Fergus antes aquella noche, estaba situada fuera del gran vestíbulo, al otro lado de una arcada cubierta, y se accedía a ella por una pequeña escalera circular situada en la torreta de la esquina. Mientras se dirigía hacia allí, Eleanor medio esperó encontrar un lugar apretujado y mohoso, lleno de humo. En su lugar, llegó a una cámara espaciosa con otras cámaras más pequeñas que se abrían lateralmente y servían de despensa, fregadero y bodega.

En el momento en que entró, el calor del hogar situado en un arco de ladrillos la envolvió y la atrajo hacia el interior como si la estrecharan en un abrazo de bienvenida. En el aire flotaban aromas entremezclados de la turba que alimentaba el fuego y ramilletes de hierbas secándose colgados de ganchos en el techo de vigas bajas. Los pucheros de hierro de diversos tamaños y otros utensilios varios llenaban los prístinos muros blanqueados con cal, formando pulcras hileras, y una gran mesa de roble con caballetes ocupaba el centro de la estancia, sobre la que encontró una pequeña tetera.

La cogió y la llenó con el agua fresca de un jarro de arcilla que encontró cerca. Luego removió las relumbrantes brasas del fuego y puso un nuevo trozo de turba antes de dejar la tetera en el gancho para cocinar que colgaba de la chimenea ennegrecida.

Mientras esperaba a que hirviera el agua, Eleanor buscó el té, que encontró pronto en una pequeña caja en forma de cofre, situada en una alacena de roble abierta en la pared donde también había varias teteras y tazas de porcelana. Sacó lo que necesitaba y luego cogió el agua ya caliente para preparar el té, calculando la cantidad de hojas fragantes antes de dejarlas en infusión.

Preguntándose si habría en la cocina algo sólido para tomar con el té, Eleanor se dio media vuelta. Casi deja ir un resuello al encontrar a una mujer de pie en el umbral, a su espalda, observándola en silencio.

—Ciclos —dijo Eleanor—, no la oí entrar.

La mujer se limitó a encogerse de hombros.

—Pensé que había oído a alguien enredando por la cocina.

Era una mujer de figura robusta y mediana edad, vestida con un sencillo camisón de algodón atado bajo la barbilla, que le caía hasta sus tobillos. Su pelo era de un marrón trigo pálido con abundantes canas, y le descendía por en medio de la espalda en una sola y gruesa trenza.

—Siento haberla despertado. Yo…

—Debe de ser la nueva institutriz —dijo la mujer mientras cruzaba descalza la habitación. Cogió el jarro del agua de donde lo había dejado Eleanor y lo volvió a colocar en su sitio original, pasando una mano sobre la superficie de la mesa como si quisiera limpiarla de migas desperdigadas—. Soy Màiri Mórag Macaphee, cocinera, ama de llaves y tirana residente.

Se volvió entonces y miró a Eleanor, quien debió de parecer aterrorizada por haber sido atrapada invadiendo lo que obviamente era el territorio de esta mujer. La cocinera sonrió y reveló una sonrisa saludable y afable.

—Pero si quiere que compartamos un tacita de té, puede llamarme Màiri.

Eleanor se tranquilizó al instante.

—Soy El…, Nell, y sí, me parece una idea maravillosa.

La mujer la miró.

—Entonces te llamas Nell.

Màiri cogió una segunda taza de la alacena mientras Eleanor colaba las hojas de té y servía las tazas, que llevó a una pequeña mesa con dos sillas situada en un rincón más recogido. Se hallaban ubicadas bajo el relumbre de la luz de la luna que entraba por una ventana abierta en lo alto de la pared. Màiri la siguió, pero antes se detuvo a coger una pequeña lata de galletas mantecosas que dejó en la mesa entre ellas.

—Eres un poco joven para ser institutriz —manifestó Màiri mientras mordisqueaba una galleta y estudiaba a Eleanor más de cerca bajo la luz de la luna—. ¿No tienes intención de buscar un marido, mozuela?

Eleanor se puso rígida con aquel repentino recordatorio de Richard y la traición de su familia, algo en lo que, se percató de repente, no había pensado en todo el día. Era el primer día que no lo hacía desde su marcha de Skynegal.

Respondió de forma vaga:

—No tengo deseos de contraer matrimonio.

—Mmm —Màiri asintió—. Es una decisión bastante seria para tomarla a una edad tan tierna. ¿Acaso él te rompió el corazón? ¿Qué sucedió? ¿Se fue con otra muchacha, no?

—No, nada de eso. —Eleanor se quedó mirando la mesa fingiendo concentrarse en su taza de té—. Simplemente no éramos compatibles.

—Ya veo. —Màiri la miró con escepticismo por encima de su trozo de galleta—. Pues, entonces, qué bien que lo descubrieras antes de jurar los votos, si no habrías acabado como Alys, la menor de mis hijas, que se casó con un auténtico holgazán porque no veía otra cosa que los bonitos ojos azules del muy gandul.

Màiri dio un sorbo a su humeante té, cerró los ojos y sonrió.

—Vaya, jovencita, esto sí que es un buen té. Mejor que el que yo hago. ¿Dónde aprendiste a preparar unas tazas así?

—Con la señorita Ef… —Eleanor se detuvo antes de acabar.

Los ojos afables de Màiri centellearon con la luz del fuego.

—Bien, sea quien sea esa señorita Efe, sin duda sabe muy bien qué hacer con una tetera.

Eleanor no pudo evitar sonreír ante el humor fácil de la mujer. Le caía bien.

—El secreto está en hacer girar primero un poco de agua hirviendo dentro de la tetera para que se caliente antes de hacer el té.

Màiri se la quedó mirando.

—¿Eso es todo?

Pero no era el té lo que más le interesaba, ni tampoco la señorita F.

—De modo que, Nell Harte, ¿de dónde vienes? Yo diría que... ¿de algún lugar próximo a la ciudad de Londres?

—Pues, eh... —Eleanor no pudo contestar ya que Màiri de pronto le cogió ambas manos y se las levantó para examinarlas a la luz de la luna.

—Bien, vengas de donde vengas, no has llevado una vida de trabajo, eso seguro. En esas manos no hay ni una pizca de piel áspera. La única dama que he visto antes con unas manos tan suaves y puras era la dulce esposa del señor, lady Georgiana. Con tu habla educada y manos bonitas, me atrevería a decir que tú también eres gente bien. —Entonces examinó a Eleanor de cerca—. Pero ¿qué iba a hacer una dama de buena familia trabajando en un lugar como éste?

La mirada inquisitiva de la mujer buscaba mucho más de lo que Eleanor estaba dispuesta a revelar. Rápidamente, se escabulló fingiendo coger su taza para beber.

—Mi madre insistía en que llevara guantes de pequeña. Para ella era una cuestión de gran importancia.

Màiri asintió lentamente con la cabeza, con gesto de comprensión. No iba a insistir más. En vez de ello, dijo:

—Bien, eres una jovencita valiente al venir hasta aquí a Trelay para huir de ese pretendiente con el que no congeniabas, pero estoy muy contenta de que lo hicieras. La señorita Juliana necesita de alguien, pobrecita niña desorientada. Qué bien que hayas venido. Está sola de verdad sin su madre que nos dejó. Qué bendición sería oír otra vez la risa de una niña en estos pasillos solitarios.

Las palabras de Màiri desconcertaron a Eleanor. Había dado por supuesto que Juliana era muda de nacimiento.

—¿Quieres decir que Juliana habló en otros tiempos?

—Y tanto, claro que sí, mozuela. Solía entrar en esta cocina cada día a charlar durante horas mientras yo cocinaba en el horno. Ni tan siquiera mientras me ayuda a hacer la masa para las tortas de avena, no paraba de hacer preguntas, era curiosa como un gato. Sólo ha dejado de hablar desde que perdió a su madre. Y no ha dicho ni una sola palabra más. —Màiri sacudió la cabeza con lástima mientras sorbía el té.

Eleanor la miró, ahora con curiosidad.

—Màiri, ¿cuándo murió lady Dunevin?

La cocinera soltó un suspiro compungido antes de contestar.

—Fue hace ya tres años, y antes de que me preguntes qué sucedió, te diré que nadie lo sabe. Simplemente se desvaneció mientras caminaba un día por la isla y desde entonces nadie la ha visto. Nadie sabría decir si fue un terrible accidente o si lady Dunevin se quitó la vida. —Hizo una pausa—. Nadie excepto la señorita Juliana, quien no puede contarnos nada de lo que pasó.

—¿Juliana sabe qué le sucedió a lady Dunevin?

—No lo sabemos con seguridad, pero estaba con su madre cuando desapareció.

Eleanor recordó las palabras de la señora MacIver, la esposa del posadero de Oban. *Arrebató la voz a su dulce hijita para impedir que contara la verdad de sus macabros actos...*

—¿Es posible, tal vez, que Juliana tenga miedo de hablar?

Màiri supo de inmediato a qué se refería Eleanor. Sacudió la cabeza con gesto firme.

—No, jovencita, no te creas a esos entrometidos del continente que van contando que fue su señoría quién mató a la señora. El señor se quedó asolado al perderla, desde luego. Ni él ni la señorita Juliana, ninguno de los dos, han vuelto a ser los de antes.

Màiri acabó lo que quedaba de su té y dejó la taza sobre la mesa con un gesto decidido de asentimiento.

—Pero ahora tú has venido a la isla para arreglar las cosas. —Miró directamente a Eleanor—. Me da que va a ser así. Lo siento en mis huesos. Eres tú la que vas a curar el corazón de la señorita Juliana.

—¿Yo? No soy más que la institutriz y probablemente sólo lo seré durante un tiempo. Ni siquiera me mira cuando le hablo. Me pregunto si tan siquiera me oye.

Màiri sonrió.

—Oh, sí que te oye, jovencita. Eso sí. La niña lo oye todo. Aunque no lo parezca, la señorita Juliana está ahí, perdida en algún sitio tras su silencio. Lo he visto, está en sus ojos. Intenta ocultarlo con todas sus fuerzas, pero está ahí. Sólo necesita que alguien le saque las palabras encerradas, señorita. Y ésa eres tú.

—Pero si ni siquiera me conoce.

—No tengo que conocerte, muchacha. Hace tres noches recé a san Columbano, patrón de esta isla, para que trajera a la niñita un ángel que la salvara —concluyó con una sonrisa esperanzada—: Y aquí estás tú ahora. Es el destino, no hay vuelta de hoja. Es un comienzo, que hayas venido aquí. Sí, un nuevo comienzo y nueva esperanza para todos nosotros.

Casi había pasado una hora cuando Eleanor finalmente dejó el calor de la cocina para iniciar la sinuosa ascensión hasta su dormitorio para pasar la noche.

Enseguida de conocer a Màiri, había decidido que era una mujer de ternura inherente y sabiduría terrenal, y su actitud generosa había aliviado muchos de su recelos de aquel día. Después de aquellas preguntas llenas de curiosidad inocente, Màiri había aceptado los reparos de Eleanor a hablar de su persona y había llevado la conversación a temas más sociales, explicando a Eleanor el modo de vida de Dunevin, el aislamiento abrigado de la isla, el clima impredecible de las Hébridas, y lo más importante, dónde guardaba aquella lata de galletas en caso de que Eleanor sintiera unas ganas incontenibles de lo que Màiri llamaba «picotear» algo en medio de la noche.

Para cuando Eleanor regresó al piso superior, ya era casi medianoche. La luz que había brillado antes por debajo de la puerta del estudio del vizconde casi estaba consumida; pero aún quedaba el débil titileo de un fuego que se desvanecía.

Eleanor se dirigía hacia su alcoba en la planta infantil, pero se detuvo antes de entrar, mirando la puerta del dormitorio de Juliana, más adelante en el pasillo. Recordó que, de niña, siempre encontraba cierta sensación de seguridad al despertar cada mañana y ver el despuntar del día a través de una puerta abierta, imaginando incluso que era la luz de su propio Argos mitológico, haciendo de centinela para ella con sus cien ojos. Tal vez ese mismo remedio ofrecería alivio a Juliana al llegar el amanecer. Con esa idea en mente, Eleanor continuó por el pasillo hasta la puerta de Juliana.

Hizo girar la manilla silenciosamente para no despertarla. Dentro la oscuridad era completa, pero había dejado la vela ardiendo en la mesa del pasillo de modo que se aproximó un poco hasta donde la luz podía iluminar la cama de Juliana al otro lado de la habitación. Cuando la forma de la habitación quedó clara, Eleanor se quedó paralizada.

La habitación estaba vacía.

Eleanor atravesó la habitación y retiró las colchas desocupadas.

—¿Juliana?

No hubo respuesta alguna.

Eleanor volvió hasta el pasillo para recuperar la vela y miró por toda la habitación, en la silla del rincón, dentro del armario incluso, pero no podía encontrar a Juliana por ningún lado. La volvió a llamar antes de comprender la inutilidad de esperar la respuesta de una niña muda. Su corazón empezó a latir con fuerza en su pecho. Apenas llevaba horas ocupando el puesto de institutriz y ya había perdido a su pupila.

Eleanor miró debajo de la cama una vez más en un impulso desafortunado antes de regresar al pasillo. Se detuvo allí durante un momento para recuperar sus facultades dispersas.

Juliana no se había *perdido*, se dijo. Estaba en su propia casa, en un lugar seguro varios pisos por encima de la planta baja. No podía haber sufrido ningún daño. Ya no era la Edad Media, esa época en que los guerreros de los clanes venían en medio de la noche para saquear, expoliar y robar. Estaban en el siglo XIX. Las disputas sangrientas y cosas similares pertenecían al pasado. Juliana estaba dentro del castillo… en algún lugar. Lo único que tenía que hacer era encontrarla.

Antes de bajar por la escalera, Eleanor inspeccionó su propia habitación y luego el aula, pero sin resultados. Juliana no aparecía por ningún lado.

Eleanor volvió sobre sus pasos y descendió el primer tramo hasta el siguiente piso y los otros dormitorios. No estaba segura de cual de ellos pertenecía al vizconde, ni le atraía la idea de despertarle y comunicarle la ausencia de su hija, pero no estaba familiarizada con la disposición del castillo y por consiguiente tuvo que admitir que no le quedaba otra opción que alertarle.

Las dos primeras puertas a las que se dirigió estaban cerradas y no obtuvo ninguna respuesta a su suave llamada. Al final del vestíbulo quedaban dos puertas más. Se acercó a la de la izquierda y alzó la mano para llamar antes de advertir que estaba ligeramente abierta. Sin llamar, Eleanor empujó suavemente la puerta hacia dentro.

El dormitorio que encontró al otro lado era decididamente femenino en su decoración, tocado por un sutil y agradable aroma a lavanda. Muchos de los muebles estaban cubiertos con guardapolvos. Una rápida ojeada a la chimenea a la luz de la luna reveló que no se había utilizado recientemente.

Las tapicerías de tono claro de la cama, el lecho con delicada forma ahusada, los suaves y persistentes aromas que llenaban el aire: a

Eleanor no le hacía falta mirar más para saber que ésta había sido la alcoba de la vizcondesa. Era un lugar que transmitía dulzura y refugio. Mientras se dirigía directamente a la cama que se hallaba en medio de la habitación, no le sorprendió encontrar a alguien allí.

Juliana permanecía dormida en medio de la cama, encogida formando una bola de inocencia infantil bajo las colchas arrugadas. La muñeca en la que se había fijado antes Eleanor en la planta infantil estaba a salvo entre sus brazos. A la luz de la vela, el rostro de la niña era plácido, angélico, la falta de expresión que marcaba sus ojos a la luz del día quedaba oculta al abrigo del sueño.

Juliana obviamente había venido aquí a buscar la paz que era incapaz de encontrar en otros sitios. Al mirarla mientras dormía con tal sosiego, Eleanor no tuvo valor de despertarla, y mucho menos de enviarla de regreso al piso de arriba. Ni tampoco podía dejarla ahí sola, de modo que apagó la vela, dejó la humeante candela en la mesilla situada al lado de la mesa y se deslizó tranquilamente sobre el colchón para acurrucarse al lado de ella.

Capítulo 4

Gabriel contemplaba en silencio el fuego de turba que ardía a sus pies en el hogar, observaba cómo danzaba fundido en ámbar a través del brandy de su copa. Era casi medianoche. Estaba a solas en la casi oscuridad del estudio, con los codos clavados en los brazos tallados de su sillón y las piernas estiradas por completo delante de él.

A cualquiera que mirara le parecería un noble relajado, con la corbata desanudada y suelta alrededor del cuello, las mangas de la camisa de batista enrolladas por encima de los antebrazos; pero su gesto estaba torcido y su humor era un manto de desasosiego más pesado que la masa de una roca.

Había pasado las últimas horas posteriores a la cena sentado al escritorio revisando unos documentos relativos a la propiedad, y más tarde en este sillón, escuchando los sonidos del castillo retirándose para pasar la noche: las puertas al cerrarse, la recogida de las velas de junco, las comprobaciones de los pestillos en las ventanas que podían abrirse bruscamente con una repentina ráfaga proveniente del estuario. La lluvia que se había calmado un rato antes, ahora caía con suavidad, y hacía más de una hora que había oído los últimos pasos rápidos, sin duda los de su asistente, Fergus, arrastrando los pies por el gran vestíbulo en dirección a su alcoba en la torre opuesta del castillo.

Había sido un día largo y desconcertante y Gabriel sabía que ya debería haberse retirado a la cama. Había que prepararse para la cosecha y el invierno que vendría después. Había que tomar medidas para el ganado y el aprovisionamiento de la isla para los deprimentes meses que estaban por llegar. No obstante, al Tenebroso Señor de Dunevin no le iba a resultar fácil conciliar el sueño.

Durante toda la noche, incluso mientras revisaba sus papeles, los pensamientos de Gabriel habían estado ocupados por los sucesos del día: la imagen poco grata de la oscura mirada ausente de Juliana durante la cena aquella noche, el recuerdo de lo que en otro tiempo le había obsesionado.

¿De verdad que hacía tan sólo tres años la risa había salido de los labios de aquella dulce niña como la primera luz veteada del sol al atravesar las nubes después de una tormenta?

Parecía casi imposible creer que su hija hubiera cantado en otro tiempo con la voz de un encantador ángel. Sólo oírle decir «papá» cada día había sido la mayor recompensa. Dentro de ella brillaba una luz más luminosa que la de la más brillante de las estrellas. Cada día era una aventura nueva y gloriosa…

… Hasta que el destino se presentó para recordarle a Gabriel que su alocada búsqueda de la felicidad acarreaba una terrible consecuencia, que había arrebatado la dulce voz a su hija… y había arrebatado la vida a su joven esposa.

Lady Georgiana Alvington sólo tenía diecisiete años cuando Gabriel la vio por primera vez de pie como un frágil narciso dorado al otro lado de un abarrotado salón de baile en Londres. Era primavera, recordó, el comienzo de otra temporada alocada de la sociedad londinense, y él acababa de regresar de la península Ibérica después de recibir las noticias de la muerte prematura de su hermano Malcolm.

Gabriel no tenía planeado asistir a ningún festejo aquella noche; se encontraba en Londres sólo el tiempo suficiente para ocuparse de las legalidades de la propiedad y la transferencia del título de Dunevin a él. Fue su coronel, Barret, quien le pidió que acudiera al baile aquella noche; la anfitriona, al fin y al cabo, era la esposa del coronel.

—Dispondrá de mucho tiempo en la ciudad antes de que pueda regresar a las Tierras Altas —le había dicho a Gabriel con una palmadita en el hombro—. Con todos los muchachos trasladados a la península, las parejas de baile son escasas y mi esposa está desesperada ante la idea de que su velada resulte un desastre.

El coronel Bernard Barret había sido lo más parecido a un padre que Gabriel había conocido en su vida, pese al hecho de que su propio padre, Alexander MacFeagh, había vivido hasta verle cumplir los veinte años. Pero había sido el coronel Barrett quien había instado a Gabriel a asegurarse un grado de oficial en el 105º Regimiento de los Dragones, y luego también le había ayudado a traspasar ese grado a un compañero oficial cuando le avisaron de que tenía que regresar a Escocia.

Durante los años en que había servido a las órdenes del coronel, éste había enseñado a Gabriel técnicas para defenderse del ataque enemigo y la mejor manera de determinar las debilidades del contrario. Le había inculcado valor, prudencia y gallardía, pero la cualidad más vital de todas había sido la verdadera definición del honor.

Tal vez el coronel estaba al corriente de la verdad oscura de la historia familiar de Gabriel, pero nunca lo había dejado entrever. Durante todos aquellos meses en que habían atravesado Portugal y España detrás de Napoleón, el coronel Barrett siempre había tratado a Gabriel con la más completa imparcialidad y respeto en una época en que muchos soldados ingleses mostraban un gran desdén por sus camaradas escoceses. Ni siquiera tres cuartos de siglo podían borrar la amargura del desastre del cuarenta y cinco.

No obstante, Barrett le había dado la oportunidad de demostrar su valía como soldado en el campo de batalla y como hombre al cargo de una compañía, y por este motivo, Gabriel había acudido al baile de la señora Barret, jurando, de todos modos, no quedarse más de una hora.

Fue el mismo baile en que vio por primera vez a Georgiana.

Ella estaba de pie contra la pared más alejada, intentando con gran esfuerzo fundirse con la artesanía de madera de la señora Barrett, junto con un grupo de muchachas recién llegadas del campo, todas ellas vestidas a la última moda mientras sonreían y agitaban sus abanicos decorados para poder captar la atención de algún joven petimetre.

Algo de Georgiana atrajo la atención de Gabriel, no sólo su aspecto absolutamente encantador aquella noche, con su pelo rubio recogido en rizos en lo alto de la cabeza, mostrando la frágil belleza de su cuello y hombros. Ni la elocuencia de su abanico, ni siquiera la elegancia del Spencerette de seda sin mangas, eran lo que había mantenido su mirada fija una y otra vez en el mismo sitio contra la pared. Lo que había atraído su atención en medio del abarrotado salón de baile no era otra cosa que los ojos de Georgiana.

Eran del gris plateado más pálido, como relucientes gotas de lluvia en una noche de luna, y contenían más tristeza de la que jamás hubiera creído posible.

Puesto que él había nacido con un historial familiar verdaderamente oscuro y desligado, Gabriel reconoció con facilidad a una víctima de la infelicidad. Había observado a Georgiana una y otra vez aquella noche clavada en el mismo lugar en la pared más alejada, baile tras baile, mientras las demás muchachas se dejaban llevar, y el júbilo continuaba a su alrededor.

Recordaba haber pensado lo triste que era que una joven tan guapa se sintiera tan obviamente desgraciada. Qué pena, también, que nadie más en aquel enorme lugar se diera cuenta.

Mientras se preparaba para marcharse, una vez transcurrida la hora que había prometido permanecer allí, Gabriel alcanzó a oír un comentario en voz baja siseado con dureza a Georgiana por su madre, reprendiéndola por no esforzarse en atraer la atención masculina. Algo en los ojos de Georgiana mientras permanecía petrificada por haber contrariado a su madre, le dijo a Gabriel que después del baile se enfrentaría a algo mucho peor que aquellas malas palabras.

Gabriel nunca supo qué le sucedió entonces; lo único que sabía era que habría hecho casi cualquier cosa en aquel momento por disipar aquella mirada espantada de sus ojos...

... incluso pedir a Georgiana un baile.

Aquel primer momento impulsivo llevó a un cortejeo que acabó en boda apenas tres meses después. Cuando él regresó a su hogar de la infancia en Trelay para instalarse allí como nuevo señor de la isla, fue con Georgiana como esposa.

Una vez estuvieron en Escocia a distancia segura de Londres y sus recuerdos obsesivos, fue cuando Gabriel se enteró de la verdadera profundidad de la melancolía de su nueva esposa, una melancolía que respondía a años de maltrato mental a manos de su madre y la peor clase de abusos físicos a manos de su padre.

Por muy cariñoso y comprensivo que Gabriel intentara ser con ella, Georgiana nunca podía evitar ponerse tensa cada vez que él intentaba tocarla. Ella le pedía disculpas una y otra vez y finalmente se tranquilizó lo bastante como para compartir el lecho con él, pero tras semanas de diligentes relaciones cumpliendo con sus deberes maritales, que siempre culminaban en lágrimas, Gabriel renunció por completo a mantener relaciones íntimas con su esposa.

No obstante, para entonces, Georgiana ya estaba embarazada de su hija.

A lo largo del embarazo, Georgiana había manifestado a todo el mundo que llevaba el hijo varón de Gabriel, casi como si al repetirlo suficientes veces, pudiera en cierto modo hacerlo realidad. Se llamaría Gabriel como su padre, había repetido, pasando por alto las alarmantes advertencias de las mujeres de la isla que le decían que daba mala suerte bautizar al niño mientras aún permanecía dentro de la matriz.

Incluso después de que naciera Juliana, Georgiana se negaba a creerlo; hasta que vio a la niña con sus propios ojos. Gabriel fue testigo de cómo la madre se quedaba mirando a la criatura aquel día, no con la dicha maravillosa de una mujer que acaba de ser madre, sino con el mismo miedo aterrorizado que tanto le había llamado la atención la primera vez que él la observó en aquel salón de baile abarrotado en Londres.

Gabriel le repitió a Georgiana una y otra vez que ya no tenía nada que temer, que la vida que había llevado antes de casarse estaba enterrada en el pasado, pero aún así, ella le obligaba a prometerle que nunca daría oportunidad a su familia de maltratar a Juliana igual que habían hecho con ella. Ellos no se detendrían ante nada, había replicado Georgiana, con tal de conseguir lo que querían.

Con el deseo de aliviar esas terribles ansiedades, Gabriel le había dado su palabra sin saber nunca lo importante que sería algún día mantener lo prometido.

Había pasado el tiempo rápidamente y Georgiana se adaptó a su nuevo papel de madre. Se ocupaba ella misma de todos los aspectos del cuidado de Juliana, le daba el pecho disfrutando con el barullo de una niña melindrosa para comer, con el estruendo de una criatura de dos años. Gabriel creyó que Georgina era feliz, feliz de verdad por primera vez en su vida, y que se había librado del recuerdo de su propia infancia de malos tratos.

No podía estar más equivocado.

Sabía tan poco de lo que había sucedido aquella mañana de invierno hacía tres años. Había sido un día muy parecido a cualquier otro, sin ningún indicio de los sucesos que tendrían lugar.

Aquel día había amanecido con una mañana glacial, pero el sol apareció entre las nubes, bañando la isla con su luz radiante. Después de almorzar, Georgiana se había vestido y luego había vestido a Juliana, que por entonces contaba seis años de edad, para dar un paseo por los cerros que recorrían la costa occidental de la isla, una excursión que habían hecho juntas a menudo. Había pedido a Gabriel que fuera con ellas, pero él había rechazado la invitación pues tenía una pila de papeles que revisar para su administrador, Clyne.

En vez de ello, observó cómo se iban las dos, saludando desde la ventana de su estudio en la torre mientras se abrían camino a través de la elevación cubierta de rocío hasta desaparecer al otro lado de la distante colina. El viento era helador y Georgiana había prometido a Gabriel que no estarían fuera mucho tiempo.

No obstante, Gabriel experimentó una molesta sensación de inquietud.

Ojalá le hubiera hecho más caso.

Al ver que no regresaban después de varias horas, Gabriel había salido en su búsqueda y había encontrando a su hija sola, mojada y temblorosa, sobre la costa más alejada, de repente enmudecida, incapaz de contarle a dónde había ido su madre.

Uno de los zapatos de Georgiana apareció en la orilla una semana después; su cuerpo, sin embargo, no se encontró nunca, casi como si la abundante bruma blanca de la mañana se la hubiera llevado. Gabriel, de pie en aquella playa, agarrando la pantufla empapada en su mano temblorosa, había sentido toda la carga de la responsabilidad de su muerte con igual intensidad que si él le hubiera arrebatado la vida.

Sabía que tenía que haberlo previsto. Era una historia terrible que se había escrito casi trescientos años antes, y que se repetía una y otra vez a lo largo de generaciones de MacFeagh *malditos*.

Gabriel tragó lo que quedaba del brandy, abandonó su sitio al lado del fuego y atravesó la habitación oscurecida en dirección a un gran baúl que parecía en todo tan antiguo como el castillo, ubicado discretamente en un rincón del extremo más alejado. Retiró con un movimiento el tapiz gastado y ajado que cubría la tapa y pasó una mano por el oscuro roble de la parte inferior marcada y rayada, a lo largo de muchos siglos.

Gabriel sacó suavemente una cadena de plata que colgaba alrededor de su cuello, tapada por la batista de su camisa. En el extremo, reluciendo bajo la tenue luz del fuego, colgaba una llave diminuta, de aspecto eterno, que había colgado de los cuellos de todos los jefes del clan MacFeagh antes de él.

La tosca cerradura de hierro situada en la parte superior del baúl era un misterio en igual media que los orígenes del propio baúl. La cerradura, con marcas dejadas por los diversos intrusos que a lo largo del tiempo la habían querido forzar, se había diseñado de la manera más misteriosa, ya que sólo podía abrirla aquella única llave que encajaba en ella, una especie de reliquia en el más puro estilo Excalibur. Incluso con la llave, sólo el jefe MacFeagh podía abrir la cerradura del baúl. Si alguna otra persona se atrevía a abrirla, la llave resultaba inservible y también fatal, ya que la muerte sin duda se había llevado a aquellos que lo habían intentado, como si el mismísimo metal con que se había forjado estuviera en cierto sentido encantado.

Era la única cerradura digna de proteger la posesión más preciada del Clan MacFeagh.

Tras meter la llave en su lugar, Gabriel soltó el pasador que le permitió levantar la tapa del baúl que ahora estaba llamativamente vacío, desprovisto de la reliquia que en otro tiempo había permanecido protegida en su interior durante los siglos anteriores.

El antiguo báculo-enseña de los MacFeagh, había sido un símbolo del clan desde que hay constancia histórica, transmitido generación tras generación desde los mismísimos comienzos del clan. Debido a la conexión de los MacFeagh con los obispos del priorato de Trelay fundado por san Columbano tantos siglos atrás, muchos decían que el báculo se había elaborado a partir de la madera del mismísimo *curragh* en el que el santo navegó desde Irlanda, y por lo tanto era sagrado. La leyenda describía el báculo como largo y a la vez robusto, indestructible gracias a cierto poder mágico, y elaborado con una reluciente madera blanca de origen desconocido. La historia establecía que, mientras el jefe de los MacFeagh conservara la antigua reliquia, el clan prosperaría... y así había sido durante varios cientos de años.

Guiado por el gran Murchardus Maca'phi, el clan había reinado incontestado no sólo en Trelay sino en varias de las islas colindantes durante los siglos precedentes. Las desgracias actuales del clan, en otro tiempo venerado como guardián hereditario de los testimonios de los antiguos Señores de las Islas, comenzaron a principios del siglo XVI cuando, según contaba la leyenda, un descendiente de Murchardus, un tal Murdoch MacFeagh, el jefe en aquel tiempo, cayó bajo la maldición de una bruja de la cercana isla de Jura.

La historia relataba que Murdoch, un enorme hombretón con las señas de identidad de pelo y ojos oscuros de los MacFeagh, estaba navegando en su *bhirlinn* cuando una fortísima borrasca se había formado de repente contra él, arrojándole junto a su tripulación a las aguas heladas del estuario sin que nada pudiera hacer. Había luchado valientemente contra el fuerte oleaje, escuchando los gritos moribundos mientras todos los demás perecían hasta que, exhausto él también, había perdido el conocimiento.

Cuando volvió a despertarse, se encontró echado debajo del calor de una pila de pieles en una caverna marítima al lado de un fuego crepitante. La vieja y demacrada bruja que alimentaba la fogata le dijo a

MacFeagh que le había salvado de ahogarse mediante un encantamiento, y que le había llevado hasta la seguridad de su cueva y hogar en Jura.

Macfeagh se había sentido tan agradecido hacia ella por salvarle que le prometió recompensarla con una de sus muchas y valiosas posesiones. Permaneció con la bruja durante varios días para recuperarse, pero cuando se sintió con fuerzas y llegó el momento en que pensó que podía regresar a su propia casa, la cual podía ver a través de la bruma en la isla adyacente, la bruja se negó con gran obstinación a renunciar a él, arrastrando la embarcación una y otra vez mediante una soga mágica.

MacFeagh no tuvo otra opción que quedarse como invitado mal dispuesto, torturado por la visión de su querido hogar tan cerca y no obstante tan lejos de su alcance. Hasta que consiguió ganarse la confianza de la bruja lo suficiente como para enterarse de que tenía un hacha que podía cortar la soga encantada con la que le retenía. Una noche sin luna, a altas horas, MacFeagh robó el hacha y partió la soga para escapar de ella, llegando a casa para alivio y alegría de su preocupada familia, mientras el furioso aullido de la bruja viajaba tras él con el viento marítimo.

Al día siguiente, la bruja se presentó a la puerta de MacFeagh para exigir el cumplimiento de su promesa: regalarle su posesión más valiosa. Pero cuando le ofreció un maravilloso broche con piedras preciosas, lo rechazó, alegando que sólo aceptaría el antiguo y renombrado báculo del clan a cambio de haberle salvado la vida.

Murdoch se negó y le ofreció bienes y riquezas más allá de lo imaginable, no obstante la vieja exigió el preciado báculo. Sin deseo de desprenderse de su reliquia ancestral e inquieto por la siniestra presencia de la bruja, MacFeagh ordenó que se la llevaran y le advirtió que no volviera nunca jamás.

Para cuando amaneció a la mañana siguiente, tres de los cinco hijos del jefe había fallecido en circunstancias misteriosas. Les encontraron tendidos en sus camas, con los rostros plácidos mientras dormían, como si les hubieran arrebatado la respiración. Abatido por el dolor, MacFeagh se fue directamente hasta el baúl, pero descubrió que el antiguo báculo había desaparecido, de algún modo lo habían sacado de allí sin que la cerradura se hubiera abierto.

En su lugar había un pedazo de burdo pergamino. En él estaban escritas estas palabras en gaélico antiguo:

*Durante novecientos años, y luego cien más, cualquier
criatura o animal al que permitáis traspasar la puerta de
vuestro corazón, enseguida escapará y caerá bajo la losa más
contundente de la muerte, mientras lo observáis sin poder
hacer nada, abandonados y solos. Sólo en esta isla brumosa
puede encontrarse la verdad, el báculo de san Columbano os
librará de la maldición que os tiene encadenados. Alguien de
corazón y mirada pura enmendará los errores del pasado,
¡para poner fin a los sufrimientos soportados!*

A partir de entonces, y a lo largo de más de tres siglos, los seres queridos de cada jefe MacFeagh perecían a menudo de forma repentina y bajo circunstancias extremas: ahogos, incendios, incluso caídas accidentales. Parecía que cada vez que un MacFeagh cometía el error de permitir que alguien se acercara a su corazón, la maldición regresaba con su toque fatal de Midas, tal y como la bruja había profetizado aquel día lejano.

Debido a esto, los perdurables jefes MacFeagh se habían convertido en un clan de hombres distantes, intocables, que observaban impotentes cómo sin previo aviso los que les rodeaban caían víctimas de la amarga maldición de la bruja. De niño, Gabriel había visto en contadas ocasiones a su padre, el gran Alexander MacFeagh. Su madre, Lillidh, se había hecho cargo de su cuidado y atención, mientras su padre pasaba el tiempo encargándose de su hermano mayor, Malcolm, preparándole para el papel reclusivo de jefe de los MacFeagh.

Malcolm había sido un estudiante aplicado, llevaba bien el temido legado y se convirtió en un fiero hombre tan frío e insensible como su padre. Todo el mundo había predicho que haría bien el papel de señor, ya que no permitía que nadie se le acercara, ni siquiera su madre.

Pero nadie había previsto la muerte prematura de Malcoln, un insólito accidente que tuvo lugar después de comer por error un anapelo venenoso en vez de la raíz de rábano picante que pretendía. Por consiguiente, nadie podía haber predicho la repentina sucesión de Gabriel, el segundo hijo.

Gabriel no estaba preparado para asumir el maldito papel de jefe del clan. A diferencia de Malcolm, no había sido educado para suprimir sus emociones tras un muro impenetrable de fría indiferencia, evitando todo sentimiento, toda compasión. Como resultado, Gabriel cometió el error fatal de preocuparse por Georgiana, de intentar ayudarla y, en última instancia, la había llevado hasta su muerte, perpetuando la creencia común de que los MacFeagh asesinaban a los suyos, y demostrándose a sí mismo que era necesario hacer todo lo que estuviera en sus manos para proteger a su hija de un destino similar.

Durante los tres años pasados tras la muerte de Georgiana, Gabriel había hecho todo lo posible para evitar pasar más de unos pocos momentos en compañía de su hija fuera donde fuera. Se aseguraba de que estuviera bien cuidada y se ocupaba personalmente de que recibiera buenas ropas y alimentación, confiando su bienestar físico a un puñado de criados que habían demostrado ser leales y dignos de confianza hacia él y su familia.

Era todo cuanto podía permitirse acercarse a ella.

Hablar con ella, preocuparse por ella, conocerla lo más mínimo significaría un riesgo demasiado grande; y ya había cometido una equivocación con anterioridad. No tenía intención de repetir aquel error.

Por consiguiente, Gabriel iba a hacer todo lo que estuviera en su mano para evitar querer a su hija.

Cualquier cosa, si con ello conseguía salvarle la vida.

Capítulo 5

Eleanor abrió los ojos lentamente a la naciente luz de la mañana…

… y a la visión inesperada de Juliana de pie al lado de la cama. La niña seguía con el cabello recogido cuidadosamente debajo del gorro de noche mientras la observaba fijamente con su silencio sepulcral. La ventana situada a sus espaldas revelaba que aún era temprano, el sol apenas había empezado a ascender por el veteado cielo de la mañana. Durante los momentos iniciales, Eleanor se preguntó qué la había despertado. No recordaba haber sentido a Juliana levantándose de la cama, ni tan siquiera haber sentido algún empujoncito animándola a que se levantara. Pero algo la había despertado.

Rebuscando en su memoria, recordó un sonido, como el golpe seco de un pie… el pie de alguien situado muy cerca, al lado de la cama.

—¿Qué sucede Juliana? —dijo incorporándose en la cama. Sentía punzadas en el cuello a causa de la incómoda posición en la que había pasado toda la noche, colocada en un extremo del colchón al lado de Juliana—. ¿Sucede algo?

Juliana no contestó, tampoco con un movimiento de cabeza, ni de asentimiento ni de negación. En vez de eso, se volvió y recorrió la habitación hasta la puerta, con la misma expresión ambigua en el rostro mientras la abría en silencio y luego se colocaba a un lado, esperando.

Esperando a que Eleanor saliera de la habitación.

¿Estaría enfadada, se preguntó Eleanor, por haberse despertado encontrando a alguien, una extraña, con ella en la cama? Tal vez lo consideraba una intrusión en aquella última conexión sagrada entre madre e hija. Eleanor no había tenido en cuenta aquel aspecto la noche anterior cuando decidió quedarse con Juliana. Su único pensamiento había sido continuar vigilándola, para asegurarse de que no siguiera deambulando por otras zonas del castillo en la oscuridad de la noche.

Tras decidir que sería mejor satisfacer los deseos de la niña, Eleanor se levantó de la cama y cruzó la estancia para marcharse. La noche anterior no se había puesto el camisón después de descubrir que Juliana había desaparecido, de modo que aún llevaba el vestido de muselina azul clara, ahora arrugado sin remedio, que se había puesto el día anterior para cenar. Tenía el pelo despeinado, medio le colgaba de las horquillas. Sin duda sería conveniente un baño y un vestido limpio antes de desayunar.

Eleanor empezó a andar hacia el pasillo para marcharse, hasta que advirtió que Juliana no la seguía. Se volvió y vio que ella había regresado junto a la cama para estirar las colchas arrugadas. Colocó bien las almohadas. En unos instantes no quedó ni una señal de que alguien hubiera pasado la noche ahí.

La soltura con que ejecutaba aquel ritual y la práctica de sus movimientos comunicó a Eleanor que la niña había hecho esto muchas veces antes. ¿Cuánto tiempo llevaba Juliana viniendo a dormir al dormitorio de su madre? ¿Desde la muerte de lady Dunevin? ¿Y nadie más en el castillo estaba al corriente de sus visitas nocturnas a esta habitación?

Cuando acabó de hacer la cama, Juliana se dio la vuelta, cogió la muñeca de donde la había dejado, en una silla al lado de la cama, y salió tranquilamente de la habitación cerrando la puerta tras ella. Mientras Eleanor se colocaba a la zaga de la niña, caminando por el vestíbulo a oscuras, decidió que Màiri tenía razón en lo que le había dicho en la cocina la noche anterior.

Al fin y al cabo, había algo ahí, detrás de la mirada silenciosa de Juliana.

La lluvia que había humedecido la tarde previa continuó cayendo a lo largo de la mañana siguiente, debilitándose hasta convertirse en una llovizna brumosa para el mediodía. Comprobó que la temperatura de las islas era bastante más baja que la del continente, acicateada por un cortante viento del mar que soplaba con fiereza proveniente del canal en dirección oeste, con tal constancia que los desnudos árboles a lo largo de la costa estaban perpetuamente inclinados en dirección este.

En vez de molestar a otra persona para que cargara con cubos de agua hasta su habitación en la torre, Eleanor se había dado un baño rápido en la pequeña antecámara adyacente a la cocina, en una tina de madera con agua que Màiri había calentado encima del fuego de la chimenea. El sobresalto al salir con los pies descalzos del calor del agua sobre el frío suelo de piedra la había despojado de cualquier resto de su fatiga. Eleanor no tardó en percatarse de que las finas y elegantes sedas y las muselinas decorativas que componían todo su guardarropa le ofrecerían poco bienestar contra el frío penetrante de la isla.

Sentía pinchazos en los dedos incluso ahora mientras se abrochaba laboriosamente todos los botones que se alineaban en la parte delantera de su vestido de muselina color lila. Gracias al cielo tenía mangas estrechas que le tapaban hasta las muñecas. De todos modos, tendría que agenciarse algunas de las lanas más cálidas que constituían las prendas de primera necesidad de las islas. Hasta ese momento, Màiri le había prestado uno de sus propios pares de medias de lana y un grueso chal a cuadros escoceses para mantenerse caliente.

Después de desayunar té, bollos y las gachas calientes con nata fresca de Máiri, Eleanor y Juliana se retiraron arriba a los confines de la zona infantil y al calor del pequeño hogar, donde mantuvieron una tetera con brebaje humeante a lo largo del día para calentarles. Eleanor había dejado recado a Fergus de que su señoría estaba invitado a acercarse allí para hablar sobre el programa de estudios de Juliana. Horas después, no obstante, lord Dunevin aún no había dado ningún indicio de tener intención de unirse a ellas.

Eleanor pasó buena parte de la mañana seleccionando entre numerosos libros y mapas y otro material impreso que encontró en el aula. Apuntó notas sobre el material que necesitaba en un pergamino que encontró en el cajón del escritorio del rincón, mientras Juliana se limitaba a permanecer en la ventana igual que el día anterior, observando la lluvia que era impulsada hacia el mar y el sol que empujaba esforzadamente la luz a través de las húmedas nubes de otoño.

Aparte de las pataditas que le había dado a primera hora de la mañana, Juliana no había hecho ningún otro esfuerzo por comunicarse con Eleanor. Tomó su desayuno en silencio mientras Màiri charlaba bebiendo té con Eleanor.

Ella había dejado sobre la mesa del aula aquella misma mañana un libro de cuentos infantiles, con la esperanza de poder extraer alguna información sobre los gustos y desagrados de Juliana a partir de él, pero la niña apenas le había prestado atención y continuaba intacto donde lo había dejado ella antes.

Sentándose a un lado de la pila cada vez más reducida de libros que había dejado para examinar, a Eleanor se le ocurrió de pronto una idea. Cruzó la habitación y cogió una caja con un pequeño alfabeto de azulejos pintados que había encontrado aquella mañana y luego regresó a la mesa situada más próxima a Juliana.

Sentada en una de las dos sillas pequeñas, Eleanor esparció los azulejos de marfil sobre la superficie de la mesa con las letras pintadas cara arriba. Algunos de los azulejos tenían una letra, otros llevaban combinaciones de consonante y vocal. Una vez Eleanor acabó de colocarlos todos, llenando casi la superficie de la mesa con ellos, se volvió a mirar a su silenciosa y joven pupila.

—Juliana, antes he encontrado estos azulejos y he pensado que tal vez pudiéramos intentar un juego juntas…

Juliana perfectamente podría haber estado en otra habitación o incluso en otro planeta por la atención que le prestó. Sin dar el menor indicio de haberla oído, la niña continuó sentada como estaba, acurrucada sobre el asiento de la ventana, de espaldas a la habitación mientras miraba fijamente el oscuro horizonte, ausente a todo lo demás a su alrededor.

«¿Qué era lo que atraía tanto la atención de la niña por el mar?», pensó Eleanor.

Frunció el ceño llena de frustración al ver que Juliana continuaba sin reaccionar. No iba a rendirse con esta niña, no como hacía el resto del mundo.

Volvió a intentarlo.

—No sé cómo eran las demás institutrices, Juliana, pero te prometo que lo único que quiero es ayudarte. Por favor, ¿no quieres ayudarme a que yo te ayude?

Pasó un momento de silencio hasta que, felizmente, las palabras de Eleanor parecieron abrirse camino de algún modo a través de Juliana, quien finalmente se volvió para mirarla. Su expresión decía más que cualquier palabra. Sus ojos oscuros estaban abiertos y llenos de esperanza.

La niña quería que la salvaran. Pero ¿de qué?

Lo descubriría de algún modo.

Indicó la silla que tenía enfrente.

—¿No quieres acercarte y sentarte conmigo durante un momento?

Juliana bajó del asiento de la ventana y se acercó con vacilación a la pequeña mesa. Ocupó lentamente la silla de enfrente y recorrió con su mirada los azulejos esparcidos antes de volver la atención a Eleanor, que esperaba.

Ésta sonrió, mientras la chispa de la esperanza se apoderaba de su interior.

—Quiero que sepas que nunca intentaré obligarte a hablar. Si tú no quieres, no hará falta que pronuncies más palabras. Lo entiendo. Pero si alguna vez hay alguna cosa que quieras comunicarme, si tienes frío y quieres echarte un chal, o si tienes hambre, siempre hay otras maneras de comunicarlo, aparte de hablar.

Juliana continuó mirándola, escuchando. O, gracias al cielo, sí, escuchando. Eleanor respiró profundamente.

—Primero, he pensado que tal vez podríamos intentar algo con estos azulejos.

Eleanor estiró el brazo para coger el libro de cuentos que le había dejado a Juliana aquella misma mañana. Cogió varios azulejos, formó la palabra L-I-B-R-O con ellas. Luego observó a Juliana, que leyó los azulejos antes de volver la mirada a ella.

Eleanor juraría haber detectado un rayo de algo ahí, un mínimo indicio de que no iba a decepcionar a Eleanor. Cualquier cosa era mejor que su oscuro silencio.

—Ahora te toca a ti —dijo Eleanor con un rápido movimiento de cabeza para animarla—. Elige el que quieras.

Juliana la miró durante un momento, luego se volvió para inspeccionar la habitación. Su mirada cayó de inmediato sobre un pequeño caballo pintado de rojo, con ruedas gastadas y una cuerda gastada con la que se podía tirar de él. Se levantó para sacarlo de donde se encontraba en la estantería y lo dejó sobre la mesa. Revisando los azulejos esparcidos, cogió una letra y otra y otra más hasta que formó una sola palabra con ellas.

C-A-B-A-L-L-O

Eleanor sonrió, sintió que un calor invadía su cuerpo, como si de repente el sol hubiera penetrado las nubes que amenazaban con una tormenta.

Se estaban comunicando.

Aplacó su excitación y dijo:

—Qué bien —mientras buscaba por la habitación otro objeto para formar una palabra—. De acuerdo, ahora me toca a mí otra vez.

Y continuaron con varias más…

P-E-L-O-T-A
M-A-P-A
S-O-L-D-A-D-O
V-E-L-A

… poniendo nombre a varios objetos de la habitación hasta que volvió a tocarle a Eleanor una vez más. Pero esta vez no buscó por las estanterías para encontrar otro objeto que poner encima de la mesa.

En vez de eso apartó a un lado algunos de los azulejos que aún estaban esparcidos por encima de la mesa. Luego, tomándose su tiempo, juntó el siguiente grupo de letras ordenadamente delante del lugar donde estaba sentada Juliana.

A-M-I-G-A

Eleanor miró, conteniendo el aliento con expectación mientras Juliana leía la palabra, con la cabeza inclinada. Vio que Juliana empezaba a morderse el labio antes de alzar la mirada lentamente a la de ella. Un momento después, su ojos se encontraron.

Eleanor soltó lentamente el aliento, sintiéndose como si se encontrara ante una puerta que llevaba mucho tiempo cerrada, esperando a ver si la dejaban entrar. Podía ver la incertidumbre desplazándose por el rostro de Juliana, la niña que se había ocultado del mundo durante tanto tiempo. En silencio, rogó para que Juliana le diera esta pequeña oportunidad.

—Me gustaría mucho ser tu amiga, Juliana —susurró.

Eleanor no insistió para que contestara, se limitó a esperar. Continuaron sentadas, las dos solas, escuchando el reloj del pasillo que daba los minutos. Afuera, un perro ladraba en el patio debajo de la ventana. Unos instantes después, Juliana estiró lentamente una mano hacia delante, con timidez, y formó una palabra con algunos de los azulejos que aún continuaban sobre la mesa.

S-Í

Juliana alzó la vista de las piezas. Sus ojos se volvieron a encontrar y Eleanor sonrió. Notó un nudo en la garganta mientras pestañeaba para contener las emociones que se apelotonaban en su interior.

—Juliana, yo…

La puerta situada al otro lado de la habitación se abrió de pronto, sin previo aviso, y la magia de ese momento especial entre ambas se desmoronó abruptamente.

—Su señoría le espera en su estudio ahora. —Fergus estaba de pie, mirándolas desde el otro lado de la habitación.

El hombre sin duda tenía propensión a ser inoportuno, pensó Eleanor. Igual que la noche anterior, había llegado en el momento preciso en que Eleanor finalmente conseguía algún progreso con Juliana.

Juliana se apartó tan rápidamente de la mesa que desparramó por el suelo los pocos azulejos que quedaban. En un abrir y cerrar de ojos, había regresado a su lugar en el asiento de la ventana, de espaldas a la habitación una vez más, mirando por la ventana a la oscura extensión de cielo y el mar tormentoso.

Eleanor frunció el ceño mientras se inclinaba a recoger los azulejos del suelo.

—Puede decir a su señoría que bajaré inmediatamente.

Fergus no contestó, continuó en la puerta observando cómo recogía ella los azulejos en la caja. Su inesperada llegada había traído un frío penetrante a la habitación. Su expresión mientras observaba la estancia parecía casi irritada, como si creyera que Juliana había tirado adrede los azulejos de la mesa.

—Gracias, Fergus —dijo Eleanor despidiéndole. En un intento desafortunado de recuperar el calor del momento especial anterior a su llegada, ella cogió las tenazas de la chimenea y echó un ladrillo de turba al fuego, que agitó para que prendiera. Al ver que Fergus no hacía ningún movimiento para marcharse, añadió—: ¿Alguna cosa más?

El hombre mayor se la quedó mirando de un modo que parecía que casi pretendía intimidarla.

—No, señorita.

Entonces se volvió y desapareció por el pasillo.

Eleanor se levantó y se sacudió las manos sobre las faldas para alisárselas, deseando poder sacudir también el frío de la presencia del criado. Por lo visto, no todo el mundo iba a recibirla tan bien en su nuevo puesto en la casa como había hecho Màiri.

—Bien, mejor no hago esperar a tu padre —dijo—. ¿Estarás a gusto aquí sola mientras yo bajo, o quieres que le pida a Màiri que te haga compañía hasta que yo regrese?

El ánimo de Eleanor se hundió al ver que Juliana no respondía. Confiando en no haber perdido el pequeño terreno que había ganado con el ejercicio de la mañana, Eleanor se acercó a ella y le colocó una mano con dulzura en el hombro.

—Regresaré enseguida.

Juliana continuaba clavada en la ventana.

Descorazonada, Eleanor se volvió y salió en silencio de la habitación. No iba a perder la esperanza. Había alcanzado a Juliana una vez, había atravesado su silencio. Y lo haría de nuevo.

Minutos después, estaba de pie en el umbral abierto de la entrada del estudio del vizconde. Él se hallaba sentado detrás de su gran escritorio con un gran lebrel inglés —probablemente al que había oído ladrar— despatarrado como una alfombra de pelo extendida ante el fuego. El perro alzó su gran cabeza cuando ella llegó, manteniéndose alerta mientras Eleanor llamaba suavemente a la jamba de la puerta.

—¿Milord?

El vizconde alzó la mirada del documento que estaba leyendo. Llevaba puestos unos lentes que suavizaban la intensidad de su mirada oscura, dándole el aspecto de un académico más que el de un fiero jefe de clan de las Tierras Altas.

—Miss Harte —dijo e hizo una indicación hacia delante—. Buenos días. Por favor, pase.

Eleanor cruzó la habitación para sentarse en una de las dos sillas tapizadas de tela escocesa que estaban colocadas transversalmente ante el escritorio. El perro, que sentía curiosidad por la repentina desconocida, se levantó del fuego y cruzó sigilosamente la alfombra para olisquearle los pies. Cuando ella se sentó y el perro de desproporcionado tamaño se puso a su lado, el animal y Eleanor se quedaron casi a la misma altura.

El vizconde reprendió al perro y dijo en gaélico:

—Cudu, *a-sìos*. Siéntate.

—Oh, no, no pasa nada.

Eleanor tendió sus dedos al majestuoso perro, que miró una vez a su amo antes de olisquear con su morro estrecho y húmedo la mano estirada de ella. Tras un momento, agachó su elegante cabeza con la esperanza de conseguir una buena rascada detrás de las orejas entrecanas. Eleanor le complació con sumo gusto y, a partir de ese momento, sus pies recibieron el calor de un compañero peludo.

Lord Dunevin dobló las manos ante él sobre el escritorio y la miró.

—Fergus me ha dado recado de que quería hablar un momento conmigo sobre el programa de estudios de Juliana.

Eleanor se aclaró la garganta mientras hacía un gesto de asentimiento.

—Sí, milord, aunque en verdad yo esperaba hablar de esto con usted *en* el aula.

El vizconde se la quedó mirando lleno de incredulidad, y Eleanor tuvo que recordarse una vez más que ya no era su igual socialmente, lady Eleanor Wycliffe, heredera de la fortuna Westover, sino su empleada, la señorita Nell Harte. Decidió que debería suavizar su tono.

—Mis disculpas, milord. No era mi intención hablar irrespetuosamente.

Él sacudió la cabeza.

—No se preocupe. He estado un poco ocupado esta mañana —añadió a modo de explicación.

Eleanor se encontró estudiando la línea de la mandíbula oscurecida por su barba y los pocos mechones de pelo oscuro que caían sobre su frente. Se preguntó si la línea que arrugaba su frente se relajaría alguna vez. Se preguntó si sonreía alguna vez. Cuando comprendió que él la estaba mirando fijamente, se apresuró a apartar la vista y volvió la atención a las notas que había preparado antes en la clase.

—Sí, bien, el material que he encontrado en el aula es, en general, adecuado, pero he advertido ciertas especialidades de estudio que no están representadas y que recomendaría se incluyeran en su educación.

—¿De veras?

—Sí. —Eleanor le tendió las notas al tiempo que se adelantaba levemente en la silla—. Me he tomado la libertad de enumerar algunas materias adicionales que he considerado que pueden resultar beneficiosas.

El vizconde cogió la página. Al principio dio la impresión de que únicamente iba a dar un vistazo por cortesía, pero algo que ella había escrito atrajo su atención y revisó las notas una segunda vez, más a fondo.

Alzó la vista para mirarle.

—¿Astronomía? ¿Botántica? Y esta última, ¿anatomía?

Eleanor asintió.

—Señorita Harte, mi idea no es convertir a mi hija en una intelectual de nueve años. Mi planteamiento iba más en la línea de enseñarle a escribir una carta correctamente o tocar una melodía agradable en el pianoforte, o incluso diseñar el menú de una cena con buen criterio. ¿De qué modo serviría la anatomía en la preparación de mi hija para que algún día sepa llevar la casa de su marido?

Eleanor se puso tensa ante aquel concepto demasiado manido e intolerante, de que ser esposa, madre y cortés anfitriona eran el colmo de la ambición femenina. Durante toda la vida se había tragado esa misma creencia de que la ingenuidad era «encantadora» y la indefensión una virtud anhelada, como tragaba un poco de té por la tarde con los dedos bien colocados, algo que en definitiva le había hecho sentirse traicionada y terriblemente vulnerable.

Era un error que no tenía intención de perpetuar en una siguiente generación.

—En realidad, milord —dijo entonces Eleanor echando hacia atrás los hombros para sentarse tiesa en la silla— creo que una formación básica en anatomía es sumamente beneficiosa para una mujer, más incluso, aunque esto podría discutirse, de lo que es para un hombre. Porque, ¿a quién le corresponde, señor, la tarea física de traer nuevas vidas al mundo? Cuanto menos espantoso sería eso para una mujer con los conocimientos básicos sobre su mecánica en vez de continuar despreocupadamente con la creencia de que a los niños los trae la cigüeña en medio de la noche para dejarlos encima de la almohada de la madre, canturreando y sonriendo cuando les descubren a la mañana siguiente.

Eleanor había alzado la voz hasta el punto de que el propio Cudu levantara la cabeza para mirarla con asombro. Su acceso de indignación daba un rubor muy atractivo a su rostro, el entusiasmo con el que había hablado le iluminó los ojos, que adquirieron un verde más oscuro de lo que ya eran.

Gabriel no estaba acostumbrado a que nadie, y mucho menos una mujer, le hiciera frente con tal osadía. Casi todas las personas con las que se encontraba temían su mera presencia y estaban conformes con cualquier cosa que dijera aunque no coincidiera con su punto de vista.

Al fin y al cabo, él era el Diablo del Castillo de Dunevin.

Pero esta mujer...

Se encontró preguntándose qué se sentiría al besar la boca de la que surgían aquellas fieras palabras, y luego se preguntó de dónde había surgido ese pensamiento.

Apartó la vista de Eleanor y concentró la mirada en la carta que estaba respondiendo cuando ella llegó: un anodino y farragoso informe de su abogado, George Pratt, desde Londres. Cualquier cosa con tal de apartar sus pensamientos de la plenitud del labio inferior de ella.

—De hecho, señorita Harte, aquí en Escocia la creencia es que durante la noche las hadas se llevan a las criaturas, y por consiguiente no suelen traerse al mundo a esas horas.

La institutriz malinterpretó entonces aquel intento de distraerle la atención y tomó aquellas palabras como una pretensión de ridiculizar algo que a ella le parecía tan importante.

Sus ojos centellearon con un furioso fuego verde.

—Mófese lo que quiera, señor, pero sé de lo que hablo. La ignorancia nunca ha servido para nada. Es una debilidad que convierte a la mujer en víctima en vez de protegerla.

Mientras Gabreil observaba aquella mirada audaz y sus mejillas encendidas de entusiasmo, se preguntó qué le habría sucedido en la vida para que fuera consciente con tal vehemencia de las cargas de su género. No había duda de que había crecido entre la buena sociedad. Sus modales y su manera de hablar dejaban claro aquello y su educación estaba muy por encima de la de los miembros más privilegiados del sexo femenino.

¿Quién era entonces esta señorita Nell Harte? ¿De dónde había salido? ¿Estaba casada? Obviamente ella no deseaba estar donde había vivido antes y era la mejor candidata para enseñar a Juliana a comportarse en sociedad.

Más que eso, ella era la *única* candidata.

Si quería enseñar a su hija las constelaciones estelares o los nombres latinos de cada una de las hierbas que crecían en la isla, que fuera como ella quisiera. Una vez concluida la educación de Juliana, regresaría al lugar —o junto a la persona— que había dejado atrás, y él volvería a la soledad de su vida con el bienestar futuro de Juliana asegurado.

—Una vez más ha demostrado que tiene razón, señorita Harte. Estoy convencido de que Juliana sólo podrá beneficiarse de estudiar las materias que ha mencionado. Tiene a su disposición mi biblioteca cada vez que necesite usarla. Los campos temáticos le resultarán más que suficientes, ya que durante los siglos pasados, mis antepasados han sido grandes coleccionistas de textos escritos sobre una variedad de temas. Si hay alguna otra cosa que considere necesaria, veremos si se puede adquirir en el continente.

Por un momento, Eleanor se quedó pasmada. No dijo nada, se limitó a hacer un gesto de asentimiento. Ese único movimiento de cabeza hizo que un pequeño mechón de cabello color castaño se escurriera de la restricción de su cofia, deslizándose con suavidad sobre su mejilla, una mejilla que en opinión de Dunevin resultaría tan suave como la seda al tocarla.

—¿Eso es todo? —preguntó Gabriel, tomando conciencia de la creciente intimidad entre ambos, allí solos en la habitación, con tan sólo la masa lanuda de su perro estirada entre ellos.

—Sí, milord. Le agradezco su actitud abierta en cuanto a la educación de Juliana. Es una manera de pensar admirable en un hombre de su rango.

Gabriel no estaba seguro de si debía tomar aquello como un cumplido o como una afrenta personal a su clase. No tuvo tiempo para decidirlo ya que ella se levantó entonces y se dio media vuelta para salir de la habitación.

Mientras pasaba delante de su escritorio, Gabriel captó su aroma, una mezcla embriagadora de flores y especias. Fue igual que si le golpeara.

Entonces, cuando ella se disponía a salir de la habitación, él se encontró observando el suave balanceo de sus caderas debajo de la delicada muselina clara de la falda. De pronto el calor de la habitación pareció subir varios grados. Su respiración se aceleró. Se percató de una presión peligrosa y por completo primitiva en su entrepierna. Le sorprendió y, al mismo tiempo, le dejó completamente espantado.

¿Qué demonios estaba haciendo? No era un estudiante sin experiencia soñando con una oportunidad entre los muslos sensuales de la hija del director. Era un hombre, un hombre que sabía bastantes más cosas, un hombre que había aprendido demasiado bien los peligros de ceder a sus emociones.

Era un hombre que no se había acostado con una mujer hacía más tiempo de lo que podía recordar.

Esta mujer llevaba en la isla, en su hogar, tan sólo un día y él estaba allí sentado contemplando la suavidad de su piel, perdiéndose en su fragancia. ¿No había aprendido nada después de Georgiana? ¿Cuántos inocentes más tenían que sufrir por él?

Gabriel sabía demasiado bien qué tenía que hacer. Tenía que convertirse en el hijo de su padre, el gran Alexander. Debía convertirse en alguien frío, distante, al que nada en absoluto le afectara. Mantendría la misma armadura de duras aristas que había servido a los señores de Dunevin durante generaciones. Y aquello también significaba una cosa muy clara.

Debía evitar a toda costa estar en compañía de aquella misteriosa institutriz.

Capítulo 6

Gabriel pasó rápidamente del embarcadero a la cubierta del batel desgastado por la climatología que se mecía perezosamente sobre las olas que rompían en la costa.

Había amanecido una mañana clara, fresca y despejada, el tipo de día que hacía salir a todo el mundo después de demasiadas jornadas de estar recluidos junto al calor de un fuego de turba.

No era frecuente que en la costa del litoral occidental se disfrutara de un clima tan favorable a estas alturas de la estación. Los meses del declive del otoño se veían más frecuentemente oscurecidos por las nubes bajas o castigados por el constante azote de fuertes vientos provenientes del mar. Cuando tenían la suerte de disfrutar de una inesperada buena climatología como la de hoy, parecía casi una día de asueto no planeado.

Antes de ver el día, Gabriel había decidido pasar la jornada metido en su estudio para atender su correspondencia y cuadrar los libros de contabilidad de la propiedad. Pero al ver el barco desde la ventana de su estudio y observar que se preparaba para su viaje al continente decidió que los libros podían posponerse hasta otro inclemente día.

Las aguas del estuario tiraban de la pequeña embarcación mientras Gabriel se protegía los ojos contra la luminosidad del día, llenando los pulmones de sal, vaho y frescor del vigoroso aire del mar. Un día así, transcurrido en mar abierto, era justo lo que Gabriel necesitaba para aclararse la cabeza, expulsar las ideas que le habían asediado durante el sueño, imágenes de una institutriz concreta con destelleantes ojos verdes y una boca que suplicaba ser saboreada.

—*Là math dhut, Dòmhnall* —saludó Gabriel en gaélico a Donald

Duncan MacNeill, uno de los arrendatarios de la isla, que preparaba el barco para la partida.

Los miembros de la tripulación ya estaban a bordo, subiendo agua fresca y despidiéndose de esposas y madres que les insistían en que llevaran ropa adicional por si acaso el tiempo cambiaba de forma repentina.

Gabriel dedicó un momento a escudriñar el horizonte oriental, mirando hacia el distante continente que se elevaba a través de la bruma del amanecer, que iba disipándose. Allí, oculto tras la dispersión de islas que componían las Hébridas Interiores, se hallaba su destino, Oban, la pintoresca localidad costera y puerto central de todo Argyllshire.

—Esta mañana el viento debería permitirnos cruzar rápidamente —dijo Gabriel.

—Sí, milord —respondió Donald, hablando en su gaélico materno, aunque, como Gabriel, había aprendido inglés desde muy temprana edad—. Sin duda, haremos un buen tiempo esta vez.

Donald tenía sólo unos pocos años menos que Gabriel, quien tenía treinta y dos años de edad, y había nacido en Trelay, igual que su padre y antes el padre de éste. Sólo se había ido de la isla en una ocasión en su vida, a los diecisiete, cuando se alistó en uno de los poderosos regimientos de la Tierra Alta de Argyllshire para luchar contra Napoleón en la península Ibérica.

Donald había regresado al cabo de un año más o menos de su marcha después de haber recibido un tiro en la pantorrilla, del cual finalmente se había recuperado, pero que le había dejado una pronunciada cojera que desde entonces le había bautizado con el apodo de el «cojo Donald» para todos en la isla. Capitaneaba su tosca embarcación dos veces por semana hasta el continente escocés para llevar a Oban pasajeros, coger el correo y recoger para los demás campesinos provisiones que no se podían cultivar o fabricar en la isla. Como agradecimiento por esta labor caritativa que realizaba, el resto de gente de la isla cuidaba de su pequeño rebaño de ovejas y de sus pocas vacas y la cosecha de patatas y cebada que alimentaría a Donald y a su joven familia durante los meses venideros de invierno.

Gabriel estaba ya listo en el embarcadero de la pequeña embarcación, ansioso por partir. No quería perder ni un solo momento de aquel glorioso día. La pequeña tripulación de cuatro personas ya había embarcado y estaba lista en sus diversos puestos. En cuestión de minutos, los detalles finales para la partida estuvieron preparados.

—¿Te ayudo a empujar? —preguntó Gabriel mientras iba a buscar la cuerda torcida que estaba amarraba al rocoso embarcadero.

—Sí, milord, eso sería...

MacNeill vaciló, mirando más allá de Gabriel en dirección a la distante colina del castillo.

—Un momento, milord.

Gabriel apartó la vista del grueso cabo para ver a dos figuras que bajaban deprisa por el sendero en dirección al embarcadero. Estaban demasiado lejos como para distiguirlas, pero ambas iban vestidas con faldas y mantos, y una de ellas era bastante más pequeña que la otra.

La figura más alta agitaba los brazos en un esfuerzo obvio por atraer la atención. Eso *no* era precisamente lo que necesitaba ese día, pensó Gabriel.

—¡Yuju! —llamó una voz aflautada mientras las dos se aproximaban—. Buenos días, lord Dunevin.

Estaba sin aliento a causa del rápido descenso por la ladera de la colina y el pelo se le había soltado de las horquillas. Era de un intenso marrón caoba muy bruñido a causa del sol y enmarcaba sus mejillas y nariz, sonrosadas a causa del aire frío, lo que le daba un gran atractivo.

—Por lo que me ha dicho Màiri, creo entender que hoy van al continente —dijo, manifestando algo obvio, con la esperanza, dedujo él, de una invitación a subir a bordo.

Gabriel la miró.

—Sí, señorita Harte, así es.

Si él creía que con esa respuesta prosaica iba a disuadirla, enseguida comprobó que se equivocaba.

—Bien, entonces, me alegro mucho de haberles alcanzado antes de su partida.

Sin esperar una mano que la ayudara, subió rápidamente a cubierta y se volvió con un rumor de faldas para coger la mano de Juliana y ayudarla a subir a bordo después de ella. Entonces se acercó a Donald y le tendió la mano.

—¿Cómo está? Soy la señorita Harte, la nueva institutriz de la señorita Juliana. Me pregunto si podríamos acompañarles a la ciudad hoy. Hace un día tan encantador para navegar.

MacNeill se quitó su raída gorra de pescador, revelando el corto pelo de vivo color rojo que surgía debajo. Esbozó una amplia sonrisa.

—Donald MacNeill a su servicio, señorita Harte.

La institutriz le devolvió la sonrisa, fascinando al marino escocés y a toda su tripulación con sus dientes.

—Por favor, llámeme Nell. Todo el mundo lo hace.

«Todo el mundo menos yo», pensó Gabriel.

La miró.

—¿Qué esta haciendo, señorita Harte?

Su sonrisa fácil se desvaneció y se volvió a mirarle con ojos llenos de curiosa inquietud: ojos *verdes* llenos de curiosa inquietud.

—Vaya, pues, sencillamente, estoy siguiendo su consejo, milord.

—¿Mi consejo?

—Desde luego. Según su cocinera, Màiri, puedo comprar un par de zapatos resistentes en Oban a muy buen precio.

—Y creo que le dije que Fergus se ocuparía de ello por usted.

—Sí, pero no veo ningún motivo para apartarle de las demás obligaciones que le mantienen ocupado si yo misma puedo hacer ese recado con facilidad. También necesito alguna ropa más apropiada y, bien, no creo que Fergus pueda ocuparse adecuadamente de la compra de mi ropa interior, ¿o cree que sí?

Un vislumbre de ella en camisola tomó forma fugazmente en su imaginación. Gabriel frunció el ceño, aunque difícilmente podía rebatir su necesidad de ropa más apropiada para las islas.

Incluso ahora, iba vestida con un vestido de talle alto confeccionado en una tela ligera a cuadros y calzaba unas delicadas pantuflas sin tacón, como si fuera a hacer una ronda de visitas en vez de navegar por una ruta inclemente. Si continuaba vistiéndose así, cogería una pulmonía antes de un mes.

—Así —continuó ella— podré estar segura de la talla, y puesto que el tiempo es tan bueno, pensé que era el día perfecto para una primera salida para Juliana y para mí.

Detrás de ella, Juliana miraba a su padre como si esperara que él fuera a negarles el paso.

Aunque su instinto inicial le dijo que era eso lo que debería hacer, sabía también que Juliana llevaba encerrada dentro del castillo demasiadas semanas sin poder salir al exterior. Incluso ayer, un tranquilo momento al lado del mar se había estropeado con motivo de la lluvia. Por consiguiente, no tenía nada que objetar en contra de una saludable dosis de sol y fresco aire de mar.

También sabía que no podía echarse atrás y renunciar él al viaje sin provocar preguntas, o sea, que se limitó a musitar:

—Muy bien. —Y una vez más se fue hacia las cuerdas de las amarras.

Una vez sueltas, el balandro se alejó con facilidad del embarcadero, arrastrado por las olas onduladas mientras las resistentes velas de lana se llenaban del vigorizante viento. La tripulación ocupó sus lugares en los bancos, preparándose con los estrechos remos, y a la orden de *¡Tiugainn!* proferida por Donald en gaélico, todos respondieron al unísono.

La embarcación se levantó hacia delante. Salieron a la mar.

Mientras navegaban, el aire se llenó del sonido rítmico del cántico de los barqueros, una antigua canción que les ayudaba a mantener los movimientos sincronizados. Era una práctica habitual entre las islas, varios versos habían sido transmitidos de generación en generación entre los hombres de mar.

Entre cada progresión, Gabriel podía escuchar la charla imparable de la señorita Harte mientras explicaba a Juliana cosas que sabía y, alternativamente, preguntaba a Donald cosas que desconocía.

—¿Ves esto de aquí, Juliana? Es la parte delantera de la embarcación, llamada «proa», y la posterior se llama «popa», ¿es correcto, señor MacNeill?

Antes incluso de que éste pudiera responder, se volvió y le preguntó:

—Oh, ¿y cómo se llama esa pequeña isla de ahí, señor MacNeill?

—Oh, ésa es Eilean Olmsa, señorita. Hay una leyenda que dice que cuando el Bonnie Prince vino a Escocia allá en el cuarenta y cinco, fue allí donde tomó tierra por primera vez antes de seguir hacia el norte, hasta Barra.

—¿Ah sí? —Los ojos de la institutriz se iluminaron llenos de curiosa excitación mientras inspeccionaba el escarpado litoral del pequeño islote como si buscara entre las rocas y la maleza al Estuardo desaparecido—. Cuénteme esa leyenda, señor MacNeill...

Mientras Donald empezaba a recontar las mismas historias jacobitas de siempre que todos habían oído desde la infancia, Gabriel se entretuvo comprobando una y otra vez la driza del otro lado del barco, agradeciendo el vigoroso frío del viento contra su rostro y su cuello, cualquier cosa con tal de apartar su atención de aquellos malditos ojos verdes.

Esta mujer tenía una luz en torno a sí, un resplandor indescriptible que brillaba con su curiosidad incansable y su naturaleza apasionada. Tenía un rostro que mostraba cada emoción que sentía como si de un libro abierto se tratara.

Era *embriagadora*.

El trayecto por el estuario no era breve en absoluto; tardarían casi hasta el mediodía para alcanzar la bahía de Oban. En ningún momento durante el viaje la señorita Harte dio muestras de quedarse sin palabras.

Juliana, en contraste, nunca pronunciaba una palabra. Estaba sentada como siempre había hecho, cada día en los tres últimos años, mirando ausente el horizonte lejano, sin prestar atención a toda la actividad que se producía en torno a ella.

De todos modos, Gabriel no podía evitar estar asombrado por su nueva institutriz. Nunca se rendía. A diferencia de la anterior institutriz, que no tardaba en retirarse rápidamente de cualquier intercambio social con Juliana cuando la niña no respondía, la señorita Harte continuaba hablando con ella como si mantuvieran una conversación ininterrumpida. La incluía en todo lo que sucedía a su alrededor, incluso le hacía preguntas como si no se percatara de que sólo una de las dos estaba hablando.

Las siguientes horas pasaron rápidamente. Nada más superar la mitad del trayecto, el batel entró en la parte del estuario que comenzaba a estrecharse entre las islas más grandes de Mull y Jura. A partir de ahí, la pequeña embarcación sintió con más fuerza el tirón de los vientos que giraban y silbaban a través del caprichoso pasillo marítimo. Cada vez que se encontraban en la cresta de una ola, desde la proa en forma de pico de la embarcación salían despedidas hacia arriba rociadas saladas de agua de mar.

Al llegar a un lugar concreto, los remeros se pararon de pronto, detuvieron sus movimientos y levantaron los remos al aire, permitiendo a Donald que gobernara diestramente la embarcación con el timón sobre las olas picadas.

La navegación se calmó después. Incluso la señorita Harte pareció percibir el cambio mientras se impulsaban de nuevo con los remos por la embocadura en dirección a Oban. Pronto, un rugido distante y familiar empezó a oírse desde el este, cada vez más sonoro, con cada ola que tomaban.

—Och —dijo Donald, mientras mantenía una mano firme en el timón del barco—, parece que el *cailleach* está de buen humor esta mañana, sí señor.

—¿*Cailleach*? —preguntó la institutriz.

—Sí. ¿Oye eso, señorita Eleanor? ¿Ese rugido? Es la hechicera de las islas, el rugido de Corryvrecken. Es el más temido remolino de estas aguas, situado frente a la costa norte de Jura, ahí. —Indicó hacia la costa más próxima, donde se elevan tres picos distintos a través de la bruma permanente—. Mejor que usted y la jovencita busquen un lugar fuerte donde asirse. Lo más probable es que la navegación se ponga difícil durante un rato.

—¿Es peligroso? —preguntó la señorita Harte, mirando al horizonte oriental con cierta consternación. Su desbordante entusiasmo por la pausada navegación de pronto se había esfumado.

—Sí, puede ser, para los que no conocen bien las aguas de Lorne —respondió Donald—. Se llama Coire Bhreacain en gaélico, «La caldera del príncipe Breacain», y viene de una leyenda casi tan vieja como estas mismas islas. Dicen que hace cientos de años, allá cuando los pictos y los gaélicos moraban estas antiguas tierras, llegó un día un tal príncipe Breacain de la lejana Noruega, que quería pedir en matrimonio a la hermosa hija del señor de las Islas.

»Pero el señor, que pretendía poner ciertamente a prueba al joven príncipe antes de entregar el valioso premio de su querida hija, le dijo al príncipe que debía fondear su galera durante tres días y tres noches en medio de la marea revuelta que ruge entre Jura y Scarba. Si superaba la tercera noche y llegaba a la mañana, ganaría la mano de la muchacha del señor.

»Muchos barcos encontraron su fin en esas aguas traicioneras, de modo que, para prepararse mejor, el príncipe partió de regresó a Noruega para consultar a sus jefes espirituales. Estos hombres sabios estudiaron sus viejos pergaminos y pidieron consejo a las deidades nórdicas. Finalmente regresaron junto al príncipe con su asesoramiento.

—¿Qué le dijeron? —Tenía los ojos abiertos llenos de fascinación.

—Le animaron a llevarse con él al reino de las Islas tres cuerdas, una tejida con lana, otra con cáñamo y otra con auténtico cabello de doncellas vírgenes. Bien, no hace falta decir que muchas muchachas escandinavas entregaron sus sedosas trenzas al guapo príncipe para que confeccionara su cuerda, pero lo que él no sabía era que una muchacha —Donald sacudió la cabeza con congoja—, *och*, no era tan pura. Desconocedor de esto, el príncipe Breacain se apresuró a navegar de regreso a las islas, preparado con sus tres cuerdas y seguro de poder enfrentarse al reto al que le desafiaba el señor de las Islas.

Gabriel se encontró mirando con fascinación la expresión de la audiencia de Donald, compuesta por una sola mujer. Ella ya se había olvidado de su inquietud por el rugido que les envolvía en ese momento; la vieja leyenda la tenía por completo cautivada.

Gabriel, por su parte, estaba absolutamente cautivado por ella.

—¿Qué sucedió cuando el príncipe regresó?

—La primera noche —explicó Donald, con voz cada vez más acallada por el sonido del mar—, la cuerda confeccionada de lana se rompió, pero el príncipe consiguió capear la fuerza de la marea y aguantar hasta la mañana. La segunda noche, la cuerda de cáñamo no aguantó mejor. De todos modos, Breacain resistió. La tercera cuerda se mantuvo firme a lo largo de la tercera noche tal y como los sabios habían prometido, hasta que una terrible tormenta se levantó desde el oeste y la hebra que contenía el cabello de la doncella impura se rompió, debilitando el resto de la cuerda. Justo antes del amanecer, Brecain y su barco fueron arrastrados por la marea embravecida, condenado así a quedarse sin la mano de su princesa. Pero su perro fiel rescató el cuerpo sin vida del pobre príncipe y lo llevó hasta las costas de Jura, donde luego fue enterrado en la caverna que lleva su nombre todavía hoy en día.

Para entonces, la institutriz contemplaba a Donald con una expresión de completa y pura veneración. Incluso Juliana estaba embelesada con la historia, y apartaba la mirada del horizonte distante para prestar atención a MacNeill.

Gabriel permanecía en silencio sin poder evitar aplaudir el esfuerzo del marinero, ya que durante el rato que le llevó narrar aquella vieja y vívida leyenda, había conseguido salvar los peligros de la rugiente marea. En estos momentos, su aullido se desvanecía lentamente, fundido en las brumas que dejaban tras ellos.

Un breve rato más tarde, llegaron deslizándose con la corriente al activo embarcadero de Oban, donde se detuvieron.

Gabriel saltó de la chalupa para ver si podía asegurar las cuerdas de amarre, luego se volvió de inmediato para ayudar a los otros a bajar al embarcadero. Las horas pasadas habían sido una prueba difícil para él, al verse obligado a estar en tan próxima compañía de Juliana después de pasar los últimos meses haciendo todo lo posible para evitarla. Tenía que recordarse continuamente los peligros que entrañaba disfrutar de su compañía.

Por consiguiente, cuando sintió el contacto de los dedos de Juliana entre los suyos, se abstuvo de saludarla con una sonrisa y lo dejó en un comedido gesto con la cabeza mientras ella descendía al muelle.

Finalmente tendió su mano a la señorita Harte, quien permanecía a la espera en la proa de la embarcación. En el momento en que estiró la pierna sobre el casco para descender al embarcadero, la embarcación dio una repentina sacudida, que la arrojó hacia delante a los brazos de Dunevin. Sorprendida, Eleanor le miró a los ojos y soltó una brusca exhalación cuyo calor notó contra su mandíbula, de tan cerca de él que estaba, y aquel mismo aroma seductor intoxicó sus sentidos.

Como respuesta, el cuerpo de Dunevin dio virtualmente un brinco. El calor de ella contra él, su olor, la *feminidad* de su presión, le hizo sentir aquella tensión en los riñones mientras su pulso latía con fuerza.

Era una sensación que no había experimentado en cierto tiempo.

Era una sensación que le resultaba agradable.

Ella le estaba mirando con sus ojos muy abiertos, con aquel verde oscuro avellana, y la boca levemente separada. Sería tan fácil besarla y en cierto modo sabía que ella lo permitiría, y pese a todo sabía que tenía que alejarse de ella.

Inmediatamente.

Gabriel la dejó en el suelo y se apartó con cierta torpeza.

—No podemos partir más tarde de las dos en punto si queremos regresar a la isla antes del anochecer —dijo de forma más abrupta de lo que pretendía.

Sin esperar una respuesta, se alejó de ella simulando que iba a verificar una vez más si los cabos gruesos estaban bien amarrados, y dejó a Eleanor contemplando con aturdimiento la pared implacable de su espalda.

Capítulo 7

*H*abía un tramo empinado de peldaños de piedra, resbaladizo a causa de la bruma del mar, que subían del abarrotado muelle a George Street, la principal vía pública de la pequeña aldea de Oban.

La pequeña localidad pesquera de las Tierras Altas se había desarrollado tan sólo en los últimos treinta años o algo más, creciendo en torno a la curva oriental de una pintoresca bahía bañada por el mar. Apenas era poco más que una hilera de viviendas con techos de paja y casas blanqueadas con cal, con empinados techos, y aunque no había iglesia, tenía dos pequeñas posadas, una aduana, una destilería y otros negocios dispersos centrados mayoritariamente en las actividades pesqueras que componían el grueso de la limitada economía local.

Ubicada al pie de una elevada montaña repleta de árboles, Oban se protegía de los cortantes vientos de las Hébridas con la verde isla de Kerrera situada al otro lado de la bahía, dominada en su extremo meridional por el fortín de Dunollie.

Este antiguo castillo había sido la residencia del clan MacDougall, ahora una ruina derrumbada, aunque en otro tiempo había sido el bastión de los reyes de Dalraida. El presente jefe MacDougall aún ocupaba la tierra, vivía en una casa construida con la propia piedra del castillo justo después de la derrota del cuarenta y cinco. Lo único que quedaba del baluarte original era la antigua torre central, de pie como un centinela sobre la cala protegida, en el punto preciso en el que la majestuosa cumbre de la montaña se unía con el cielo infinito.

Eleanor decidió que sería más prudente iniciar la excursión por un lugar familiar, por lo tanto comenzaron a andar por George Street, caminando la corta distancia hasta la posada donde había estado alojada días antes, aquella misma semana. Pensó en preguntar a la esposa del posadero, la señora MacIver, para que le indicara dónde podría encontrar sus tan necesitados zapatos.

Tuvieron que acelerar el paso para eludir un carro tirado por un poni y Eleanor cogió de la mano a Juliana para guiarla con seguridad. De todos modos, no se la soltó después de que el carro se hubiera ido, y se sintió encantada al ver que Juliana no se desasía.

Cuando entraron en el poco iluminado salón principal de la posada, no encontraron a nadie, aunque Eleanor alcanzó a oír unas voces apagadas procedentes de la parte posterior. Miró a Juliana y le sonrió, luego la guió hasta un banco pequeño de aspecto rústico situado bajo la pequeña ventana que daba a la calle.

Eleanor se volvió justo cuando la esposa del posadero entraba en la sala, limpiándose las manos en el mandil.

—*Och*, jovencita, vaya susto me ha dado. No la oí entrar, pero no voy a decirle que me sorprende verla aquí. Esperaba su vuelta. Como le dije antes, son pocas las que han durado más de una noche en esa isla maldita. Pero no se preocupe, aún mantenemos su habitación preparada para usted. ¿Querrá quedarse sólo una noche, entonces, o más tiempo?

Eleanor sacudió la cabeza.

—Oh, no, lo siento, señora MacIver, pero creo que está en un error. No era mi intención ocupar una habitación. He decidido quedarme y ocupar el puesto de institutriz en la isla. Sólo quería…

—¿Institutriz? —Los ojos de la señora MacIver se habían agrandado como la luna llena de otoño. Se quedó boquiabierta de asombro y necesitó todo un minuto para recuperar el habla—. ¿Va a quedarse ahí en esa isla maldita y cuidar de esa hija del diablo?

Eleanor frunció el ceño con desagrado a la mujer.

—Le agradecería que no hablara de un modo tan descortés delante de la señorita MacFeagh.

—Es la niña del diablo, lo es, tan seguro como que su padre le ha robado la voz.

—Ya es suficiente, señora MacIver.

—Entonces ¿por qué no habla?

—A lo mejor no tiene nada que decir. Le recordaré también que el hecho de que no hable no significa que no *oiga*, de modo que le pediría que controlara su lengua y no hiciera más comentarios. Y bien, si fuera tan amable de indicarnos cómo ir al zapatero del pueblo, saldremos de su salón y nos pondremos en marcha.

La señora MacIver sacudió la cabeza acongojadamente.

—*Och*, jovencita, no sabe el grave error que está cometiendo. Un error muy grave.

—Entonces asumo el error. El zapatero, señora MacIver, por favor.

La mujer le frunció el ceño, obviamente contrariada por no haber sido capaz de rebatir sus alegaciones sin sentido.

—Está un poco más abajo en esta calle, en el lado de la bahía, cerca del final de la ciudad. Tiene un enorme perro negro, grande como un oso, que guarda su puerta todo el día, más remolón que un mosca en un pastel. Busque ese animal y habrá encontrado el lugar.

Eleanor dio las gracias a la mujer y tendió su mano a Juliana, quien se apresuró a cogerla, sin duda con tantas ganas como Eleanor de salir por la puerta.

Fue cuando estiró el brazo para coger la manilla para marcharse cuando se fijó por primera vez en un anuncio colgado junto a la puerta en el lugar preciso donde días antes encontró el cartel que le había llevado a Trelay.

Sin embargo esta vez, no era una oferta de trabajo.

ANUNCIO

Se ofrecerá una recompensa monetaria de cantidad substancial
a quien facilite el regreso de lady Eleanor Wycliffe,
del reputado ducado de Westover.

Es una dama de tez clara, tiene cabello marrón y ojos verdes.
Lo último que se ha sabido de ella es que viajaba en solitario
por el norte de las Tierras Altas.

Quien disponga de información,
por favor, póngase en contacto con su Excelencia,
el duque de Westover, o su heredero el marqués de Knighton.
No se reparará en gastos con tal de dar con su paradero.

Eleanor sintió que su rostro perdía rápidamente todo color. «Oh, santo Dios», pensó, la estaban siguiendo.

Tenían que haber colgado el anuncio en los últimos dos días, ya que había estado alojada en la posada antes de eso y no lo había advertido. Quiso preguntar a la señora MacIver acerca del cartel, preguntarle quién lo había traído y cuándo, pero le preocupó que sus muestras de interés pudiera atraer la atención de la mujer al hecho evidente de que la persona de que hablaba el anuncio no era otra que ella misma.

De hecho, estaba sorprendida de que todavía no se hubiera percatado de ello.

Eleanor echó una rápida ojeada a la mujer, que estaba atareada arreglando unas flores en un pequeño jarrón. Fingiendo buscar algo en su cartera, esperó a que la mujer se volviera un momento, y luego se apresuró a arrancar el anuncio de la pared, arrojándolo descuidadamente al interior del bolso.

Una vez en la calle, Eleanor se detuvo para respirar a fondo. Su primer pensamiento fue regresar a la chalupa de MacNeill y simplemente esperar allí a que llegara la hora de marchar, y lo habría hecho, de no ser porque de verdad necesitaba comprar unos zapatos. Tal vez era el único anuncio colgado, pensó esperanzada. Si no fuera así, tendría que asegurarse de que encontraba los demás letreros y los retiraba, empezando, decidió, por la cabaña del zapatero.

Mientras se ponían a andar calle abajo en la dirección que les había sugerido la señora MacIver, Eleanor miró hacia las montañas y advirtió que los cielos comenzaban a taparse. Confió en que no empezara a llover otra vez.

No tuvieron que caminar muy lejos para llegar a una pequeña vivienda cubierta por una parra que tenía lo que parecía un pequeño barril que salía por la parte superior, como si fuera una chimenea. Tendido delante había un perro negro verdaderamente prodigioso, despatarrado ante la puerta. Tenía los ojos cerrados, su respiración era lenta y pesada y no dio muestras de prestarles atención mientras se acercaban tranquilamente. No se movió, ni siquiera levantó la cabeza…

…hasta que estuvieron a escasa distancia.

Se incorporó de un tirón y se colocó entre ellas y la puerta con un rápido movimiento. Al instante siguiente empezó a ladrar como una fiera.

Juliana se quedó petrificada al lado de Eleanor. Ésta se apresuró a colocarse entre la chica y el perro que no paraba de ladrar. Cogiendo a la niña de la mano con fuerza, Eleanor dio un paso cuidadoso para acercarse un poco a la puerta. El perro enseñó los dientes y la miró.

—¿Hay alguien? —llamó débilmente a la casa, confiando en llamar de algún modo la atención del propietario del perro en el interior, como si su voz temblorosa pudiera oírse por encima del barullo creado por esta criatura de mil demonios.

No hubo respuesta, de modo que soltó la mano de Juliana para dar un paso al lado y acercarse más a la única ventana. Intentó escudriñar al otro lado de su finísimo vidrio.

—Por favor, ¿hay alguien ahí?

Mientras se movía un poco para ver mejor entre las raídas cortinas, oyó que el perro soltaba un grave gruñido.

—¡Juliana, no!

Juliana se había adelantado y había estirado la mano hasta pocos centímetros del morro entrecano del perro. El primer instinto de Eleanor fue tirar de ella para que estuviera a una distancia segura, pero temió que si se movía demasiado rápido, el perro se sorprendería y arremetería contra ella.

Fue entonces cuando advirtió que el perro ya no gruñía. En vez de eso había levantado su gran hocico hacia arriba y olisqueaba con curiosidad los dedos estirados de Juliana. Eleanor contuvo el aliento, rezando en silencio. El perro soltó un suave gemido y luego lamió la mano de Juliana, empujando la cabeza bajo sus dedos para recibir una rascada.

Juliana sonrió y se agachó ante el animal, y le acarició con cariño.

—Sí, me pareció oír llamar a alguien. Buenos días, señorita.

Un hombre musculoso, tal vez cerca de los treinta, con pelo rubio cobrizo y ojos color ambar, salió de detrás de la maltrecha casita. Se limpio los dedos en un paño antes de tender su mano para estrechar la de Eleanor.

—Seamus Maclean a su servicio.

Eleanor sonrió y sacudió la cabeza.

—Buenos días tenga, señor Maclean, soy la señorita Nell Harte, y ésta es la señorita Juliana MacFeagh. Hemos venido a buscar unos zapatos.

—¿MacFeagh? —Echó una mirada a Juliana con una mirada muy parecida a la de la molesta señora MacIver—. ¿De los MacFeagh de Trelay?

Después de la anterior conversación en la posada, las defensas de Eleanor reaccionaron de inmediato.

—Sí, señor, eso mismo. Hemos venido desde Trelay. Soy la institutriz de la isla ahora.

—¿Así que institutriz? —Su sonrisa ya no transmitía simpatía. Más bien parecía burlarse de sus palabras.

Eleanor le miró frunciendo el ceño

—De modo que ésta es la pequeña silenciosa. Sí, aunque lleva la marca infortunada del color de su padre, aún tiene la luz de la belleza delicada de su madre, desde luego.

¿Había conocido este hombre a la madre de Juliana? Tal vez la vizcondesa había venido a su vez a la ciudad a por zapatos. Sus palabras, no obstante, y la emoción distinguible con la que les hablaba, dio indicios de una relación mucho más que familiar.

Maclean debió de recordar entonces que habían venido a comprarle algo, ya que su tono cambió casi al instante.

—¿Ha venido por unos zapatos, dice?

—Sí. Un par de medias botas debería ser suficiente, si es tan amable, señor Maclean.

El zapatero sonrió ampliamente.

—¿No es de las Tierras Altas, verdad, señorita Harte?

Eleanor creía que su obvia falta de acento escocés ya habría dejado eso claro, pero de todos modos sacudió la cabeza y dijo:

—Soy de Inglaterra, señor.

—¿Una *sassenach*, dice? No puedo decir que haya visto ni tan siquiera oído hablar de algo llamado media bota. La mayoría de jovencitas de las Tierras Altas ni tan siquiera llevan zapatos.

Eleanor frunció el ceño.

—Ya veo. Bien, por lo visto he venido al establecimiento equivocado. Siento haberle molestado, señor Maclean. —Se volvió para marcharse—. Vamos, Juliana.

—Sí, tiene que ser sin duda de las Tierras Bajas, por sus prisas por largarse sin dejarme acabar lo que estoy diciendo.

Eleanor se detuvo y le miró, esperando.

—No puedo hacerle esa media bota de la que habla, pero puedo hacerle un precioso par de zapatos bajos escoceses que le servirán mucho mejor que esas pequeñas pantuflas elegantes que lleva. De todos modos, primero tendré que medirle los pies, para tomar la talla correctamente.

Se fue hasta la puerta de su vivienda y la abrió, luego se hizo a un lado e indicó a Eleanor que pasara adentro. Eleanor vaciló durante un momento, esperando no arrepentirse de haber venido y preguntándose si podía atreverse a confiar de él lo bastante como para quedarse. Decidió que su necesidad de zapatos superaba a sus recelos. Hizo un gesto con la cabeza a Juliana para que la siguiera y se dirigió hacia la entrada.

Eleanor se agachó para entrar por la baja puerta y se encontró de pie en una pequeña y abarrotada habitación que ocupaba todo el interior de la cabaña. En el muro más alejado se hallaba una chimenea de tosca construcción. Por su aspecto parecía más bien una pila irregular de piedras planas amontonadas y su humo llenaba parcialmente la habitación en vez de escapar totalmente a través de lo que, en efecto, era una chimenea con un barril abierto en el extremo. Una tetera oscurecida hervía agua a fuego lento, y numerosas herramientas y utensilios de formas diversas colgaban en una mezcla dispersa en cada pedazo vacío de la pared.

Gracias a Dios, no descubrió indicios de que hubieran colgado también aquí algún otro anuncio como el que había retirado de la posada. Más bien dudaba de que el zapatero pudiera encontrar espacio para aquello en la pared.

Maclean cruzó la habitación para quitar rápidamente el polvo a un pequeño banco situado junto al fuego y luego le hizo un gesto para que se sentara mientras él se retiraba al extremo más alejado en busca de algunas herramientas.

Eleanor se quitó el zapato e hizo amago de dárselo cuando él regresó.

—¿Para qué es eso?

—Para que me talle el pie, señor.

Maclean volvió a sonreír ampliamente mientras sacudía la cabeza como si ella acabara de decir algo divertido.

—No puedo dar formar a un zapato con esa monada tan ridícula.

Se sentó sobre una pequeña banqueta ante ella y estiró la mano; era obvio que esperaba que ella pusiera el pie allí.

Por lo visto, en las Tierras Altas, el recato pudoroso no tenía mucho sentido.

Eleanor levantó el pie lentamente y lo puso en la palma que le esperaba, asegurándose de que el dobladillo de la falda no iba más arriba del tobillo.

Maclean movió las manos con destreza sobre el pie enfundado en la media y probó varias plantillas de cuero sobre él. No se tomaba la molestia de tocar el pie con delicadeza, más bien la manera de manipularlo conllevaba una familiaridad despreocupada que a Eleanor le fue incomodando por momentos.

Cuando notó sus manos debajo de las faldas y que empezaban a ascender más arriba del tobillo para continuar luego por la pantorrilla, Eleanor se puso tensa.

—Le ruego me perdone, señor, pero...

—Es suficiente, Maclean.

Eleanor dio un respingo al oír la repentina e inesperada voz bronca que llegó de detrás de ellos.

Se volvió para ver a lord Dunevin con el rostro marcado por un severo ceño, de pie junto al umbral de la puerta de la cabaña, que llenaba con su imponente estatura.

El perro, se percató, no había hecho el menor ruido y no había advertido de su llegada.

—Creo que ya ha tomado suficientes medidas como para hacer a la dama un par de zapatos aceptables. Ahora póngase a trabajar.

Malean hizo una mueca con una fría mirada fija en el vizconde.

—Ah, vaya, cuando me desperté esta buena mañana nunca hubiera pensado que iba a encontrarme al mismísimo Diablo del Castillo de Dunevin de pie en la puerta de mi casa. ¿Cómo le va al poderoso señor Matachín estos días?

Los ojos de Dunevin se entrecerraron peligrosamente mientras avanzaba por el interior de la habitación. Su oscura cabeza rebotaba casi en las vigas ennegrecidas por el humo.

—Tenemos un barco que coger para poder regresar a la isla al anochecer, Maclean. Haga los zapatos a la dama, y dése prisa.

Los hombres permanecieron cara a cara durante varios instantes cargados de tensión. Todavía con aquella fría sonrisa de suficiencia, Maclean se volvió entonces a Eleanor.

—Me llevará un momento, joven.

Se levantó y partió por una puerta que daba a la parte trasera de la casa.

A solas ahora, tan sólo con aquel pesado silencio entre ellos, el vizconde miró a Eleanor con una glacial expresión de severidad.

—Sería prudente por su parte, señorita Harte, no permitir tales libertades a un escocés, especialmente delante de mi hija.

Eleanor se le quedó mirando sin habla.

—¿Libertades? Perdóneme, milord, pero el señor Maclean me estaba tomando la talla para hacerme un par de zapatos. Sí, se estaba comportando con demasiada familiaridad y, en el momento en que nos interrumpió, estaba a punto de reprenderle.

—A un hombre como Maclean le importan muy poco sus reproches corteses. —Lanzó una rápida mirada a Juliana antes de decir—: Las esperaré fuera.

Eleanor no sabía a quién tenía más ganas de arrear un cachiporrazo en la cabeza, si a Maclean por su rudeza o a lord Dunevin por su acusación infundada. Había hecho que sonara casi como si hubiera estado coqueteando con el zapatero escocés. Aún peor, había dado a entender que no sabía desenvolverse sola, que todo hubiera estado perdido a no ser que él hubiera aparecido en la escena para salvarla.

Contuvo su necesidad de dejarle claro que era del todo capaz de cuidar de sí misma, que la situación la había tenido muy controlada en todo momento. En vez de eso, lo único que pudo hacer fue dejar a un lado los sentimientos y sonreír al notar que Juliana la observaba. Esperó en silencio a que Maclean regresara.

Lo hizo después de casi un cuarto de hora, trayendo con él un par de zapatos con cordones de cuero de los que usaban habitualmente en las Tierras Altas.

Eleanor metió con facilidad un pie en el calzado de fina suela y luego tiró fuertemente de los cordones de cuero que se entrecruzaban por la parte superior para atarlo. El zapato se ajustaba como un guante, el cuero suavemente tratado se amoldaba con delicadeza a los contornos de su pie. Pese a su conducta descortés, Maclean ciertamente conocía su oficio.

Mientras daba unos pasos para probar la talla, Eleanor advirtió que los lados de los zapatos habían quedado sin coser en algunos puntos. Maclean debió de haber advertido su incertidumbre ya que explicó:

—Los lados quedan abiertos de este modo para permitir que el agua salga, si no estaría chapoteando como una nutria cada vez que llueve.

Ciertamente no se parecía a ningún zapato que ella hubiera usado en el pasado, pero en cuanto se acostumbró a su horma flexible, Eleanor los encontró bastante a su gusto.

—Gracias, señor Maclean. Son muy cómodos. Le agradezco especialmente haberlos hecho tan rápidamente. ¿Qué le debo, señor?

Él estaba recogiendo las herramientas de espaldas a ella.

—Tres chelines. Se gastan con facilidad de modo que por ese precio le haré otro par y se lo enviaré la próxima vez que MacNeill haga la travesía.

Mientras Eleanor se estiraba para dejar las monedas sobre la mesa de trabajo, Maclean se volvió a mirarla. Había desaparecido la sonrisa de suficiencia y los burlones ojos ámbar. En vez de eso, de súbito su expresión se había tornado grave.

—Tenga cuidado en esa isla, muchacha. Es un lugar lamentable, desolado. Si alguna vez se encuentra en peligro, recuerde siempre *Uamh nan Fhalachasan* «la Cueva de lo Oculto». Pregunte a Màiri dónde está. Hay una cámara secreta en la parte posterior desconocida incluso para él. Guarde el secreto, muchacha, no se lo diga a nadie. No cometa la misma equivocación que lady Georgiana.

La mirada del zapatero era tan furibunda que Eleanor sólo pudo hacer un leve gesto de asentimiento y apartar los ojos nerviosamente. Se dio la vuelta para llamar a Juliana.

Mientras se acercaba a la puerta, se preguntó si el enfrentamiento anterior entre Maclean y lord Dunevin no tendría que ver con alguna historia sucedida anteriormente entre ellos, una historia que sospechaba que estaba relacionada con la anterior vizcondesa.

Mientras salían del interior de la casita, se sintió un poco sorprendida al ver que lord Dunevin aún las esperaba afuera.

—¿Le quedan bien los zapatos?

Parecía haber olvidado la anterior situación desagradable en el interior de la cabaña.

—Sí, ciertamente, milord. Son de lo más cómodos.

—Bien. Entonces las acompañaré hasta el muelle. —Con esto empezó a andar por el sendero que se alejaba de la vivienda.

—Oh, gracias, milord, pero Juliana y yo aún no hemos acabado nuestro paseo. Todavía nos queda una hora o más, y había pensado visitar las ruinas de Dunollie antes de terminar las compras en la ciudad. Aprecio mucho su amable oferta, pero creo que puedo seguir yo sola.

El vizconde murmuró algo que ella no alcanzó a oír demasiado bien.

—¿Perdón, milord?

—He dicho que las acompañaré a donde tengan que ir.

Eleanor pensó durante un instante, luego hizo un gesto de asentimiento, creyendo que era una buena oportunidad para que él pasara un rato en compañía de Juliana. Tal vez, si el vizconde viera los avances que ella estaba haciendo con su hija, no se mostraría tan reacio a pasar más ratos con ella. De hecho, Eleanor pensó entonces que haría todo lo posible para prolongar el paseo sólo por aquel motivo.

—¿Nos vamos, entonces?

Pasaron la siguiente media hora ascendiendo por el sendero empinado y lleno de maleza que subía por la frondosa ladera que llevaba hasta las ruinas del castillo. La vista sobre la apartada bahía y las islas distantes era impresionante, una rica paleta de colores verdes, púrpuras y rojos, que se extendían hasta donde la vista alcanzaba y más allá. Las islas de Mull y Lismore y la península de Morvern se veían claramente desde esta incomparable posición ventajosa, era fácil entender por qué este lugar había sido escogido específicamente para ubicar un fortín.

Construido en una época en la que la mayoría de traslados se hacían por agua, cualquiera que se aproximara desde una distancia de diez millas sería avistado sin dificultad.

Mientras estaban allí, ascendiendo por lo que en otro tiempo había sido residencia de antiguos reyes, encontraron al actual jefe del clan MacDougall, quien había observado su ascensión desde la casa que ocupaba a corta distancia de la antigua torre. Pese a su avanzada edad de casi ochenta años, había hecho el recorrido colina arriba para saludarles y luego pasó casi una hora contándoles historias maravillosas sobre los MacDougall a lo largo de la historia. A Eleanor le pareció un anfitrión afable y genial.

Tras dejar Dunollie, siguieron el camino colina abajo hasta el pueblo. Mientras paseaban tranquilamente por George Street, cada uno perdido en sus propios pensamientos, Eleanor no pudo pasar por alto la fastidiosa sensación de que les estaban observando.

Y así era.

Una casa en concreto corrió las cortinas cuando ellos pasaron y los niños que jugaban en Tom Tiddles se dispersaron y chillaron cuando sus madres les llamaron para que entraran en casa. Las pintorescas viviendas y casas junto a las que pasaron durante su recorrido eran como hileras de damas acicaladas en un baile de Londres, susurrándose unas a otras desde detrás de sus abanicos ribeteados de encaje.

Era totalmente ridículo, pensó Eleanor, este miedo infundado que toda la ciudad sentía hacia lord Dunevin. Era un hombre, no un monstruo, que simplemente había salido a dar un paseo agradable para disfrutar del buen tiempo con su hija. Dunevin fingía no advertir el comportamiento de los lugareños, pero su ceño estaba cada vez más marcado a medida que seguían caminando.

Eleanor se detuvo en un par de tiendas de la zona que bordeaba la bahía para comprar unos metros de lana resistente para hacer faldas, unos cuantos pares de gruesas medias de punto y camisolas confeccionadas con la tela blanca cruzada que llamaban «cuirtan» y que Màiri le había recomendado adquirir. Encargó varias cosas más e intentó no prestar atención a la expresión de la tendera cuando le comunicó que había de entregarlas en Trelay. De todos modos, se sintió aliviada al advertir que en ningún otro lugar del pueblo había letreros colocados para comunicar su desaparición.

Para cuando hubo acabado, Eleanor había gastado casi todas las monedas que lord Dunevin le había dado como adelanto de su salario, pero aún le quedaba dinero suficiente para un artículo más. Había guardado expresamente aquella cantidad.

Llegaron a una tienda pequeña enclavada cerca del muelle, una especie de tienda de accesorios cuyo escaparate estaba lleno de todo tipo de cosas desde husos de madera hasta relojes. Eleanor recordaba el lugar por su anterior visita al pueblo, y en concreto recordaba algo que había visto allí.

—Perdone, milord, pero hay un último lugar en el que deseo detenerme.

Lord Dunevin lanzó una rápida mirada a su reloj.

—Se nos hace tarde, señorita Harte.

—Será sólo un momento, milord. Se lo prometo.

Él asintió de manera cortante y Eleanor se volvió para entrar en la tienda, a la que Juliana entró instintivamente detrás de ella. Mientras Juliana observaba unas imágenes pequeñas de barcos pintados, que se encontraban cerca del mostrador posterior, Eleanor hizo rápidamente su compra y dio las gracias al tendero con un sonrisa mientras se volvía para marcharse.

Con esa última compra bajo el brazo, Eleanor regresó con Juliana a donde esperaba lord Dunevin y caminaron en relativo silencio hasta el muelle.

Cuando se acercaban, Donald MacNeill ya estaba preparado en el batel charlando amigablemente con un compañero barquero. MacNeill sonrió a Juliana para saludarla y luego le habló tranquilamente mientras la ayudaba a subir al barco, en marcado contraste con los lugareños que habían encontrado aquel día, que miraban a la niña más bien como si tuviera la peste.

Una vez que Donald dejó a Juliana instalada y segura en uno de los bancos, se acercó luego a ayudar a Eleanor a subir a bordo.

—Qué par de zapatos más bonitos que se ha agenciado, señorita Harte.

—Gracias, señor MacNeill. El señor Maclean me ha dicho que tendrá preparado un segundo par para cuando usted vuelva a Oban.

—Entonces me aseguraré de recogerlos para usted.

Eleanor le dio las gracias con un movimiento de cabeza y se fue junto a Juliana.

Había sido un día agradable pese a la grosería de Maclean, la señora MacIver y los demás lugareños. Había habido varias ocasiones a lo largo del día en los que Eleanor había advertido que Juliana de hecho la escuchaba y no estaba perdida en su propio mundo silencioso. Eleanor estaba encantada por sus avances, una señal, creía ella, de que aún vendrían cosas mejores en su esfuerzo por llegar a la niña.

—Juliana —dijo mientras se sentaba a su lado en el pequeño asiento de la chalupa—. Tengo algo que quiero enseñarte.

Eleanor retiró la tela que cubría el pequeño catalejo extensible que acababa de adquirir en la tienda.

—¿Sabes qué es esto?

Juliana cogió la pieza de bronce en su mano y la estudió de cerca, volviéndola varias veces en su mano. Miró a Eleanor.

—Se llama catalejo. —Eleanor lo cogió y lo extendió en toda su longitud, unos cuarenta y cinco centímetros más o menos de piezas entreconectadas. La luz de curiosidad que centelleó en los ojos de Juliana fue impagable.

—Miras a través de él por la parte más estrecha, aquí, y hace que las cosas que están lejos se vean más cerca. —Señaló con el dedo la isla de Kerrera mientras navegaban por el estrecho paso y se adentraban en el estuario—. Toma, ¿por qué no lo pruebas?

Eleanor se recostó en su asiento y observó mientras Juliana se colocaba la mirilla cerca de su ojo y miraba al horizonte. Juntó las cejas con gesto de concentración mientras miraba, se retiró y volvió a mirar, apartando el catalejo una y otra vez para comparar la verdadera distancia con la que veía a través del visor.

—Maravilloso, ¿no es cierto? ¿Te gusta?

Juliana simplemente se la quedó mirando, pero sus ojos le comunicaban claramente que sí.

—Entonces es tuyo.

Juliana permaneció quieta durante un largo momento. Luego hizo algo sumamente extraordinario.

Sonrió.

No era una sonrisa amplia, de oreja a oreja, más bien la sonrisa tímida vacilante de alguien que ha estado demasiado tiempo sin sonreír. Eleanor pensó para sus adentros que habría pagado el coste de un centenar de catalejos si eso hubiera servido para ver este momento de felicidad en Juliana.

—Mira ahí. —Señaló hacia fuera, observando cómo volvía la niña a escudriñar a través del visor. Se recostó en el asiento, disfrutando del aire del mar contra su rostro, la libertad de surcar las olas. Fue entonces cuando Eleanor advirtió a lord Dunevin sentado al otro lado.

Estaba observando a Juliana y su sonrisa, inconsciente del silencioso escrutinio de Eleanor. Su mirada mientras observaba a su hija reflejaba tal ternura, tal anhelo inconsciente, que Eleanor pudo sentir sus emociones casi como si se tratara de algo tangible.

No era el rostro de un hombre al que no le importara su hija. Lord Dunevin amaba a Juliana con la cariñosa adoración de un padre verdadero, pero por algún motivo imperceptible, no quería que nadie más lo supiera.

Y aquello dejó un pensamiento persistente en Eleanor.

¿Por qué? ¿Qué era lo que le hacía ocultar este efecto, como si en cierto modo tuviera miedo a que alguien supiera qué sentía de verdad?

Capítulo 8

*E*l trayecto de regreso desde Oban no presentó incidentes, un viaje tranquilo bañado por una radiante puesta de sol con una mezcla de rosas, púrpuras y naranjas centelleando sobre unas aletargadas aguas grises que refulgían como el cristal bajo su débil luz.

La imagen de Trelay mientras se acercaban, envuelta en brumas y luces coloridas era la vista más hermosa, imponente, que Eleanor podía haber imaginado. Permaneció de pie sobre la cubierta del barco, sobrecogida ante el espectáculo, mientras se deslizaban sobre las oscuras aguas para amarrar en el muelle.

El regreso pareció llevar el doble de tiempo que el viaje de ida, pues ya había anochecido cuando llegaron por fin a Dunevin.

Màiri les recibió con una sencilla cena de bollos de cebada, queso y lonchas de polla asada que había preparado amablemente para tenerla lista a su llegada. Màiri preguntó por la excursión, se entusiasmó con el catalejo de Juliana y luego se apresuró a informar a Gabriel sobre las actividades realizadas en su ausencia.

Poco después de la cena, la actividad del día empezó a tener su efecto, suscitando pensamientos silenciosos, amplios bostezos y ojos que se cerraban rápidamente.

Todos se retiraron temprano, poco antes de las nueve, y una vez más, Eleanor bajó a la cocina, después de cerciorarse de que Juliana se metía a la cama, para tomar una taza de té con Màiri. Una vez más, cuando regresó al piso de arriba, descubrió que Juliana había desaparecido de su cama y estaba acurrucada en el lecho de su madre, donde se metió junto a ella.

A la mañana siguiente temprano, compartieron un sencillo desayuno de tortas de avena y té, sentadas en la pequeña mesa junto al calor del hogar de la cocina, mientras Màiri iba de un lado a otro como anticipo de todo lo que tenía que hacer en el horno para la próxima fiesta de San Miguel.

La festividad de San Miguel, el patrón del mar, ponía fin al mes de septiembre, el final tradicional de la cosecha, y era el momento de pagar las rentas y dar las gracias por un recolección abundante.

Las dos hijas casadas de Màiri, Alys y Sorcha, habían venido aquella mañana desde el continente para ayudar a su madre con los preparativos. Mientras verificaban que hubiera comida suficiente y otras provisiones, como los ingredientes para el tradicional pastel Struan Micheil, que sería lo más destacado de la celebración, Màiri se sentó con Eleanor y Juliana, para hablarles de aquella fiesta sagrada.

—Todo el mundo en la isla toma parte en la celebración —explicó— que empieza el domingo anterior al día de San Miguel, un día que llamamos Dòmhnach Curran, donde las mujeres y jovencitas de todas las edades de la isla recogen las zanahorias de los campos. Es una tradición muy asentada en nuestras islas. Usted y la pequeña deben participar con nosotras también.

Eleanor aceptó encantada aquella invitación.

El tiempo seguía siendo bueno y después de acabar el desayuno, Eleanor vio que Juliana iba vestida con ropa de abrigo para salir al aire libre: un vestido de lana y medias para el frío. Eleanor se ató las correas de sus nuevos zapatos y las dos partieron hacia las colinas escarpadas que quedaban detrás del castillo para pasar el día explorando la isla con el nuevo catalejo de Juliana.

Cuando alcanzaba la primera elevación, Eleanor se volvió una vez y creyó atisbar una figura de pie en una de las ventanas del castillo. A tanta distancia, no pudo distinguir que la figura era lord Dunevin, ni pudo ver el ceño de preocupación en su rostro mientras observaba su partida desde el estudio, obsesionado con pensamientos sobre otra salida como ésta hacía tres años, de la cual tan sólo una persona había regresado.

El sol parecía contentarse con ocultar su calor matinal tras una cubierta veteada de nubes otoñales, mientras el viento soplaba desde el estuario, vigoroso y frío, levantándoles los extremos de sus abrigos mientras caminaban. Eleanor llevaba el vestido más caliente que tenía, de terciopelo gris ceniza con mangas que le llegaban hasta las muñecas desde un ajustado corpiño abotonado por delante. Sus nuevas medias de lana proporcionaban calor contra al frío, pero había traído un par de medias de repuesto para cada una de ellas por si les hacían falta más tarde.

Al cabo de media hora, el moño cuidadosamente recogido con el que Eleanor había peinado su cabello aquella mañana se había aflojado, y cada vez caía más sobre su nuca. Un cuarto de hora más y Eleanor renunció al esfuerzo de mantenerlo recogido. Por consiguiente retiró las horquillas que lo aguantaban y dejó su pelo suelto en una maraña sobre sus hombros.

Mientras iban caminando, de vez en cuando se detenían para investigar con el catalejo alguna mancha curiosa en el horizonte más lejano: numerosas barcas de pesca del arenque, una ocasional pardela que sobrevolaba el agua cerca de la superficie en busca de un tentenpié de pescado y la cabeza redonda de una curiosa foca gris que se asomaba en la superficie, que parecía seguirles en cierto modo.

Juliana se detenía constantemente para mirar aquel animal mientras Eleanor charlaba amigablemente con ella sobre el paisaje de la isla, destacando la abundancia de flores silvestres que encontraban a estas alturas de temporada. Cogieron rubilla y otras hierbas para Màiri con las que perfumar los armarios de ropa blanca, que metieron en un pequeño cesto de sauce que la cocinera les había dado antes de salir de casa.

Mientras se abrían camino entre faldas y cañadas, se cruzaron con varios arrendatarios de Trelay. Toda la isla estaba gobernada por lord Dunevin, y quienes vivían fuera de los terrenos del castillo, ocupaban tierras divididas en granjas y pequeñas parcelas, que cultivaban tanto para alimentar a sus familias como para ganarse la vida.

Lo más habitual era que los campesinos no obtuvieran lo suficiente de la tierra como para mantenerse, de modo que complementaban sus ingresos con oficios secundarios como la pesca, recogida de algas, confección de tejidos u otros servicios para la comunidad, tal y como hacía Donald MacNeill al encargarse del correo de la isla y el transporte de mercancías y personas entre Trelay y el continente.

Las granjas junto a las que pasaban eran viviendas solitarias, no grupos de casas como era habitual en los pueblos de Inglaterra, y normalmente consistían una casita con el techo de paja construida junto a un cercado o *drystane* que empleaban para guardar ovejas y cabras. Los materiales utilizados para la construcción de las viviendas provenían de la propia tierra, piedras de todos los tamaños y formas levantadas una sobre otra para formar paredes dispares en torno al piso de tierra bajo un grueso techo de paja.

Algunas contaban con una tosca chimenea o *lum*, a través de la cual se escapaba el humo del fuego de turba que ardía perpetuamente. Otros simplemente permitían que el humo permaneciera suspendido sobre sus cabezas hasta que se abriera camino lentamente a través de las pequeñas grietas en la paja, lo que oscurecía las vigas del interior de un negro refulgente.

Aunque algunos considerarían aquellas condiciones de vida, aparentemente pobres, miserables, Eleanor descubrió que los campesinos eran gente alegre y simpática. Todos les saludaban con sonrisas joviales y afecto cordial, y detenían sus trabajos en los campos para gesticular y gritar algún saludo en gaélico.

Cada vez que se encontraban por casualidad en las proximidades de una casa, de inmediato les invitaban al interior y les convidaban a tomar cualquier refresco que tuvieran a mano: leche, té, whisky incluso, pese al hecho de que para algunos era todo lo que tenían. Todo el mundo trataba a Juliana con el respeto debido a la hija del señor, y la llamaban la «pequeña MacFeagh». Nadie daba muestras de que el hecho de que la niña no hablara provocara alguna incomodidad. De lord Dunevin hablaban sólo como su buen amo, un jefe que se preocupaba del bienestar de su gente, un reacción sumamente diferente a la de los continentales que habían encontrado el día anterior.

Durante su visita a la familia de Donald MacNeill, el barquero que les había transportado a Oban, fue cuando Eleanor empezó a conocer más detalles de la historia de la isla y su misterioso señor, tan dado a recluirse.

Se encontraba sentada a la robusta mesa de roble del hogar de los MacNeill, disfrutando del calor de una taza de té recién hecho en sus manos heladas mientras el hijo mayor de Donald, a quien presentaron como «Donald el joven», estaba con Juliana afuera para que viera cómo traía las ovejas de donde estaban pastando.

La esposa de Donald, Seòna, removía un potaje de olor sabroso que hervía a fuego lento en una marmita encima del hogar mientras su hijo menor, «el pequeño Donald», jugaba alegremente con un ovillo de hilo a los pies de su padre. Era una tradición de las islas, habían explicado, nombrar a los hijos como al padre y al abuelo para garantizar la continuidad de aquel nombre honrado.

Seòna era una mujer joven, de edad muy parecida a la de la propia Eleanor, con el pelo marrón claro retirado de su alegre rostro con ayuda de una redecilla. Llevaba los pies desnudos bajo la colorida tela escocesa de su falda y una camisola color azafrán bajo un corpiño oscuro abrochado con las lazadas bastante sueltas a la altura de la cintura, ya que estaba embarazada de otra criatura que esperaba que fuera una muchacha, dijo, para no tener que buscar más apodos para otro Donald.

—Qué bien que haya venido a la isla a cuidar de la pequeña MacFeagh —dijo MacNeill entonces, asintiendo mientras sostenía su taza de té, repitiendo las palabras de Màiri aquella primera noche que Eleanor pasó en la isla.

—Sí, qué bien —añadió Seòna mientras tiraba al potaje los trozos de patata que había estado cortando—. Hace mucho que no vemos un rostro nuevo en la isla, ésa es la verdad.

—¿Ha habido muchas institutrices antes que yo? —preguntó Eleanor. Advirtió que Donald dirigía una mirada momentánea a su esposa antes de responder.

—No muchas, una o dos. —Hizo una pausa—. Tres o más, pero también sucede que hace ya tres años que nos falta lady Dunevin. Antes de morir, cuidaba de la niña ella misma sólo con la ayuda de una doncella.

—¿Quién ha cuidado de Juliana desde que no tiene institutriz?

—Sobre todo Màiri. A veces el asistente de su señoría, Fergus. Viene de una familia que ha servido a los señores de Dunevin durante generaciones. Para él fue un honor ocuparse de la pequeña, desde luego.

Eleanor hizo un gesto de asentimiento mientras observaba a Juliana al otro lado de la pequeña ventana, arrodillándose para acariciar el morro olisqueante de uno de los corderos lanudos que acababan de llegar. Se preguntó si la actitud manifiestamente brusca de Fergus hacia ella no se debería más al hecho de que Eleanor, una desconocida, asumiera de repente las responsabilidades que él había desempeñado en el pasado.

—¿Lleva mucho tiempo lord Dunevin como señor de la isla?

—Sólo los últimos diez años o algo más —respondió Donald con un gesto de asentimiento. Le ofreció una galleta de avena recién hecha, aún caliente del fuego—. Antes de eso estuvo en la península Ibérica y en la universidad.

—¿Lord Dunevin luchó contra Napoleón?

Eleanor tenía unos cuantos familiares y amistades que habían estado en el extranjero para servir en el ejército: Robert Edenhall, ahora duque de Devonbrook, Bartholomew Tolley, todos ellos amigos de su hermano, Christian, a los cuales conocía desde la infancia. Se preguntaba si alguno de ellos habría conocido a lord Dunevin.

—Sí, el señor era el soldado más fiero que haya visto en mi vida —continuó Donald—. Estuvimos juntos en Coruña. El señor perdió tres de los caballos que montaba, pero él nunca flaqueaba. Era como si, por algún motivo, los disparos del enemigo no pudieran alcanzarle. Una pérdida para el regimiento, eso es lo que fue, cuando nos dejó.

—¿Le hirieron?

—*Och*, no, mozuela. Le llamaron para que regresara a Trelay cuando su hermano Malcolm murió de forma repentina, dejándole como nuevo señor. Los MacFeagh son uno de los clanes más antiguos. El último descendiente directo viviente de los MacFeagh no puede arriesgar su vida luchando contra los franceses. Lord Dunevin tenía obligaciones con el clan y con la gente de esta isla y por consiguiente regresó a Gran Bretaña para casarse con lady Dunevin e instalarse en Trelay. Luego llegó la pequeña y todo iba bien, hasta que…

Justo entonces, Donald el Joven y Juliana entraron en la casa desde el exterior. Eleanor se preguntó qué estaba a punto de contar Donald, pero decidió que era mejor posponer esta conversación para otro momento.

Se volvió a saludar con una afectuosa sonrisa a Juliana, cuyo rostro tenía toques de color en las mejillas a causa del vigoroso viento. Sus ojos enmarcados por los mechones de oscuro cabello que el viento había soltado de su cinta, estaban radiantes y animados.

No hacía falta que la niña dijera una sola palabra para que Eleanor supiera que había disfrutado de su salida con Donald el Joven; se veía claramente en su expresión.

—Bien, ya les hemos robado demasiado tiempo —dijo Eleanor, levantándose de la silla—. Ya hace rato que tendríamos que haber emprendido el regreso a Dunevin. Muchísimas gracias por su hospitalidad.

—¿No les hará falta que Donald el Joven les acompañe de regreso? —preguntó MacNeill—. Se está haciendo tarde.

Eleanor sacudió la cabeza mientras se ponía el abrigo.

—Creo que podremos encontrar el camino, pero gracias por su amable ofrecimiento.

Cogidos del brazo, Donald y Seòna las despidieron y las invitaron a regresar y visitarles cuando les apeteciera algún otro día, algo que Eleanor ya podía adivinar que sucedería con frecuencia. Había disfrutado mucho en esta sencilla granjita. Eran gente afable, simpática, y una de las pocas familias de la isla que hablaban inglés además de su autóctono gaélico.

En el exterior, el cielo ya había empezado a oscurecer aunque todavía era primera hora de la tarde. Eleanor y Juliana aún no habían pasado la cresta de la primer colina cuando Donald el Joven llegó siguiéndolas por detrás con un cubo de madera balanceándose en su mano.

—Mi madre me ha mandado a buscar un poco de leche para la cena. Si no les importa, creo que iré con ustedes. ¡Parece que vamos en la misma dirección!

Eleanor sonrió y asintió, volviéndose a saludar hacia atrás para dar las gracias a Donald, quien se hallaba de pie observándoles desde la entrada de la casita.

Donald el Joven tenía quince años y ya era más alto que su padre, quien había pasado el pelo rojo a su hijo. Sus brazos larguiruchos se notaban bien musculados bajo el algodón de la camisa, como resultado del trabajo constante en la granja. Un muchacho muy despierto, que conocía cada marca junto a la que pasaban, muchas de las cuales se las indicaba para luego relatar las leyendas que rodeaban cada roca o árbol aparentemente insignificante que salpicaba el interminable paisaje.

—Aquello de allá —dijo señalando una gran piedra redonda que descansaba sola, aparentemente bastante fuera de lugar sobre la loma—. Eso es la «Piedra Levadiza». Según cuentan, esa piedra la arrojó aquí desde Irlanda el gran Fingal en persona. Se usaba como prueba de la fuerza de un hombre, aunque fueron pocos los que pudieron moverla y desde luego ningún hombre de nuestro tiempo. Y eso —continuó, señalando hacia lo que parecía un pequeño recoveco en la ladera de una colina alejada—, eso es uno de los escondites de los MacFeagh.

—¿Uno de ellos? —preguntó Eleanor.

—Sí. La leyenda dice que el último gran MacFeagh, Malcolm MacFeagh, no el hermano del señor sino otro, fue perseguido por el clan enemigo de los Maclean hasta aquí. Le persiguieron de un sitio a otro hasta que al final le atraparon oculto en la cueva con su gran perro negro. Había dos entradas a la cueva, que existen aún hoy en día, y él hacía guardia en una entrada con su poderosa espada tradicional mientras el perro vigilaba en la otra, pero dispararon una flecha al jefe a través de una abertura en el techo de la cueva. A partir de entonces los MacFeagh perdieron su lugar de dominio en las tres islas y quedaron exiliados aquí a Trelay.

—Pero ¿por qué los Maclean querían hacer daño a los MacFeagh?

El joven Donald se limitó a encogerse de hombros.

—*Och*, era un enfrentamiento que venía de lejos y, como suele pasar, los motivos se habían perdido en el tiempo.

Eleanor de pronto se acordó del zapatero de Oban, Seamus Maclean, y de la hostilidad obvia entre él y lord Dunevin el día anterior. Se preguntaba si su enemistad era un último resto imperecedero de esta misma contienda eterna.

Mientras Donald había ido explicando estas leyendas a Eleanor y Juliana, casi había llenado el cubo de madera de leche de la vaca negra que pastaba reposadamente en la ladera de la colina. Una vez acabada su tarea, las acompañó un poco más hacia la costa, charlando mientras andaban sobre clanes antiguos, amargas contiendas y cosas por el estilo. El sol casi había desaparecido tras las colinas occidentales y la bruma que parecía adherirse perpetuamente al litoral de la isla había empezado a asentarse lentamente en tierra procedente del mar, veteando el paisaje a su alrededor.

Mientras se acercaban a la costa, justo en el punto en que los pastizales cedían terreno a la duna arenosa, encontraron un curioso montículo de forma cónica, casi tan alto como Eleanor, con toda certeza fabricado por el hombre, por la forma perfecta que tenía.

—¿Qué es eso? —preguntó Eleanor, deteniéndose a mirar mientras Donald procedía a acercarse al montículo.

—Oh, esto es sólo un *sithan* —respondió como si fuera tan común como un seto inglés.

Eleanor esperó en silencio a la explicación que sabía que vendría a continuación y se quedó boquiabierta cuando, casi como diciéndoles «Mira que hago», Donald el Joven procedió a verter una buena porción de la leche de su cubo sobre la parte superior del montículo en el que se había formado una pequeña abertura.

Vertió leche hasta que el líquido prácticamente rebosó el hueco, luego permaneció allí de pie y esperó varios minutos mientras la leche desaparecía lentamente en la tierra. Luego regresó junto a Eleanor y, con toda la naturalidad del mundo, dijo:

—Esto es para los *sith*.

Ella le miró incrédula.

—¿*Sith*? —fue todo lo que consiguió decir como respuesta.

—Sí, los «Duendes Quietos». Viven en esas lomas pequeñas. Nosotros los de la isla les llamamos «Montículos para Hadas». Es un hecho de sobras conocido que si ofreces a los duendecillos un poco de tu leche, no harán daño a tu casa. Son ellos quienes hacen que los prados crezcan fértiles para que las vacas vivan bien de modo que tengamos la leche que nos mantiene. Por lo tanto, es justo que luego les devolvamos un poco de nuestra recompensa, a ellos que nos ayudaron en primer lugar.

Si Eleanor hubiera mantenido esta conversación con él en uno de los numerosos salones de baile que habían constituido el escenario de su vida antes de venir a Trelay, habría pensado que el muchacho era un probable candidato a ingresar en el manicomio de Bedlam. ¿Duendes quietos? ¿Montículos para Hadas? Pero, en cierto sentido, mientras se hallaban de pie al lado del mar de esta isla rocosa, azotada por la niebla, donde lo desconocido formaba parte de la vida cotidiana en igual medida que lo conocido, no podía dejar de prestar atención a la lógica supersticiosa del muchacho.

Cuando finalmente iniciaron solas la marcha de regreso, después de despedirse de Donald el Joven con su cubo de leche medio lleno, Eleanor se encontró volviéndose a mirar al peculiar montículo cubierto de hierba una vez más, para ver si tal vez algo extraño e inesperado emergía de repente de ahí.

Como un duendecillo.

Mientras continuaban andando de regreso al castillo, los cielos parecieron oscurecerse en cuestión de minutos y la bruma se hizo espesa, cada vez resultaba más difícil saber si iban en la dirección correcta. Juliana empezó a caminar muy cerca de Juliana, pegada a su lado, y no tardó en meter su mano entre la de su institutriz cuando decidieron seguir andando por encima del yermo y rocoso promontorio que estaba resbaladizo a causa de la marea ascendente.

Eleanor intentó tranquilizar la creciente aprensión de Juliana charlando con ella sobre las historias inusitadas del joven Donald, con la esperanza secreta de que la siguiente colina a la que ascendiera fuera aquella desde la que se habían vuelto horas antes para contemplar el castillo.

No es que estuviera terriblemente preocupada, ya que sabía que, aunque estuvieran caminando en la dirección equivocada, finalmente se toparían con una de las casitas de los campesinos, y sabía que estarían más que encantados de ofrecerles refugio hasta la mañana siguiente.

Tenían que ascender por un saliente escarpado para poder continuar su recorrido y Eleanor se detuvo para ayudar a subir a Juliana antes que ella. Luego, agarrándose a un asimiento en el escabroso granito mientras metía el pie en un peldaño en la piedra, subió ella a continuación de la niña.

A través de la bruma que se arremolinaba, alcanzó a Juliana varios pies por delante, mirando el mar distante que rompía contra las rocas más abajo. Cuando Eleanor se acercó a su lado, advirtió que la mirada de la niña estaba completamente fija, su rostro blanco como la tiza.

—Juliana, ¿qué te pasa?

Juliana no se movió, ni siquiera para devolverle la mirada.

Eleanor miró al agua para ver si podía descubrir qué era lo que atraía la atención de la niña, pero no encontró nada a través de la densa y envolvente niebla. Buscó la mano de Juliana e intentó llevársela de allí, asustada por la extraña mirada en sus ojos.

—Vamos, Juliana. Regresemos antes de que oscurezca aún más...

Era como si los pies de la niña hubieran echado raíces en el suelo, de lo petrificada que se había quedado contemplando la costa distante.

Eleanor le murmuró, la calmó, intentando todo lo que se le ocurría para apartarla de allí, pero sin éxito.

Luego, al momento siguiente, Juliana empezó a temblar.

Eleanor se arrodilló a su lado y le dio unas palmaditas en la mano.

—¿Qué te pasa, Juliana? ¿Qué sucede? Por favor, dime...

Juliana no reaccionaba. Eleanor estaba cada vez más espantada, sentía demasiado pánico como para percatarse de la inutilidad de las palabras. Su corazón latía ansiosamente mientras miraba a su alrededor, intentando encontrar algo, cualquier cosa, que devolviera la atención de Juliana al presente. Era como si estuviera paralizada en un terrible trance, inalcanzable pese a tenerla justo a su lado. Eleanor permaneció de pie impotente, desesperada mientras buscaba en la oscuridad creciente que la rodeaba.

Afortunadamente, tras varios momentos, descubrió la vacilante luz de un farol en la distancia, pero no podía dejar a Juliana de pie allí sola, temblando de aquella manera. Gritó pidiendo ayuda, rogando para que quienquiera que fuera entendiera lo suficiente como para acudir en su ayuda.

Segundos más tarde, la luz de la lámpara empezó a moverse en su dirección. Eleanor parpadeó para contener las lágrimas de miedo cuando de la oscuridad y de la bruma surgió la figura de un hombre de mediana edad que de inmediato reconoció como uno de los campesinos que habían visto antes aquel día.

Se dirigió a Eleanor en gaélico, pero ella no supo responder. Lo único que consiguió hacer fue agitar las manos.

—Por favor, vaya a buscar a lord Dunevin...el señor... MacFeagh...

Finalmente, el hombre asintió. Le entregó la titilante lámpara de aceite y salió corriendo en medio de la envolvente oscuridad. Eleanor se limitó a permanecer al lado de Juliana, intentando una y otra vez calmarla, hablándole con dulzura, rogando para que saliera de aquel estado y regresara al calor del fuego de la cocina, donde Màiri estaría esperando.

Perdió la noción del tiempo transcurrido. Podían haber sido momentos. Podían haber sido horas. Lo siguiente de lo que se percató fue del sonido atronador de los cascos de un caballo que se aproximaba y el aullido estruendoso de Cudu.

—Todo está bien ahora, Juliana. ¿Has oído eso? Tu padre viene hacia aquí.

Eleanor se volvió justo cuando lord Dunevin alcanzaba lo alto de la loma. Hizo detenerse a la montura muy cerca de ellas. Cudu salió trotando desde las brumas y olisqueó la mano de Juliana.

Ella seguía sin moverse.

—¿Qué están haciendo aquí? —ladró Dunevin a Eleanor mientras descendía de un salto de la silla—. Deberían haber regresado horas antes.

Las lágrimas que Eleanor había conseguido mantener a raya todo aquel rato, de pronto la traicionaron mientras daba su respuesta entre sollozos.

—Estábamos caminando de regreso por la costa, y tuvimos que subir por aquí... pero Juliana se ha detenido de pronto y no quería moverse... y luego ha empezado a temblar de este modo. No he podido calmarla de ninguna manera por mucho que lo he intentado...

—¡Váyanse inmediatamente de aquí!

El rostro de lord Dunevin era más sombrío que los cielos que les rodeaban. Eleanor se quedó paralizada de miedo. Al ver que ella no se movía de inmediato, el vizconde, sin mediar más palabras, dio una zancada hacia delante, la cogió con brusquedad por la cintura y la subió descuidadamente sobre la grupa del caballo. Luego cogió a Juliana, que seguía mirando al mar petrificada y temblando, y la levantó para sentarla delante de Eleanor.

—Llévela de vuelta al castillo.

—Pero no conozco el camino...

—¡Ahora!

El vizconde dio una fuerte palmotada al caballo en la ijada y la bestia se puso en marcha con un brinco, que casi arroja al suelo tanto a Eleanor como a Juliana. Eleanor agarró las riendas y un puñado de crines del caballo mientras apretaba a Juliana contra ella, rogando para que el caballo supiera el camino de vuelta al castillo en la oscuridad.

Las lágrimas le escocían en los ojos mientras los cascos volantes de la montura cubrían la distancia. El viento era glacial contra su rostro y manos, pero apenas se percataba de ello. Iba perdiendo el sentido a toda velocidad.

Pareció que en cuestión de momentos habían llegado al patio del castillo.

Cuando el caballo detuvo su trote, Eleanor pidió ayuda a gritos y descendió de la silla, ayudando a bajar con delicadeza a Juliana antes de hacerlo ella.

Màiri salió corriendo del interior y se quitó el chal de tela escocesa para echarlo con cuidado sobre de los hombros temblorosos de Juliana.

Sin mediar palabra, Màiri guió a Juliana al interior. Eleanor les siguió detrás hasta la planta infantil, donde las dos mujeres le quitaron rápidamente los zapatos y el abrigo, y la recostaron sobre las almohadas en la cama.

La arroparon con una manta de lana pero seguía temblando, aunque no de forma tan violenta como antes. No obstante, sus ojos seguían fijos, con aquella misma mirada congelada tan espeluznante.

—Por el amor de Dios, ¿qué le ha sucedido a la niña? —preguntó Màiri en un susurro.

Eleanor sacudió la cabeza, aturdida por completo.

—No lo sé. Fuimos a visitar a los MacNeill y ya estábamos caminando de regreso al castillo. Todo iba bien. Le estaba hablando de alguna cosa. No recuerdo el qué, y tuvimos que trepar por unas rocas. La ayudé a subir primero a ella y cuando llegué yo detrás, estaba ahí de pie como si se hubiera convertido en piedra. No se movía hiciera lo que yo hiciera. No dejaba de mirar de este modo. Cuando empezó a temblar me asusté tanto. ¿Le ha sucedido algo parecido con anterioridad?

Los ojos de Màiri de pronto se tornaron serios, con una oscuridad muy angustiada. Asintió lentamente.

—Sí, sí ha sucedido antes. Sólo una vez. El día que desapareció su madre.

Eleanor sintió que su cuerpo perdía de forma repentina todas las fuerzas. Tuvo que agarrarse al poste de la cama para no desmoronarse en el suelo.

El ama de llaves sacudió la cabeza.

—Iré a preparar té con un poco de valeriana dentro. Le ayudará a calmarse. Tengo la impresión de que a ti también te sentará bien.

Eleanor apenas pudo hacer un gesto con la cabeza cuando Màiri se volvió para salir de la habitación.

A solas de nuevo con Juliana, nunca en su vida se había sentido tan indefensa como en ese preciso momento. Quería saber qué había provocado este repentino cambio en la conducta de la niña. ¿Había dicho algo, había hecho algo malo? Más aún, quería saber qué podría hacer para que Juliana se recuperara. Eleanor se sentía tan impotente, tan sola, tan *perdida*. Haría cualquier cosa para eliminar esa mirada desesperanzada de conmoción del dulce rostro de la niña. Cualquier...

Por instinto, Eleanor se sentó en la cama al lado de Juliana y la cogió en sus brazos, acunándola como la propia madre de Eleanor hacía cuando ella era niña y se despertaba por la noche con alguna terrible pesadilla. Le canturreó suavemente mientras le pasaba una mano por el pelo húmedo, le cerraba los ojos y rogaba al cielo para que Juliana se recuperara.

Tras unos minutos, el temblor se fue aquietando, pero Eleanor permaneció donde estaba, acunando y canturreando, sosegando con calma a esta niña que con tal facilidad y rapidez había conquistado su corazón.

Gabriel subió las escaleras hasta la planta infantil de dos en dos, apretando la mandíbula y con las manos formando puños. Había pasado casi todo el día en la ventana del estudio, mirando a las colinas y esperando a que ellas regresaran. Cuanto más tiempo pasaba de su partida, su estado de ánimo se tornaba más sombrío hasta que, cuando empezó a anochecer y las brumas llegaron del mar, se convenció de que la historia había infligido una vez más su condenada maldición sobre él.

Ya tenía el caballo ensillado y estaba preparándose para salir en su busca cuando Angus MacNeill, un campesino de la isla y primo de Donald, entró corriendo y sin aliento en el patio, contándole dónde se encontraban.

Mientras espoleaba a su caballo y partían al galope en la dirección que Angus le había indicado, Gabriel no pudo evitar culparse a sí mismo. Era él quien había provocado esto, se dijo. Si el día anterior no hubiera empezado a bajar la guardia, permitiéndose disfrutar de la visión del deleite de Juliana con el catalejo que le había regalado la señorita Harte, nada de esto habría pasado.

El progreso que la institutriz había logrado con Juliana de forma tan rápida desde su llegada le tenía muy sorprendido, cierto, ya que ninguna otra había sido capaz de atravesar el muro de protección del que Juliana se había rodeado después de la muerte de Georgiana. Aún peor, los avances de Juliana habían empezado a darle esperanzas a él, esperanzas de que sus vidas podían mejorar, de que ya no vivirían a la sombra del miedo.

¿Nunca iba a escarmentar?

Ahora, apenas dos días después de contratarla, Gabriel se dirigía a despedir a la misma persona que finalmente había conseguido llegar hasta su hija. Se había enfurecido tanto con él mismo por bajar la guardia el día anterior que, de regreso al castillo, había vuelto esa furia contra la institutriz y había pensado despedirla por el error que él mismo había cometido.

Pero al llegar al umbral de la planta infantil y disponerse a abrir la boca para pronunciar las palabras que sacarían de sus vidas a aquella destacable mujer, su voz se apagó en la garganta, y la furia impotente que había crecido con cada paso de regreso a Dunevin se desvaneció.

De pie allí, al observar cómo sostenía a su hija, cómo daba a Juliana todo el amor y compasión negados a la niña durante tanto tiempo, supo que no podía despedirla, igual que supo que no podía impedir querer a su propia hija.

Durante el más breve de los momentos, habría jurado que estaba viendo otra vez a Georgiana sentada en esa cama, acunando a su hija para que se durmiera, tal y como había hecho tantísimas veces. Una opresión se apoderó del interior de Gabriel mientras luchaba por controlar sus emociones ingobernables. Había pensado que manteniéndose alejado de Juliana como había hecho desde la muerte de Georgiana, había protegido a su hija de la maldición que parecía asolar a su familia. Pero intentar no querer a alguien, una niña fruto de su propia carne, era como vivir en un infierno.

De pie en el umbral, Gabriel observó a las dos durante un momento más, y luego, sin decir palabra, sin hacer ruido, se volvió y se alejó. Seguido por la suave melodía que canturreaba la institutriz, conmovido por la manera en que acariciaba cariñosamente la frente de Juliana mientras ésta iba quedándose dormida, Gabriel supo que había estado mucho tiempo engañándose a sí mismo.

Capítulo 9

*E*leanor permaneció de pie en el umbral de la puerta del estudio de lord Dunevin, observándole en silencio desde el otro extremo de la habitación.

Aquella mañana temprano, el vizconde había mandado aviso a través de Fergus solicitando la presencia de la institutriz *en cuanto le fuera bien*. Eso había pasado hacía ya varias horas. Había retrasado a propósito la visita, se había tomado tiempo para desayunar y luego había estado sentada con Juliana en el aula durante bastante rato, leyéndole un poco de poesía en voz alta.

Tras los sucesos del día anterior, era imposible encontrar una razón favorable por la que él quisiera verla. Dunevin iba a despedirla, Eleanor lo sabía, por lo que había sucedido el día anterior. De cualquier modo, no podía postergarlo indefinidamente.

Aunque Juliana se había calmado durante la noche, parecía haberse refugiado aún más dentro de sí, ni siquiera le interesaba ya su catalejo, se contentaba con permanecer sentada en el asiento de la ventana a solas.

La mañana había avanzado, ya eran las once pasadas, y el vizconde estaba sentado a su escritorio, tomando rápidas notas. Había una tetera junto al escritorio colocada sobre una bandeja auxiliar. Se había quitado la casaca y vestía su atuendo cotidiano de falda escocesa y una sencilla camisa de batista, con las mangas remangadas holgadamente sobre los antebrazos. Un único rayo de luz del sol entraba a través de la cortina entreabierta a su lado, iluminando con precisión la superficie del escritorio mientras escribía. Eleanor se preguntó fugazmente si él habría elegido la ubicación del escritorio por este motivo.

Mientras le observaba, él se pasó una mano despreocupadamente por el oscuro cabello, echándoselo hacia atrás mientras se frotaba los ojos con la otra debajo de sus lentes. Era un hombre tan diferente a cualquier otro que hubiera conocido. Durante toda su vida, había estado rodeada de hombres de consumado refinamiento, muchos de ellos petimetres que pellizcaban rapé para estornudar, llevaban altos cuellos almidonados que les hacían parecer avestruces y pasaban sus días preocupados acerca de qué pierna debían adelantar primero al hacer una inclinación para que quedara más elegante.

Pero este hombre, este intrépido e inescrutable escocés, se encontraba lo más lejos posible de esa imagen.

En este caso no había ningún presumido afectado, era una mezcla de persona poco convencional y de noble con una infinita fuerza mental y física, con un aire primitivo que aumentaba su misterio. Era rudo, sí, su presencia era imponente, pero con una fuerza que nunca hacía falta demostrar, no necesitaba ponerse bravucón ni posar para atraer la atención en medio de una multitud. Su altura dominante y su presencia lo conseguían por sí solas.

Pero eran sus ojos, decidió, lo más destacable en él. Oscuros, cautivadores, inteligentes, tenían la capacidad asombrosa de transmitir lo que pensaba con tan sólo una mirada, sin necesidad de pronunciar palabra. Esos mismos ojos, no obstante, podían volverse indescifrables a la mañana siguiente, tan inescrutables como una noche sin luna.

Mientras permanecía allí estudiándole, Eleanor se preguntó de pronto si él habría sonreído alguna vez. En cierto sentido, la luminosidad parecía eludirle. Se preguntó qué le hacía proteger su corazón con tal firmeza. Se preguntó cómo sería sentir la caricia de sus manos.

¿De dónde diantres había surgido ese pensamiento...?

Eleanor sacudió la cabeza y devolvió la atención a la situación presente, al recado de él aquella mañana para que se presentara en su despacho.

Llamó suavemente a la jamba de la puerta.

—¿Deseaba verme, milord?

El vizconde alzó la vista de su papel, y su mirada abarcó de inmediato a Eleanor. Se quitó las lentes y dejó la pluma.

—Señorita Harte, por favor, entre.

Su voz sonaba formal, práctica, tan poco emocional que resultaba gélida. Ella entró lentamente en el estudio intentando pasar por alto el temor latente que lastraba sus pasos mientras cruzaba la estancia para sentarse ante él.

Se alisó las faldas sobre las rodillas y alzó la vista para mirarle. Él la observó durante varios instantes, en silencio, con las manos entrelazadas encima del escritorio y su boca formando un línea severa.

Santo cielo, iba a despedirla.

—Señorita Harte, como ya habrá adivinado, la he llamado para hablar del incidente de ayer con Juliana.

—Milord, yo…

Él alzó una mano.

—Señorita Harte, por favor, permítame acabar.

—*No*, milord. Tengo algo que decir antes.

Eleanor se adelantó hacia delante en su asiento y apartó su mirada de la expresión de asombro de él. Se concentró en vez de ello en una pequeña curiosidad de porcelana que se hallaba en la esquina del escritorio. Si tenía que suceder, era su firme intención decir lo que tenía previsto antes de que la mandaran a hacer la maleta.

—No hay necesidad de que continúe, señor. De hecho, ya sé lo que va a decir.

El vizconde se recostó en su asiento cruzándose de brazos con una ceja alzada con gesto de incredulidad.

—¿Ya lo sabe?

—Sí. Ha pensado despedirme del puesto como institutriz a causa de lo que sucedió ayer, pero quiero que sepa que no tengo intención de abandonar a esa niña.

Se estaba dejando llevar por sus emociones, lo sabía. Eleanor le miró directamente y suavizó sus próximas palabras.

—Sé que cree que ha sido un error contratarme, pero se equivoca. Puedo ayudar a Juliana. La vio cuando miraba por el catalejo, cómo empezaba a responder. No sé qué sucedió ayer, que provocó que Juliana reaccionara como lo hizo, pero por favor no permita que mi falta de atención ponga fin a sus avances. No es preciso que me pague, milord. Me quedaré sin sueldo y continuaré trabajando con Juliana pese a todo.

El vizconde continuó sentado en silencio considerando las palabras de Eleanor mientras el reloj hacía tic tac durante varios momentos prolongados. Su rostro no dejaba entrever nada de sus pensamientos, ninguna pista de si había conseguido convencerle. Finalmente le contestó.

—Muy bien, señorita Harte. Me ha convencido con su opinión. Se quedará.

—Oh.

Gabriel la miró mientras el rostro de ella reflejaba un momento incierto de confusión. Era como un libro abierto, sus pensamientos se descifraban con facilidad. Ella había esperado una mayor discrepancia por parte de él, eso era obvio. Sin duda había pasado la mañana preparando, ensayando mentalmente, todo tipo de argumentos para rebatir los motivos que él tuviera para despedirla. Estaba perpleja ante tan fácil conformidad, tal vez incluso se estaría preguntando si le había oído bien. Y entonces ella le miró.

No había tardado demasiado en comprender.

—No planeaba despedirme, ¿verdad que no?

Él sacudió la cabeza, ocultando su regocijo tras una máscara de despreocupación.

—Pero ¿por qué me ha dejado seguir de ese modo, diciéndole todas esas cosas, si sabía que al final no iba a importar…?

«Porque quería observar el fuego que enciende tus ojos verdes…»

Gabriel se aclaró la garganta para contener aquel repentino pensamiento errático.

—Si recuerda, señorita Harte, he intentado explicarme, pero no ha habido forma de que me escuchara.

Aquello hizo que Eleanor se enderezara un poco más en su asiento, inclinando la cabeza ligeramente a un lado. Gabriel intentaba no fijarse en aquel único rizo ondulado de cabello marrón muy oscuro que le caía sobre el hombro.

—Oh. Tiene razón. Mis disculpas, milord.

—No tiene por qué disculparse. De hecho, yo tengo que darle alguna explicación sobre el comportamiento de Juliana ayer. ¿Le ha hablado ya alguien sobre la muerte de lady Dunevin?

Ella le miró.

—Sólo me han contado que salió a caminar un día con Juliana y que desapareció sin explicación aparente.

Gabriel asintió con gesto solemne.

—Salí a buscarlas cuando vi que no regresaban y fue en ese precipicio en concreto al que treparon ayer donde encontré a Juliana sin su madre, de pie, temblando prácticamente de la misma manera. Únicamente puedo suponer que lady Dunevin resbaló allí y Juliana no pudo ayudarla. Fue un accidente terrible, inevitable. Juliana nunca había regresado a ese lugar desde entonces.

—Hasta ayer.

La voz de Eleanor estaba cargada de remordimiento. La luz de sus ojos se fue apagando y sacudió la cabeza con pesar.

—Cuánto lo siento.

—Por favor, no se culpe, señorita Harte. No podía saberlo. Yo me hago total responsable, debería haberle informado antes de salir de excursión.

Eleanor continuó sentada durante varios momentos con el ceño ligeramente fruncido mientras reflexionaba sobre lo que él acababa de explicarle. Gabriel se permitió disfrutar en silencio del placer de su presencia.

En cierto modo, aquella mañana estaba más encantadora que nunca, si esto era posible. Se había peinado el oscuro pelo hacia atrás, sujeto con horquillas en lo alto de la cabeza, en un moño de rizos marrones flojos que encuadraban su rostro con elegancia. Era un estilo que revelaba la gracia delgada de su cuello, el arco de su frente, la suave curva de su mejilla.

Gabriel se preguntó en qué estaría pensando. ¿Dudaba de su explicación sobre la muerte de Georgiana? Como tantos otros, ¿creía que de algún modo él se había deshecho de su propia esposa?

Pero cuando ella volvió a mirarle, no encontró el gélido recelo, la condena que había visto tan a menudo en los ojos de los demás. Lo que vio tras esa profundidad verde fue una sentida compasión y algo más, algo tierno y sincero e imposible de describir.

Era algo que nunca antes había visto.

El impacto de aquella sola mirada le sorprendió, y su reacción debió de reflejarse en su rostro ya que de pronto ella se levantó del asiento.

—Bien, sin duda tiene mucho que hacer —dijo—. No le entretendré más tiempo.

Dunevin, pensando que probablemente era mejor que se marchara, mostró su conformidad.

—Sí, gracias, señorita Harte.

Ella hizo un gesto con la cabeza, se volvió y Gabriel regresó a la carta que estaba escribiendo, una respuesta a su administrador en Londres.

«Y en lo referente a…»

—Milord, si me permite distraerle un momento más.

Gabriel bajó la pluma y volvió a mirar a la puerta, donde ella estaba de pie de espaldas ahora a él mientras dirigía su atención a las estanterías de libros.

—¿Sí, señorita Harte?

Ella dijo mirando a las estanterías:

—Me pregunto, ¿incluye su biblioteca alguna obra de literatura en gaélico?

Probablemente era una pregunta que nunca había esperado oír.

—Sí, por supuesto. De todos modos, sobre todo hay poesía. —Estaba intrigado—. ¿Entiende el gaélico, señorita Harte? No recuerdo que lo mencionara durante su entrevista.

Eleanor sacudió la cabeza, dejando ir un suspiro de resignación.

—No, me temo que no.

Continuó en el mismo sitio. Gabriel continuaba observándola mientras inspeccionaba los numerosos títulos en las estanterías superiores.

—¿Hay algún estante en concreto en el que pudiera encontrarlos? —preguntó—. Los libros en gaélico quiero decir.

Gabriel se levantó y cruzó la habitación para unirse a ella.

—¿Está buscando algo en concreto?

—Una gramática sería lo ideal aunque, probablemente, sería esperar demasiado…

Gabriel, sintiendo ahora verdadera curiosidad, inspeccionó las baldas por ella.

—Ahí, en el estante más alto.

Le sonrió.

—Oh, gracias, milord. Por favor, no permita que le distraiga de sus ocupaciones. Yo misma los alcanzaré con la escalera.

Gabriel sacó la escalera con ruedas del rincón de la biblioteca y la dejó debajo del estante que ella inspeccionaba, luego regresó a su escritorio y a su carta mientras ella iba mirando los libros de la balda. Había escrito una sola frase o dos como mucho cuando se encontró mirando de nuevo a donde ella se encontraba ahora sentada en el escalón más alto, con el pie metido cuidadosamente debajo de su cuerpo, ojeando uno de los libros que había dejado abierto sobre sus rodillas. Le había caído un poco de pelo sobre los ojos y su boca se movía recitando en silencio lo que allí estaba escrito, con las cejas juntas con gesto de concentración en el estudio.

—¿Señorita Harte?

Alzó la cabeza y le miró desde detrás del pasamanos de la escalera.

—¿Sí, señor?

—¿Puedo preguntar qué está haciendo?

—Desde luego. Ayer me percaté, cuando Juliana y yo caminábamos por la isla, que muy pocas personas aquí están familiarizadas con la lengua inglesa. Fue especialmente angustioso mientras intentaba comunicarme con el señor MacNeill, cuando necesitaba ayudar a

Juliana. Puesto que, en esencia yo soy una extranjera aquí, pensé que tal vez en mi tiempo libre podría esforzarme por aprender un poco más de la lengua autóctona.

Gabriel estaba asombrado por su sagacidad poco común. La mayoría de gente que no era de las islas pensaba a la inversa y creía que los nativos eran incapaces de hablar la lengua del rey. Ella, no obstante, comprendía el orgullo que sentían por la lengua de sus ancestros e incluso pretendía aprenderla.

—¿Y tiene la intención de conseguirlo simplemente a través de la lectura?

—Desde luego. Con el latín me fue bastante bien.

—¿Quiere decir que aprendió sola latín?

—Bien, en su mayor parte, aunque contaba con la ventaja de mi her... —se detuvo—. A pocas damas les permiten formarse en una lengua tan masculina, milord. El inglés y el francés por algún motivo se han considerado las únicas lenguas adecuadas para la boca femenina. Pero me encanta estudiar historia y, puesto que buena parte de ella está registrada en latín, decidí aprenderla.

Ciertamente era la criatura más destacable que jamás había conocido.

—Pero me temo que no va a encontrar el gaélico tan amoldable a sus esfuerzos, señorita Harte. Es una lengua muy auditiva; hay que aprenderla con el oído, no sólo con la vista.

—Oh, ya veo. —Pensó durante un momento—. ¿Tal vez...? —Sacudió la cabeza—. No, eso sería probablemente poco apropiado.

—¿Qué iba a decir, señorita Harte?

Vaciló, reacia, y luego respondió.

—Iba a preguntar si estaría dispuesto a introducirme en el idioma, al menos a algunas de sus pronunciaciones y conjugaciones, tal vez luego yo sería capaz de continuar desde ahí por mi cuenta. Al menos para conseguir una comprensión rudimentaria del idioma. Pero es un hombre muy ocupado con obligaciones mucho más importantes que poner remedio a mi ignorancia.

La sugerencia le intrigó a él, en parte por el vivo entusiasmo que ella mostraba por aprender, algo que la mayoría de las damas no exhibían. Pero principalmente por su amor por la lengua natural de su herencia; y un pesar amargo por el hecho de que desde el fracaso del cuarenta y cinco, y la persecución que se había producido a continuación, el gaélico estuviera desvaneciéndose lentamente en toda su patria hasta perderse en la oscuridad.

Gabriel dejó el escritorio y cruzó la estancia mientras le indicaba que bajara de la escalera. Cogió el libro que ella estaba leyendo, una colección de canciones y poemas, antiguos y modernos, en lengua gaélica, y repasó rápidamente sus páginas.

—Venga, siéntese un momento. No estoy tan ocupado como para no poder disfrutar de un momento de poesía.

Ella sonrió entusiasmada mientras él le indicaba que ocupara uno de los dos sillones próximos a la ventana.

—La diferencia primordial entre el inglés y el gaélico —explicó— es que algunas de las consonantes no siempre llevan el mismo sonido, dependiendo de dónde se encuentren en una palabra. De modo que, para aprender gaélico, debe olvidar en buena medida todo lo que le enseñaron de inglés.

Dunevin le dedicó una mirada de reojo. Sus ojos estaban absolutamente iluminados de entusiasmo, daban a su rostro una vivacidad chispeante. De inmediato se sintió impresionado.

—Por ejemplo —continuó—, hablemos primero de la letra *B*. Cuando se encuentra al principio de una palabra, tiene el mismo sonido que la *B* inglesa. —Volvió a mirarla—. Como en la palabra «bella».

Sus miradas se encontraron durante un único y breve momento que fue tan conmovedor que el tiempo casi pareció detenerse. Ninguno habló ni hizo ningún movimiento. La temperatura subió notablemente en la habitación, sin que esto tuviera nada que ver con el fuego que ardía en el hogar. Finalmente, a su pesar, Gabriel apartó la atención del mar esmeralda de sus ojos.

—Cuando la letra *B* se encuentra en otra parte de la palabra, toma más bien el sonido de la *P* inglesa. Para que la cosa resulte aún más confusa, a menudo verá las letras *BH* juntas en gaélico. Pueden tomar el sonido de la *V* o de la *W* inglesas, como en la siguiente palabra: *leabhar*.

—*Lay-orr* —repitió con facilidad—. Es una palabra bonita. ¿Qué significa?

Gabriel le tendió la mano para pasarle el…

—Libro.

Ella asintió sonriendo.

—Cudu —dijo mirando a la alfombra donde el perro echaba un sueñecido—, ¿también es gaélico?

Gabriel asintió.

—¿Viene del gaélico *Cù-dubh*?

—Sin duda, el nombre de algún antiguo gran héroe como Fingal o cuChulainn?

—Me temo que no es nada tan romántico —contestó—. Significa algo tan simple como «perro negro».

Ella se rió al oír aquello con un risa sonora, deliciosa, que hacía mucho, mucho tiempo que no reverberaba por los antiguos muros de este castillo. Su música era más seductora que cualquier otra cosa que pudiera recordar.

—Está bromeando, milord. Seguro que me quiere poner a prueba.

Él la miró.

—Oh, cielos, *no* está bromeando, ¿a que no?.

Gabriel sacudió la cabeza y miró al perro que, como si escuchara la conversación, se puso boca arriba, con las cuatro patas al aire. El vizconde no pudo resistirse a rascar un poco el vientre del animal, sonriendo cuando el perro sacudió una pata de forma refleja contra sus dedos.

—Era el único nombre al que respondía, después de intentarlo con un montón de apelativos que eran mucho más ilustres.

Echó una mirada a Eleanor y se quedó paralizado. Los ojos de ella centellaban bajo la luz del sol. Su pulso se aceleró.

—Tal vez sea tan amable de leerme una página y luego traducirlo al inglés para que pueda captar la entonación y fluidez de las palabras.

Gabriel asintió.

—Muy bien. Escoja uno.

Ella pasó varias páginas del libro, hojeando varias antes de detenerse en una. Dejó el libro en la mesa situada entre ellos para poder leer juntos, él en voz alta y ella siguiendo el texto.

Sus cabezas se inclinaron muy próximas mientras Gabriel empezaba a recitar el poema que había escogido, un antiguo verso de Erse titulado *Aisling air Dhreach Mna*, «Visión de una hermosa mujer».

Mientras él pronunciaba las palabras es su idioma natal, tan lírico, ella inclinó un poco más la cabeza para acercarse más a la página, como para absorber de algún modo las palabras allí escritas. Al hacerlo, él capturó su aroma, aquel perfume exótico que ya le había impresionado con anterioridad. Gabriel se encontró enseguida recitando el poema de memoria en vez de leer la página, mientras estudiaba su rostro, sus ojos indagadores, la plenitud de sus labios, el rizo delicado de su cabello. Cuando acabó, repitió el verso para ella en inglés:

Nos enseñaba algunos de los encantos de las estrellas…
suaves y claros como la nieve de la montaña;
sus dos pechos se erguían plenos;
a ellos volaban los corazones de los héroes;
sus labios eran más rubicundos que la rosa;
su lengua, tierna y melodiosamente dulce.
Blancos como la espuma que desciende por su costado
sus delicados dedos estirados colgaban…
Desplegando su belleza a principios de primavera…
y sus ojos eran tan radiantes como los rayos que trae el sol.

Cuando acabó, observó en absoluto silencio cómo alzaba ella la mirada para encontrar la suya.

El aire que les envolvía se cargó de la chispa de la intimidad. Estaban tan cerca el uno del otro, mirándose a los ojos, cara a cara, sus respiraciones se entremezclaban entre ellos. En aquel mismo momento, él supo lo que ella iba a hacer. Y supo qué él se lo iba a permitir.

Gabriel permaneció sentado perfectamente quieto mientras Eleanor se inclinaba hacia él, estrechando el espacio que había entre ellos para pegar suavemente sus labios a los suyos.

Él cerró los ojos. La boca de ella estaba quieta debajo de la suya, con la inmovilidad de una doncella que no ha besado antes ni ha sido besada. Gabriel le inclinó la barbilla hacia arriba con dedos cuidadosos y profundizó en el beso, bebiendo su calor, su luz y delicadeza.

Ella reaccionó a su contacto como una mujer, abriéndose instintivamente a él, ofreciéndole el regalo de su inocencia intrínseca.

Demasiados años de vivir un exilio emocional, de estar atemorizado, vilipendiado y obsesionado por el mundo que le rodeaba, se acumularon en un momento cegador de libertad sin precio. Esta mujer, esta increíble criatura, no le veía, nunca lo había hecho, como el monstruo por el que todo el mundo le tomaba. Con ella, por primera vez en la vida, Gabriel verdaderamente podía olvidarse de la oscuridad del pasado, del legado de su historia familiar, y simplemente vivir.

Pero este olvido sólo duraría mientras se prolongara su beso. Saber esto y detestarlo al mismo tiempo, fue lo que hizo que Gabriel se apartara de ella a su pesar.

Sintió cómo se desvanecía el calor de forma casi inmediata. Observó su rostro mientras ella fluctuaba entre el sueño y la realidad, con los ojos aún cerrados, los labios húmedos por su boca. Lentamente sus ojos se fueron abriendo. Eleanor se quedó mirándole sin palabras, pues no quería romper el momento que había compartido.

Él habló con suavidad, y dijo por primera vez su nombre, no su diminutivo:

—Eleanor…

A ella la conmocionó como el azote de un viento glacial, hizo que se levantara y se apartara de él mientras pestañeaba llena de alarma. Estaba tan asombrada, tan consternada, que no se percató de que no la había llamado por el diminutivo «Nell», sino que había empleado su verdadero nombre de pila.

—Milord, cuánto lo siento. —Se llevó una mano a la boca—. Yo… no sé qué es lo que me ha llevado a hacer esto. —Se apartó de manera abrupta de la mesa, volcando casi el mueble hacia atrás entre las prisas por alejarse—. Por favor, perdóneme.

Gabriel sacudió la cabeza, para decirle que no tenía nada de que disculparse, que no había hecho nada malo sino algo tan bueno, pero ella ya se había dado media vuelta y se apresuraba a salir de la habitación.

Quiso llamarla, pese a que comprendía que no podía. Había arrancado un momento, un breve instante increíble al tiempo, donde la oscuridad que le seguía había dejado de existir detrás del calor y la luz del sol del beso de esta mujer. Había sido regocijo, luz y libertad, todo al mismo tiempo. No obstante, como siempre, las nubes de realidad habían regresado.

Por mucho que él lo deseara, no podía superarlo.

Era el Diablo del Castillo de Dunevin, el Tenebroso Señor de Trelay.

Ella era una criatura de dulzura, belleza y luz.

¿Qué podía ofrecerle él aparte de oscuridad, angustia y padecimiento, que eran la cruz con la que por herencia le había tocado cargar?

Capítulo 10

*D*urante la siguiente quincena, casi cada momento que quedaba libre era dedicado a los preparativos del día de San Miguel o Michaelmas. La cocina del castillo mantenía una frenética actividad desde primera hora de la mañana hasta bien entrada la noche, y Eleanor y Juliana tomaban parte con toda la frecuencia que les era posible cuando no estaban ocupadas con sus lecciones u otras actividades.

Como institutriz, no era habitual que Eleanor se viera implicada en las tareas de preparación, pero ella desafió las convenciones y se entregaba a cualquier tarea que requiriera atención con tal de mantenerse ocupada. Se aseguraba de tener siempre *algo* que hacer, aunque sólo fuera para no recordar el ridículo que había hecho con lord Dunevin.

Ni tan siquiera ahora, ya días después, podía entender demasiado bien qué había sucedido aquel día inefable, qué la había llevado a hacer algo tan atrevido, tan *descarado*, como besar a lord Dunevin con aquella desfachatez.

Al principio se había dicho que simplemente la había embargado el intenso lirismo de su voz, las hermosas palabras del poema que él leyó aquel día. Todavía en este instante podía revivirlo con exactitud, la manera en que él la miró fijamente, con sus ojos cautivadores y oscuros, con aquella voz cálida y hermosa que la habían hecho olvidar que leía de un libro, que no recitaba aquellas palabras fluidas directamente para ella.

Fue más tarde, mientras permanecía echada despierta en medio de la noche reviviendo aquellos momentos mágicos, cuando se percató de que en realidad había deseado que él pronunciara aquellas palabras para ella, lo había deseado tanto que en cierto modo se había convencido de que verdaderamente lo hacía.

Como si un hombre como él, apuesto, noble, increíblemente misterioso, fuera a recitarle aquellas palabras a alguien como ella. Para el vizconde, era poco más que un miembro del personal, un miembro completamente alocado de su personal, pese a que, en realidad, era mucho más.

¿Cómo se había metido en una situación tan complicada? Para el resto del mundo, fuera de esta alejada isla, era lady Eleanor Wycliffe, la heredera desaparecida de la fortuna Westover. Si se hubieran conocido en un salón de baile en Londres en lugar de en esta isla distante, ¿habría sido todo diferente? Se preguntaba qué pensaría él, qué diría, si supiera la verdad.

Aunque él pudiera pasar por alto el hecho de que era su jefe, ella finalmente tendría que explicarle las circunstancias de su nacimiento. ¿Cómo podría un hombre con un linaje tan orgulloso como el suyo considerar una relación con la hija bastarda de un noble?

Eleanor se sacó de la cabeza aquel pensamiento tan molesto y volvió su atención a donde más la necesitaban, a Juliana, que estaba sentada sobre una alta banqueta ante la mesa central de la cocina, ayudando a Màiri a preparar la masa de una nueva hornada de panecillos sin levadura para la noche.

Gracias a Dios, Juliana había superado el espantoso episodio vivido en aquel horrible precipicio y en cuestión de días había empezado a tomar parte en las actividades de los preparativos de San Miguel. Para evitar nuevos sobresaltos, Eleanor se aseguró de que no regresaran a esa parte de la isla en ninguna otra de sus excursiones. En vez de ello, se mantenían cerca de los terrenos del castillo y se sumergían en la lectura, música, costura y otros ejercicios diversos, de muchos de las cuales Eleanor se servía para enseñar a Juliana a expresarse de otra manera que no fuera el lenguaje verbal.

Con la ayuda de Màiri y Donald MacNeill, la primera iniciativa de Eleanor fue ponerse a repintar las paredes del aula, eliminando para siempre el apagado color verde-beige que las cubría mediante una capa prístina de renovada pintura blanca.

—El aula es *tu* lugar —le dijo Eleanor a Juliana mientras le tendía varios pinceles pequeños confeccionados con ramas de abedul y hierbas dobladas, así como una colección de diferentes hojas puntiagudas y plumas con penachos con las que pintar—. Cubre sus paredes con cualquier cosa que te venga en gana.

Tras unos cuantos esfuerzos vacilantes por retratar una gaviota voladora y una tímida flor, Juliana finalmente se puso manos a la obra y profundizó en su enfoque para crear una escena que Eleanor reconoció más tarde como Trelay: las colinas cubiertas de brezo, el furioso mar y, por encima, la torre de Dunevin destacada como un fiel centinela. Pasó horas concentrada en ello, mostrando por primera vez un verdadero interés por algo aparte de la vista que se divisaba desde la ventana. Mientras la niña pintaba y coloreaba, Eleanor leía en voz alta Shakespeare o Virgilio o bien pasaba el rato practicando tranquilamente las pronunciaciones en gaélico que Màiri le había estado enseñando.

Desde aquel día en el estudio de Dunevin, Eleanor sólo había visto al vizconde un puñado de veces. Ella y Juliana ya no cenaban en el comedor con él; en vez de eso pasaban cada vez más tiempo con Màiri en la cocina. Si a Màiri le pareció extraña su repentina compañía allí, el ama de llaves no dijo nada al respecto. Aceptó la explicación de Eleanor de que sólo pretendía equilibrar la educación de Juliana sobre las labores de la casa enseñándole de primera mano las tareas internas de una cocina, el verdadero corazón de cualquier casa.

Si Eleanor coincidía con el vizconde, no era más que de paso, y le saludaba con un agradable «Buenos días tenga, milord» mientras ella y Juliana continuaban con su rutina diaria. Él también parecía contento de evitar la compañía de ambas. Si Eleanor necesitaba algo de su biblioteca, esperaba a estar segura de que él había salido del castillo para entrar en su estudio. No resultaba difícil ya que estaban en época de cosecha y la finca se encontraba en plena actividad recolectora y en los preparativos para el próximo y largo invierno, de modo que el vizconde rara vez se hallaba en casa durante el día.

El tiempo pasaba rápidamente. Mientras se mantuviera atareada con sus actividades, Eleanor conseguía mantener a raya sus pensamientos sobre aquel día y su beso... por la noche, de cualquier modo, cuando yacía en la oscuridad con Juliana dormida a su lado, se descubría pensando una vez más en aquella mañana, en el curioso canto de sirena de su voz mientras leía aquellas palabras ardientes escritas siglos atrás, en lo maravilloso de aquel beso efímero que la había dejado por completo sin aliento.

Ahora sabía que su madre tenía razón. Aquel primer beso había tenido un efecto milagroso, desconcertante y por completo cautivador. Durante aquel momento había olvidado verdaderamente incluso el acto de respirar. No se había parecido en nada a lo del hijo de lord

Monning, el joven James Crockett, cuya torpeza descuidada la noche de su primer baile en Londres sólo había conseguido provocar la risa en ella cuando el joven se dio en la frente con una rama baja de un árbol, después de obligar a Eleanor a retroceder contra la barandilla del balcón exterior. Tampoco se parecía en nada al cortés besito de despedida en el dorso de su mano enguantada que había sido todo lo que Richard Hartley le había dado.

Fuera lo que fuera lo que la había empujado a besar a lord Dunevin como había hecho, aquello había sido más mágico y más increíble que cualquier cosa que hubiera imaginado. Era indescriptible, la llenó de calor, dulzura, percepción y esperanza al mismo tiempo. Todo lo de aquel día, todo en ellos dos, le parecía tan bien, le parecía tan real, tan… como tenía que ser. Era como si el mundo hubiera dejado de dar vueltas durante ese momento, suspendido entre las estrellas aunque sólo fuera para que la emoción de todo aquello se prolongara un instante más.

Pero luego, de repente, su beso había concluido, colocando de nuevo el mundo en su sitio con un golpe discordante, y dejándola desbordada por el horror de lo que había hecho, por la humillación, obsesionada cada noche por el recuerdo.

Eleanor se preguntaba si alguna vez desaparecería el vacío que le provocaba todo aquello, la sensación de haber perdido algo que en verdad nunca había poseído, pero que por un momento había conquistado furtivamente.

¿Alguna vez se extinguiría el recuerdo del contacto con él, la fragancia salada de su cabello, la calidez de su aliento?

Decidió que simplemente tendría que mantenerse ocupada de forma constante hasta que sucediera. Gracias a Dios, había mucho que hacer de cara a la fiesta inminente.

El domingo previo a San Miguel, Eleanor y Juliana se unieron a un grupo formado por las demás mujeres y muchachas de la isla, que se habían reunido en el patio del castillo, cada una de ellas armada con un azadón especial de tres puntas, todas ellas vestidas con faldas y corpiños coloridos y el pelo recogido bajo luminosos pañuelos. Toda la cuadrilla se encaminó a los florecientes campos situados en el exterior de los terrenos del castillo.

Allí, Màiri y Seòna MacNeill instruyeron a Eleanor y a Juliana en el antiguo método de cortar el *torcan*, un triángulo de caras iguales que rodeaba cada zanahoria, antes de arrancarlo de la tierra y meterlo en el saco que colgaba de sus cinturas. Mientras las mujeres trabajaban, cadenciosas canciones eran cantadas, el ambiente era de gran regocijo, incluso se vivía un toque de rivalidad para ver quién conseguía más y mejores zanahorias.

En una ocasión, Eleanor arrancó una zanahoria ahorquillada y en cuestión de segundos las demás la rodearon, todas sonrientes, felicitándola en animado gaélico ya que un hallazgo así era señal de mucha suerte, le comunicaron.

Después, una vez que regresaron al castillo, limpiaron las zanahorias y las liaron formando manojos con un hilo de tres hebras de color escarlata. La mayor parte de ellas quedaron reservadas para el día festivo a finales de semana.

Pero en Dunevin, explicó Màiri, era tradición escoger una zanahoria de cada manojo para incluirla en la cena de aquella noche.

Eleanor y Juliana ayudaron a Màiri en la cocina durante toda la tarde para preparar una cena especial a la que asistiría todo el mundo del castillo, el vizconde, Máiri, Fergus, Eleanor y Juliana, el responsable de los establos, Angus, así como Donald MacNeill y su familia. Era una costumbre privada, practicada por la familia del señor del castillo, que se repetía generación tras generación. La celebración más formal del día de San Miguel sería a finales de semana, el viernes, en la que todas las familias de la isla tomarían parte.

Como joven educada en el hogar estéril y socialmente digno de los Wycliffe, Eleanor nunca se había sentido parte verdadera de los trabajos internos de la casa. La división entre sirviente y señor siempre había sido algo incuestionable, rara vez había visto qué había más allá de la puerta de tapete verde que les separaba del personal.

Aquí, en Trelay, esa división estaba menos definida. Por eso mismo, la sensación general era que todas las manos cumplían con su función.

Para Eleanor, antes de venir a Trelay, la noción de algo tan sencillo como hacer pan significaba sencillamente dejar escritas las instrucciones pertinentes al cocinero sobre lo que necesitaban para la cena de aquel día. Pero aquí en Dunevin, hacer pan significaba meter las manos en una blanda masa de avena, trabajarla con sus propias manos y extenderla con el rodillo para cortarla. Luego la cocía ella misma, le daba la vuelta —tan sólo una vez— en la *greideal* de hierro, mientras disfrutaba del agradable aroma al mezclarse con el calor humeante del fuego de turba que chisporroteaba debajo.

Esta comunidad, esta sensación de sentirse parte de algo, era algo que afectaba no sólo a Eleanor sino también a Juliana. Incluso ahora, mientras permanecían juntas en la cocina, con dos de los delantales de Màiri atados alrededor de sus cinturas, con los rostros empolvados de harina de avena, en los ojos oscuros de Juliana brillaba una pequeñísima luz de delicado deleite que era verdaderamente extraordinaria.

Mientras la miraba cortar con cuidado las tortas redondas, Eleanor acabó por comprender que durante el breve tiempo que llevaba en Trelay, este lugar encantado y la nostálgica hija de la isla le habían arrebatado por completo el corazón.

Era como si su vida anterior fuera meramente una parada en el camino, un breve descanso en un recorrido a un lugar donde encontraría… donde encontraría…

—Bien, parece que estamos ya casi a punto para servir —dijo Màiri, interrumpiendo los pensamientos de Eleanor antes de que ésta tuviera ocasión de decidir la respuesta.

Eleanor y Juliana se quitaron rápidamente los delantales y se limpiaron la harina del rostro salpicándose un poco de agua en la cara de la pequeña tina del rincón. Màiri tendió a Juliana un cesto de sauce que contenía una hornada reciente de panecillos calientes colocados bajo la tela interior de lino.

—Puedes llevar esto, jovencita. Señorita Harte, señora MacNeill, aquí tienen. Y yo me ocuparé de lo demás.

Las cuatro juntas recorrieron, a través de la arcada cubierta de enredadera, el camino desde la cocina hasta la torre del homenaje del castillo.

En el salón de banquetes, lord Dunevin y los demás ya se habían reunido en torno a la luz carmesí del fuego que ardía en el gran hogar de piedra. La mesa estaba reluciente del brillo que le habían sacado horas antes, y se había colocado una vajilla de delicada porcelana y deslumbrantes candelabros de plata que algunos de los invitados nunca antes habían visto.

Ya se había hecho de noche y la luna colgaba alta y brillante en un cielo poco habitual por la ausencia de nubes. El viento soplaba con suavidad desde el estuario. Era un buen final para un día sumamente agradable.

—Es hora de cenar —dijo Màiri alegremente a los demás mientras ella y Seòna empezaban a disponer las distintas fuentes de comida, cada plato una representación singular de alimentos cultivados o criados en la isla.

Había caldo de col rizada, una especie de gachas más finas, con patatas y arenques, urogallo asado, nabos estofados y la tradicional asadura de cordero que, como había prometido Màiri a Eleanor, tenía mucho mejor sabor que aspecto. También se habían preparado un surtido de bollos calientes y tortas sin levadura, y para los postres, tarta de arándanos recién cogidos y una fuente de natillas.

De todos modos, la comida iba a empezar con la cosecha de zanahorias recogidas aquella mañana, estofadas con un sabroso caldo.

Fergus sirvió mientras Màiri y Seòna terminaban de disponer las diversas fuentes sobre la mesa del comedor. El joven Donald MacNeill ocupó el asiento al lado de Juliana mientras Eleanor ocupaba la silla al otro lado, la más próxima a la cabecera de la mesa donde estaba sentado el vizconde. Eleanor sonrió cuando advirtió los ojos de Donald el Joven abiertos y redondos como los platos que tenían delante, observando con incertidumbre la variedad de cubiertos que tenía colocados. Eleanor cogió su servilleta y la desdobló sobre su regazo antes de indicar con sutileza al chico el utensilio apropiado.

Él esbozó una mueca para mostrar su agradecimiento y se puso casi tan rojo como su cabello. El vizconde ocupó el asiento a la cabecera, al lado de ella. Eleanor le miró brevemente.

Llevaba un atuendo más formal que el habitual en él, una casaca suntuosa de terciopelo verde oscuro sobre una camisa de lino blanco con un corbatín anudado y una falda escocesa. Mientras él se sentaba en la mesa, sus miradas se encontraron. El corazón de Eleanor dio un brinco. Sonrió nerviosa.

¿Estaría recordando él, al igual que ella, el beso que habían compartido?

—Señorita Harte, buenas noches —dijo con un ademán.

—Buenas noches, milord.

Una vez que se sentó todo el mundo, lord Dunevin se puso en pie y alzó la copa de clarete para brindar.

—Hoy celebramos otra cosecha exitosa en Dunevin. Agradecemos al Señor que nos haya mantenido sanos y salvos y que haya alimentado suficientemente a nuestras familias con sus buenos alimentos.

Todos los que rodearon la mesa alzaron sus copas y dijeron un «Sí» antes de beber al unísono.

Eleanor conversaba amigablemente con Seòna. Hablaban de la inminente festividad de San Miguel, momento en que, según explicó Seòna, habría carreras de caballos, mucho baile y música.

Mientras conversaba, Eleanor cogió el tenedor. Puesto que ella había encontrado la solitaria zanahoria ahorquillada aquella mañana, le habían concedido el honor de abrir la comida. Intentó no prestar atención a los ojos de todo el mundo a su alrededor que la observaban mientras se disponía a tomar el primer mordisco.

—¡Alto!

Eleanor se quedó paralizada, con el tenedor sostenido justo ante su boca. Se volvió sorprendida a lord Dunevin, que acababa de hablarle de forma tan brusca.

—¿Sucede algo, milord?

Sin mediar palabra, le arrebató el tenedor de la mano.

—No lo coma.

Dunevin se levantó, atravesó la habitación y arrojó la zanahoria, con tenedor y todo, al fuego.

—No comáis nada tampoco los demás.

Màiri le miró llena de alarma.

—Milord, ¿qué es lo que pasa?

Gabriel se había levantado de su asiento y rodeaba en estos momentos la mesa, retirando el plato de cada persona sentada.

—No era una zanahoria lo que la señorita Harte estaba a punto de comer. Era *iteotha*.

De la mesa se elevó un resuello.

Iteotha. Eleanor repitió en silencio la palabra que él había dicho. No era una palabra gaélica con la que estuviera familiarizada.

—No entiendo —dijo—. ¿Qué es? ¿Qué problema hay?

Pero nadie respondía.

En vez de ello, todos se miraban unos a otros como si acabaran de escuchar el anuncio de la llegada del apocalipsis.

Una vez retirados todos los platos, lord Dunevin regresó a su lugar a la cabecera de la mesa. Se agarró las manos ante él y miró a Eleanor con semblante grave.

—Era cicuta, señorita Harte.

Eleanor se quedó boquiabierta.

—¿Cicuta?

Él asintió.

—Es muy similar en aspecto a la zanahoria silvestre de la isla y sólo alguien que esté familiarizado con ambas puede distinguir las diferencias. Si usted o alguna otra persona de las aquí presentes la hubiera comido, los resultados habrían sido ciertamente fatales.

Eleanor sintió un repentino escalofrío y se cubrió instintivamente los brazos. Tuvieron que pasar unos minutos para que se percatara de que lord Dunevin acababa de salvarle la vida.

—Pero, milord —explicó Màiri, y su voz temblaba a causa del enfado— las examiné todas y cada una de ellas.

—Màiri, estoy seguro de que sólo ha sido un accidente —dijo Eleanor en un esfuerzo por calmarla—. Probablemente la cogí yo misma. No sabría distinguir la diferencia, mientras que vosotros habríais reconocido la planta enseguida en el campo.

Màiri sacudió la cabeza.

—Pero no hemos visto nada de *iteotha* en la isla en años. —Empezó a perder la batalla contra las lágrimas—. Dulce María en los cielos, es igual que cuando perdimos al propio hermano del señor, Malcolm…

El vizconde miró a Donald MacNeill.

—¿Está en la isla?

MacNeill vaciló antes de asentir lentamente.

—Sí, milord. Le he traído hasta aquí justo esta mañana.

—¿Quién, milord? —preguntó Eleanor.

Los dedos de Dunevin agarraban el pie de la copa de vino con tal presión que Eleanor pensó que iba a quebrarse.

—Seamus Maclean —dijo como si pronunciar aquellas palabras llenara de amargura su boca—. Su familia vive aquí en la isla y viene cada año a celebrar el día de San Miguel con ellos.

—Pero hoy no le hemos visto en ningún momento.

De pronto Gabriel desplazó su mirada oscura a ella.

—Yo no tendría tantas ansias, señorita Harte, de salir en defensa de ese hombre.

—No las tengo, señor —dijo ella—. Simplemente no se me ocurre qué motivo podría tener el señor Maclean para querer envenenarme.

—No puede saber si la cicuta estaba dirigida a usted. Cualquiera de nosotros podría haber dado el primer mordisco. Usted, yo, Màiri, incluso Juliana… —Su voz de pronto se acalló.

Eleanor sabía con exactitud qué estaba sintiendo él, sabía que la mera sugerencia de que Juliana hubiera sufrido un daño tan terrible le llenaba a él de la misma sensación de terror indefenso. Ella también la sentía.

—¿Por qué el señor Maclean querría envenenar a alguien de esta mesa?

Eleanor observó la miríada de rostros que le rodeaban. Por extraño que fuera, ninguno de ellos parecía estar tan confuso como ella. Ninguno parecía estar conmocionado en demasía, y entonces cayó en la cuenta de que ella seguía siendo la recién llegada aquí. También comprendió que había algo más en todo este asunto que nadie explicaba.

Y entonces recordó la historia que le había contado el joven Donald.

—¿No creerá de veras que haría algo así por ese enfrentamiento sin sentido?

Lord Dunevin entrecerró los ojos.

—¿Quién le habló de…?

Eleanor advirtió la mirada severa que Donald MacNeill lanzó al joven Donald, pues se imaginó sin dificultad dónde había oído ella aquella historia.

Eleanor se apresuró a distraer su atención.

—Pero no puede acusar a ese hombre sin tener algún tipo de prueba.

—Tengo una prueba —dijo de pronto Fergus desde su sitio en el otro extremo de la mesa. El hombre entrecano se levantó de su silla—. Vi a Seamus Maclean coqueteando con la joven Catriona esta mañana después de recoger las zanahorias.

—¿Catriona la de mi hermana? —preguntó Màiri, obviamente horrorizada.

—Sí.

Pero para Eleanor nada de aquello tenía sentido. Tenía que haber sido un accidente espantoso, nada más. Aquella raíz suelta de cicuta habría ido a parar de algún modo al montón de las demás zanahorias sin que nadie se diera cuenta. Aquella mañana en los campos, entre tanto canto y alborozo, había tantas manos recolectando en las huertas… sí, sin duda tenía que haber sido así.

¿O no?

Las demás personas sentadas en torno a la mesa ahora miraban los demás platos, preguntándose, sin duda, si alguna otra cosa habría quedado contaminada.

Finalmente habló el vizconde.

—Màiri, sé que has trabajado muy duro en esta estupenda comida para todos nosotros, pero me temo que no puedo arriesgar el bienestar de nadie con la posibilidad de que algo más haya quedado contaminado. Tendremos que deshacernos de todo. De verdad, lo siento.

Los ojos de Màiri lloriqueaban mientras asentía dando su conformidad en silencio.

—Tengo un poco de queso y jamón de añojo en la alacena que podemos compartir en vez de tomar la cena, milord. Sé que no lo ha tocado nadie.

El vizconde hizo un gesto de asentimiento, y Màiri, Seòna y Fergus iniciaron la tarea de retirar los restos del desafortunado festín. El ánimo había cambiado rápidamente en la habitación a causa del sobrecogimiento.

Eleanor miró a lord Dunevin que seguía sentado en su lugar a la cabecera de la mesa. Tenía los ojos concentrados en la copa de clarete que había ante él, sin comprender, con expresión profundamente inquieta.

—¿Qué va a hacer? —preguntó Eleanor, intentando apartar de su mente una imagen vaga de jefes de clanes enfrentándose, alzando poderosas espadas escocesas en una sangrienta batalla para exigir venganza.

—¿Qué opción tengo? —respondió con semblante atormentado y al mismo tiempo calmado—. Simplemente observar y esperar hasta ver si intenta algo de nuevo después del fracaso de su primer esfuerzo.

Capítulo *11*

*L*os últimos días antes de San Miguel, Juliana pasó cada vez más tiempo trabajando en las pinturas murales del aula, hasta el punto de que parecía no querer hacer nada más. Ni siquiera la promesa que le había hecho Màiri aquella gélida mañana de pan dulce con melaza y una taza de leche caliente podían convencerla para que lo dejara.

Se pasaba horas seguidas en ello, dibujando en silencio, sin cansarse, añadiendo libremente elementos al mural a medida que ampliaba la imagen, primero con árboles enredados, azotados por el viento, y sombras distantes de las diversas piedras verticales que salpicaban el paisaje ondulado. Posteriormente, empezaron a tomar forma las figuras de los habitantes más conocidos de la isla, repartidos aquí y allá por el idílico paisaje.

La pintura en sí era ciertamente buena. Incluso a su joven edad, Juliana demostraba la capacidad observadora y detallista y el uso del color que eran característicos en artistas con talento. Aún más destacable era que, sin ninguna instrucción, parecía capaz de captar la personalidad de cada figura que dibujaba, algo que se notaba simplemente por la manera en la que la ilustraba.

Estaba la familia de Donald MacNeill, todos ellos de pie en el exterior de una pequeña cabaña con techo de paja, con ingentes cantidades de ovejas algodonosas a su alrededor, como nubes cercadas de tierra, mientras Donald navegaba cerca en su pequeña chalupa, en las movidas aguas del estuario.

En el extremo opuesto, Juliana había pintado con su pincel la imponente estructura del castillo de Dunevin, con la figura ensombrecida del vizconde de pie en lo alto de la torre del castillo con Cudu flanqueando su lado, los dos juntos constituían un par de siluetas difusas recortadas contra las tristes nubes que se extendían por el cielo que tenían encima.

Debajo de ellos, la tierna figura de Màiri sobresalía en el patio del castillo, con su característico delantal anudado en torno a su cintura mientras arrojaba pedazos de comida a los pollos diseminados, mientras Angus, el encargado del establo de Dunevin, observaba desde una puerta abierta de la cuadra.

Cada día, alguna nueva imagen aparecía en el mural. Cuando Eleanor pensaba que Juliana ya había acabado, la muchacha añadía algo más.

Justo el día anterior, había pasado mucho rato dibujando la pequeña figura de cabeza redonda de la pequeña foca que a menudo les seguía cuando caminaban por la costa, asomándose desde debajo de la superficie del agua. Y aquella mañana, había empezado a esbozar otra serie de figuras, esta vez un par de siluetas que estaban de pie muy juntas al borde del agua mientras una tercera les saludaba desde un risco rocoso por encima de ellas.

En un principio, Eleanor había pensado que las dos figuras más próximas al agua pretendían retratarla a ella misma y a Juliana con las faldas recogidas hasta la rodilla, tal y como habían caminado hace varias mañanas por el agua para recoger bígaros para el guiso de Màiri. El agua estaba tan fría que habían sentido hormigueos en los pulgares durante toda la hora posterior.

Pero cuando Juliana añadió detalles a la figura que saludaba a las otras dos desde lejos, pintándola con cabello y ojos oscuros y ataviada con un vestido verde claro muy similar a uno que tenía la niña, Eleanor comprendió que la que saludaba tenía que ser Juliana. Las otras dos figuras, supuso ella, serían probablemente ella misma y Donald el Joven, quien se había unido a ellas aquel día en la poza de bígaros.

Era esa parte del cuadro la que Juliana estaba perfeccionando ahora, con su cabeza oscura inclinada muy cerca de la pared mientras trazaba algún detalle minucioso con la punta de la pluma empapada en negro. Adivinando que estaría implicada en el proyecto durante cierto tiempo, Eleanor había decidido pasar un rato tranquilo con sus estudios de gaélico cuando de pronto Fergus apareció en la puerta de la planta infantil, con su rostro curtido casi eclipsado por su gastada gorra azul ladeada.

—Màiri dice que ya es la hora de bajar a hacer el pastel *struan*.

Eleanor le hizo un gesto de asentimiento. Se había olvidado de que había preguntado a Màiri si podían ayudarle ella y Juliana en la elaboración de la tarta tradicional para la celebración de San Miguel del día siguiente.

—Gracias, Fergus. Enseguida bajamos.

En cuanto dejó a un lado el libro, Eleanor advirtió que el escocés estaba mirando fijamente, con marcado interés, el mural de Juliana.

—¿Es muy bueno, no es cierto?

—Sí —respondió, observando fijamente a Juliana, quien se volvió para mirarle—. Un gran parecido, y tanto que sí.

Juliana se dio la vuelta otra vez y recogió sus pinturas y pinceles.

—¿Ha visto esto el señor? —preguntó Fergus.

—No, aún no. Pensé esperar hasta que Juliana acabara para enseñárselo.

La mirada socarrona que notó en él la dejó intrigada.

—¿Supone que lord Dunevin se enfadará porque hayamos pintado sobre los muros sin consultarle primero a él?

Fergus se encogió de hombros.

—No sabría decirle qué va a gustar o disgustar al señor. El señor es el único que podría decírselo.

Y con aquello, el hombre se volvió y salió de la habitación arrastrando los pies.

El hombre siempre hablaba con gran indiferencia, sin manifestar nada más allá de lo necesario para transmitir su mensaje. Al principio, Eleanor creyó que no le caía bien, por su actitud brusca y en ocasiones incluso insensible. Pero después había decidido que sencillamente hablaba así con todo el mundo.

Eleanor desplazó la vista a donde Juliana se hallaba ahora, mirando por la ventana. La expresión de su rostro parecía de pronto turbada.

—Oh, no te preocupes, Juliana. Estoy segura de que a tu padre no le importará que pintemos sobre las paredes. De hecho, una vez vea el trabajo maravilloso que has hecho, con toda seguridad nos dará las gracias por las mejoras que hemos conseguido.

Juliana pareció tranquilizarse, y Eleanor sonrió.

—¿Has acabado de limpiar?

Juliana asintió. Juntas, las dos partieron hacia la escalera.

La cocina resplandecía con la luz de las velas repartidas, las lámparas típicas de aceite escocesas y faroles de hojalata, y el reluciente fuego del hogar cuyo calor de bienvenida se podía notar durante todo el recorrido por el pasillo exterior. Los agradables olores del horno y de las hierbas frescas llenaban el aire, entremezclándose con el aroma boscoso y terroso del fuego. Las dos hijas de Màiri, Alys y Sorcha, ambas robustas y del mismo trato afable que su madre, estaban allí ayudando a preparar las cosas.

Aunque ambas se habían casado con maridos del continente, las dos jóvenes visitaban a su madre con frecuencia, acercándose al menos una vez por semana en la chalupa de Donald MacNeill desde la muerte del padre sobrevenida hacía cinco años, cuando Màiri renunció a la granja familiar a cambio de un par de habitaciones anexas a la cocina de Dunevin.

Sorcha, con lo que debía de haber sido el cabello oscuro y frente alta del padre, era la mayor de los dos y actualmente se encontraba en la fase final del embarazo del primer nieto de Màiri. Era la viva imagen de la satisfacción maternal, con mirada dulce y la mano apoyada frecuentemente sobre su vientre hinchado. La buenaventura había llegado por partida doble a la familia ya que Alys, que se parecía más a su madre y tal vez era unos pocos años más joven que su hermana, había dado la noticia justo aquella semana de que también ella estaba esperando su primer hijo, que daría a luz a finales de la siguiente primavera.

Eleanor a menudo se encontró mirando a las dos —Alys era incluso más joven que ella misma—, ambas casadas y ahora ya estableciendo sus propias familias. Se preguntó con añoranza si le llegaría la hora de saber qué era ser esposa, madre...

—Creo que ya estamos listas —dijo Màiri y tendió a Eleanor y a Juliana dos de sus voluminosos delantales, uno para cada una.

El proceso de hornear el tradicional *struan* de San Miguel era un acontecimiento tan popular como el propio pastel consagrado por la tradición, que se elaboraba cada año siguiendo una serie de pasos e ingredientes que se respetaban rigurosamente.

Avena, cebada y centeno se trituraban conjuntamente en una mezcla a partes iguales en el molinillo de piedra circular que se hallaba en el rincón de la cocina. La costumbre era que la mayor de las mujeres horneara el pastel; este año, Màiri cedió el honor a Juliana, enseñándole la manera apropiada de humedecer la mezcla con un poco de leche, arrojando un puñado de alcaravea y ráspano, y añadiendo una cucharada de miel mientras le daban la tradicional forma de tres esquinas sobre la losa de piedra caliente donde iba a cocerse.

El propio fuego estaba alimentado no por la turba habitual sino por las ramas simbólicas que se habían recogido aquel mismo día: roble, zarza y serbal, maderas que se consideraban sagradas en las islas. Mientras el pastel ganaba consistencia, Màiri y Juliana cogieron tres plumas para untar el pastel, arrancadas de uno de los gallitos de Dunevin, y aplicaron un fino baño de huevos, nata y mantequilla para formar una costra parecida a la de las natillas que relumbraba a la luz del fuego.

Después de bendecirlo, este monumental *struan* sería compartido por todo el mundo en la fiesta que se celebraría a la mañana siguiente. Cualquier resto que había quedado de la masa se dividió entonces en pasteles individuales más pequeños para aquellos miembros de la familia que estaban ausentes o que habían muerto.

Mientras Màiri colocaba cada pequeño trozo de pastel, mencionando pausadamente el nombre de cada miembro fallecido de sus familias, Eleanor sintió una pizca de nostalgia, al recordar la amarga separación de su propia familia tan lejos de allí.

Durante las pasadas semanas, Eleanor había deseado tantas veces escribir a su madre… Había empezado innumerables cartas, pensando en tranquilizar a lady Frances para que no se preocupara, asegurarle que todo estaba bien, pero luego, después del saludo inicial, sencillamente era incapaz de encontrar las palabras.

¿Qué podía decir? Si revelaba dónde estaba, Eleanor sabría que lady Frances y Christian vendrían ambos a Trelay de inmediato para llevársela de regreso, de vuelta a una vida que ahora sólo podía parecerle falsa. Lo cierto era que Eleanor no estaba lista para regresar, ahora no, todavía no. Juliana había hecho tales progresos, especialmente en los últimos días. La niña la necesitaba, pero mucho más que eso, ella necesitaba a la niña.

En Juliana, Eleanor veía tanto de sí misma. Aunque ella no había perdido el deseo de hablar, desde su época de muchacha, Eleanor de algún modo había dejado de ser escuchada. Sólo veía lo que los demás querían que ella viera, hacía lo que se había esperado de ella sin cuestionar nada en realidad, sin pensar. Sólo ahora entendía por qué nunca iban a visitar al duque, a su abuelo, pese a que vivía a menos de una milla de su casa en Londres. Sólo ahora reconocía la hostilidad velada, el amargo resentimiento, que siempre había bullido bajo la superficie.

Comprender esto era lo que había ayudado a Eleanor a aceptar la verdad de su nacimiento, lo que le había permitido perdonar a su madre y a Christian por las decisiones que habían tomado al ocultarle la verdad. Si hubiera sido Christian quien hubiera nacido en su lugar, Eleanor no podía decir con sinceridad que no hubiera hecho los mismos sacrificios que había hecho él para protegerla. La sociedad era cruel con cualquier cosa que se quedara por debajo del ideal de perfección; del mismo modo que rehuían a Juliana por su silencio, a ella la habrían rehuido por ser una hija bastarda. Y de qué manera tan fácil podría haberse encontrado en las mismas circunstancias que su madre, casada con un hombre al que no amaba, viviendo todos los santos días con infelicidad y resentimiento. ¿Cuántos de sus amigas de la academia de la señorita Effington habían hecho eso exactamente? Incontables, sin duda. Ni siquiera Amelia B. había sido capaz de evitarlo.

Después de San Miguel, se dijo Eleanor. Después de San Miguel, cuando concluyera la cosecha y la vida en la isla se preparara para el invierno, escribiría a su madre y le aseguraría que todo estaba bien. No le diría dónde se encontraba, pero prometería una explicación cuando llegara el momento. Lady Frances entendería, ya que ella mejor que nadie comprendía que había ocasiones en las que era mejor no contar las cosas.

Con este pensamiento fue con el que Eleanor preparó su propia tanda de diminutos pasteles, designando en silencio cada uno, «madre... Christian... Grace...»

Para cuando acabaron de hornear pasteles aquella anoche, la luna estaba en lo alto de un cielo salpicado de estrellas y había varias docenas de pequeños pasteles colocados en ordenadas hileras para que se enfriaran en la mesa de caballetes. Antes de salir de la cocina para retirarse a descansar, Màiri cogió un diminuto pedazo del pastel de San Miguel y lo arrojó al fuego como era costumbre, «como ofrenda —dijo— para salvaguardar la casa de las malas acciones del infierno durante el año venidero».

Los actos festivos empezarían temprano a la mañana siguiente con un recorrido por el ancestral cementerio de la isla, como gesto de homenaje a los ausentes.

Poco después del amanecer, Eleanor y Juliana bajaron a toda prisa por la escalera de la torre, masticando aún sus panecillos sin levadura del desayuno mientras se ataban los gorros para unirse afuera a los demás que ya se estaban juntando sobre el césped exterior. Màiri y sus hijas las esperaban cuando llegaron al gran vestíbulo inferior.

—¿Ya han empezado? —preguntó Eleanor, esperando no haberse levantado demasiado tarde.

—No, aún no, mozuela. Pero es mejor que nos demos prisa o en otro caso nos perderemos la bendición de la mañana.

Se pusieron en marcha rápidamente y cruzaron el vestíbulo para salir, pero Eleanor vaciló cuando atisbó por casualidad a lord Dunevin a través de la puerta abierta de su estudio, donde se encontraba de pie junto a la ventana.

—¿Qué ocurre, muchacha? —preguntó Màiri cuando advirtió que Eleanor no se unía a ellas en la puerta.

Eleanor acompañó a Juliana hasta allí.

—¿Lord Dunevin no piensa participar de las celebraciones?

—*Och*, no. El señor nunca viene a las diversiones.

—¿Y por qué no?

La expresión de Màiri se empañó y su voz bajó hasta convertirse en un murmullo tranquilo.

—Vamos, jovencita, ¿no te acuerdas de las cosas terribles que Seamus Maclean te dijo? ¿Sobre el señor? Los continentales también hablan con la gente de la isla, les cuentan historias que pasan de uno a otro, y bien, el señor piensa que es mejor para todo el mundo que se quede aquí en el castillo.

—Oh.

Pero Eleanor seguía con la mirada fija en la puerta del estudio, dando vueltas a las palabras de Màiri en sus pensamientos. Chismorreos aparte, no era justo que tuviera que quedarse encerrado sin disfrutar de uno de los actos más importantes que tenían lugar en su propia isla con su propia gente.

Era el señor, *su señor*. Durante demasiado tiempo, los isleños habían estado oyendo las falsas palabras de otros, aquel sinsentido supersticioso que había crecido, adornado con detalles durante tanto tiempo, hasta el punto de no quedar ningún fragmento de verdad en aquellos cuentos.

Lord Dunevin no era un brujo de magia negra que había exorcizado un terrible conjuro sobre su propia hija para arrebatarle la voz. Nunca había sido responsable de las malas cosechas, ni del mal tiempo ni del hecho de que una de las vacas de los continentales tuviera una marca blanca en forma de rayo en el cuello. La gente de la isla llevaba demasiado tiempo creyendo que lord Dunevin era algo que nunca había sido. Ya era hora de que conocieran a su verdadero señor.

Màiri se inclinó para ayudar a Juliana a colocarse bien el gorro.

—¿Nos vamos, entonces?

Pero Eleanor no se movió.

—Màiri, ¿por qué no os adelantáis y lleváis con vosotras a Juliana? Os alcanzaré enseguida.

Màiri la miró y supo de inmediato lo que Eleanor planeaba hacer.

—Muy bien, jovencita. Nos veremos en la colina. Pero no te lleves una desilusión si no consigues convencerle. Lo hemos intentado todos estos años pasados sin conseguir nada.

Eleanor les hizo un gesto con la cabeza mientras observaba cómo se marchaban con los cestos en la mano. Una vez que se fueron y cerraron la puerta tras ellas, Eleanor se volvió hacia el estudio del vizconde.

Dunevin aún seguía de pie en la ventana cuando ella entró silenciosamente en la habitación. Incluso a cierta distancia de él, podía apreciar que su postura era tensa, como un perro pastor escocés que vigila el rebaño presintiendo la presencia de un predador pero incapaz de verlo. Tenía los brazos cruzados delante de él y daba la impresión de estar sumido en pensamientos profundamente turbados. No había vuelto a hablar del peligro del que tan cerca habían estado durante la cena celebrada a principios de semana, pero Eleanor sabía que el incidente rondaba con insistencia su mente. Había rondado con insistencia las mentes de todos ellos.

Cuando Eleanor finalmente se decidió a entrar en la habitación, Cudu alzó la cabeza desde su lugar en la alfombra y se puso a cuatro patas para saludarla. Lord Dunevin advirtió el movimiento del perro y se volvió. La miró sólo brevemente, sin decir nada antes de volver su atención a la escena en el exterior de la ventana.

Eleanor habló a su espalda:

—Estaba segura de encontrarle afuera en el prado, milord, preparándose para llevar a ese fantástico animal suyo a la victoria en la carrera de esta mañana.

El vizconde sacudió la cabeza.

—No, mi lugar está aquí donde pueda supervisarlo todo. ¿No lo sabía? Eso es lo que hacen los señores.

Su tono intentaba expresar ligereza, pero no engañaba a nadie. Especialmente a ella.

—Esconderse sólo les da mucho más de qué hablar, ya sabe.

Dunevin se volvió como si intentara fingir que no sabía de qué estaba hablando cuando, en verdad, lo sabía demasiado bien.

—Perdón, ¿cómo ha dicho?

Eleanor se acercó para unirse a él junto a la ventana.

—Sólo estaba pensando que si tomara parte en las celebraciones del día, asumiendo su verdadero y legítimo lugar como señor de esta gente, todos verían que no hay nada de cierto en esas ridículas historias que los continentales insisten en hacer circular. Quedándose encerrado de este modo, una silueta en la ventana de una torre, sólo da a entender que tiene algo que ocultar. —Le miró directamente—. Que no es el caso.

Gabriel se volvió entonces hacia ella. Aquellos radiantes ojos verdes que en cierto modo profundizaban directamente hasta el centro de su alma le devolvieron una mirada pestañeante. Gabriel sintió en sus entrañas aquella terrible opresión sólo con mirarla. Volvió a pensar en lo cerca que ella había estado de comerse la cicuta, cómo la maldición que acosaba a su familia casi había lanzado su cólera contra otra persona, en esta ocasión una observadora inocente. Ella creía que sólo se trataba de un terrible accidente. ¿Aún no había caído en la cuenta de que su vida corría peligro sólo por culpa de él?

¿O era tal vez ése el objetivo de su presencia aquí? ¿Había venido al estudio esta mañana y sugerido que él hiciera algo anhelado durante años, pero que nunca se había atrevido siquiera a considerar, tan sólo para ponerle a prueba? ¿Pensaba ella que iba a conseguir así que él admitiera que de hecho sí había algo que ocultar?

Pero mientras miraba aquellos ojos y se perdía en sus luminosas profundidades esmeraldas, Gabriel supo que sus intenciones eran sinceras, ya que en aquellos ojos vio reflejado algo que nunca había visto en otra mirada.

Esta mujer creía en él.

Se dijo que simplemente era una ingenua, demasiado inconsciente del peligro en el que se encontraba. Era esa misma ingenuidad la que la había llevado a besarle a él aquel día, en esta mismísima habitación, sin tener la menor idea de que, al tiempo que caía embelesada en el encantamiento de aquel viejo poema sentimental, estaba besando a un demonio.

—Dígame, milord —dijo entonces ella, interrumpiendo aquellos pensamientos—, ¿qué haría falta para que abandonara esa ventana y viniera conmigo a la colina para estar con los demás?

«Un bendito milagro», pensó Gabriel para sí. En vez de ello, dijo:

—¿Perdóneme?

—¿Una partida de piquet, quizás?

Ella cruzó la habitación hasta la mesa de juego sin tan siquiera esperar a que él respondiera y abrió el cajón, de cuyo interior sacó una baraja de cartas. Eleanor alzó una ceja mientras esbozaba una sonrisa de lo más astuta.

—Propongo esta apuesta —prosiguió—, si me supera, puede quedarse en la ventana todo el día y observar desde lejos cómo transcurre la jornada. Puede permitir que la gente de la isla continúe creyendo falsas historias y haciendo conjeturas poco convincentes sobre usted. Pero —continuó— si gano yo, entonces, deberá acompañarme hasta la colina y tomar parte en los actos del día. Incluida —concluyó— la participación con su caballo en la carrera de hoy.

Al principio, Gabriel pensó que ella estaba de broma, hasta que cortó el taco y empezó a barajar las cartas. No tenía ni idea de lo que estaba proponiendo exactamente. ¿Él, el Tenebroso Señor de Dunevin, tomando parte en las celebraciones de San Miguel?

Su siguiente pensamiento fue declinar la propuesta, decirle que se fuera y le dejara seguir mirando como siempre había hecho, solo y obsesionado por los recuerdos, pero ya se estaba alejando de la ventana y se encaminaba hacia la mesa de juego.

Tal vez lo mejor fuera aceptar simplemente la apuesta y vencerla en la primera mano. Ella se quedaría tranquila. Al fin y al cabo, él era un excelente jugador de piquet.

Pero, por lo visto, también lo era ella.

Seis manos más tarde, ella le había derrotado de forma aplastante.

Gabriel se recostó en el respaldo del asiento y miró las cartas sobre la mesa, abiertas en abanico ante él, con una incredulidad llena de asombro.

—¿Dónde aprendió a jugar así? ¡Juega con una crueldad digna del club White's!

Eleanor cogió las cartas con orgullo y las barajó con la facilidad de una jugadora de gran experiencia.

—Aprendí de la tía de una gran amiga de la familia. En vez de pasar las visitas de la tarde sirviendo el té, ella y yo jugábamos a cartas. Es toda una tramposa. —Entonces se levantó, dejando a un lado la baraja, y se puso los guantes como preludio obvio a su marcha—. Entonces, ¿está listo, milord?

—¿Listo?

—Sí. Para marcharnos. No nos gustaría llegar tarde, ¿verdad?

Eleanor ni siquiera había considerado la posibilidad de que él se negara. Gabriel la miró, admirando aquella determinación de ella. Le había vencido con toda justicia. Y por otro lado, llegó también a la conclusión de que, si se encontraba en el meollo de la actividad, podría mantener una vigilancia más estrecha sobre Seamus Maclean.

Iría con ella.

—Con una condición —añadió.

Eleanor se volvió con ojos iluminados bajo el ala de su gorro.

—¿Sí, milord?

—Que deje los «milords» y los «sirs». Cualquiera que sea capaz de batirme de forma tan aplastante a las cartas sin duda debería llamarme por mi nombre de pila.

—Pero, milord, ¿sería eso correcto? ¿Con alguien que es su empleada?

—Es correcto si yo digo que es correcto.

—Oh.

Cuando ella volvió a hablar, su voz sonó marcadamente más baja.

—Pero me avergüenza decir que ni siquiera sé cómo se llama.

Él la miró a los ojos.

—Me llamo Gabriel.

Ella sonrió suavemente como si el nombre le agradara.

—Muy bien, *Gabriel*.

Era la primera vez en la vida del vizconde que el sonido de su propio nombre le aceleraba el pulso.

—Bien, entonces, ¿nos vamos?

Él se volvió, no fuera que ella advirtiera que él se había sonrojado pese a frescor del aire, para coger su levita.

Mientras se la ponía, ella dijo a su espalda.

—Si insiste en que le tutee, debo pedirle que haga lo mismo, por favor.

Él se volvió de cara a ella.

—Muy bien, Eleanor.

Eleanor. Durante el más breve de los momentos, Eleanor temió que fuera el final de su actuación como señorita Nell Harte. Sondeó los ojos del vizconde. ¿Se había enterado de alguna manera de su verdadera identidad? ¿Había visto algún anuncio como el que ella misma había quitado de la pared de la posada, alguno que a ella le había pasado por alto?

Pero no encontró nada que indicara que había escogido aquel nombre por otro motivo que el de ser una versión más formal de «Nell». Si él hubiera sabido la verdad, si hubiera visto un anuncio y hubiera imaginado de alguna manera que se trataba de ella, sin duda se lo habría comunicado mucho antes.

Salieron entonces del estudio y caminaron juntos en silencio por el sendero cubierto de gravilla que llevaba hasta la colina donde los otros ya se habían reunido para la ceremonia de bendición del pastel *struan*. Había amanecido un día claro y radiante para este maravilloso momento de celebración; el sol ascendía por el cielo, se esforzaba por abrirse camino entre la bruma en la distancia, toda rosa, lila y verde claro, mientras se reflejaba en las aguas y lustraba toda la ladera de la colina creando una mezcla de intensos colores.

Mientras se hacían un sitio entre la pequeña congregación de los demás vecinos, Eleanor advirtió las miradas de sorpresa y asombro que despertó la asistencia inesperada de Gabriel. De todos modos, pudo percibir la tirantez en la reacción de él, pese a que permanecía al lado de ella entre estas personas a las que gobernaba, pero a quienes había evitado durante tanto tiempo. Después de un rato, al ver que no había protestas, ni se susurraban amargos comentarios entre los asistentes, empezó a sosegarse.

Los que le conocían, como Donald MacNeill o Màiri, simplemente miraron boquiabiertos, pero complacidos de que hubiera decidido venir. Otros, que rara vez le habían visto en persona, le miraban como si no estuvieran del todo seguros de cómo debían reaccionar. Tenía que resultar complicado, supuso ella, pensar en el hombre que de pronto estaba allí en medio de todos como si fuera una encarnación del diablo.

Sólo una persona, Seamus Maclean, dio muestras de desprecio mientras miraba a Gabriel desde su posición al lado de lo que parecían los miembros de su familia.

Gabriel y Eleanor permanecieron en silencio junto a Màiri y Juliana mientras el sacerdote comenzaba a bendecir en gaélico y dar las gracias por aquel día y los frutos de la cosecha, la prosperidad de la isla, la salud de la gente y de su señor. Como si los mismos cielos fueran conscientes de lo especial de la jornada, una ráfaga salada de viento de mar sopló de pronto sobre la cumbre de la colina, dispersando la bruma suspendida en torno a ellos para revelar la belleza austera, accidentada, del antiguo paisaje mientras la voz lírica del sacerdote era transportada como una canción mística por la brisa que disipaba la niebla.

Cuando concluyó la ceremonia, ni una sola persona se movió de su sitio. Todo el mundo se volvió como si esperaran, y Eleanor comprendió que correspondía a Gabriel como señor iniciar el recorrido por los lugares de descanso final de quienes ya no formaban parte de la vida de la isla. Era una tradición que él había evitado durante demasiado tiempo.

Gabriel miró a Eleanor, pues percibía lo mismo, pero aún se sentía reacio a asumir un papel tan protagonista nada más salir de las sombras de la obscuridad en la que había vivido durante tanto tiempo.

Ella le sonrió y observó cómo se decidía finalmente a acercarse hasta donde esperaba el sacerdote.

Pero aún después de que hubiera avanzado, los demás continuaban esperando y ahora la observaban a ella.

—Debe ir con la señorita Juliana y seguir al señor —le susurró tranquilamente Màiri—. El señor y su familia caminan todos juntos. Es la tradición.

Eleanor hizo un gesto de asentimiento y cogió a Juliana de la mano para caminar lentamente detrás del vizconde. Los demás ocuparon su lugar detrás de ella.

Caminaron en una procesión silenciosa y dieron una vuelta por el cementerio lleno de cruces talladas y piedras con siglos de antigüedad antes de dispersarse para permitir que cada familia hiciera su ofrenda en privado a sus seres queridos y perdidos. La mañana de San Miguel era una jornada para el recuerdo, para reafirmar las raíces propias, para saber de dónde venía cada uno. Era una seguridad, un orgullo que Eleanor nunca conocería verdaderamente.

Algunos rezaron oraciones, otros ofrecieron pedazos de pastel y de pan. Eleanor se encontró arrodillada junto a lápidas de tumbas de aquellas familias que ya no formaban parte de la isla, arrancando malas hierbas y limpiándolas de fragmentos dispersos de hojas y ramitas.

Justo cuando se preparaba para volver a descender por el camino de la colina sintió que Juliana le soltaba la mano, empezaba a caminar y se alejaba ella sola.

—¿Juliana?

Pero la muchacha continuó caminando y cruzó el césped hasta donde se encontraban enterrados los ancestros del señor en una parcela separada del cementerio, en lo alto de la colina.

Eleanor no intentó detenerla sino que la siguió en silencio y la observó mientras se detenía ante la cruz de piedra de hermosa talla que marcaba simbólicamente el lugar de descanso final de su madre. Con toda la inocencia y ternura de la niña que era, Juliana se estiró hacia abajo y colocó una única margarita que había cogido anteriormente, depositándola con cuidado al pie de la cruz. Eleanor se quedó tan conmovida por el gesto que sus ojos se empañaron con las sentidas lágrimas. En ningún momento le oyó aproximarse.

—Sólo un hombre con poca conciencia puede permanecer ante las tumbas de los que él ha llevado ahí.

Era la amarga voz de Seamus Maclean que siseaba muy cerca de la oreja de Eleanor, como una nube amenazadora que aparece y tapa la luz del sol. Enfadada, Eleanor, se pasó la mano por los ojos llorosos y se volvió de cara a él.

—Demuestra aún menos conciencia el hombre que falta al respeto del significado de un día así para poder satisfacer su propio resentimiento.

Los dos se miraron uno a otro durante un prolongado momento antes de que el padre de Seamus se colocara a su lado y se llevara por el brazo a su hijo obligándole a andar.

—Vamos, muchacho. No conseguirás nada bueno con todo esto.

Seamus se soltó de un tirón.

—No, papá, necesita saber. —Se volvió a Eleanor con ojos relucientes de emoción—. Escúchame, muchacha. Ése es el diablo. Intenté salvar a la otra dama, pero fue demasiado tarde. Seguro que te atraerá hasta su trampa, como hizo con ella. Está en sus ojos, muchacha. Míralos bien. Oscuros como las profundidades del infierno. No hay vida detrás de ellos. Sal de aquí ahora, antes de que sea demasiado tarde.

Eleanor miró al hombre con un silencio sepulcral.

Maclean le dedicó una sonrisa amarga mientras sacudía la cabeza.

—Mira ahí arriba todas las cruces y lápidas de los que han perecido a manos de los MacFeagh. La evidencia habla por sí sola. Mira cuántos han ido a la tumba por causa de ese clan dejado de la mano de Dios. No seas la siguiente en unirte a ellos, muchacha. Protégete antes de que sea demasiado tarde para ti.

Resistiéndose a escuchar más aquellas insinuaciones cargadas de resentimiento, Eleanor le dio la espalda y partió colina arriba para reunirse con Juliana. Pero mientras se abría camino lentamente bordeando las cruces de piedra tallada y las lápidas castigadas por el viento que salpicaban la ladera de la colina, se encontró, sin ser consciente de ello, mirando los nombres y fechas escritas sobre ellas.

Había una *Liùsaidh MacFeagh, muerta a la edad de siete años y diez meses*, del siglo XVI, *Iseabail, hija de Alexander MacFeagh, Murchadh MacFeagh, nacido en 1710, fallecido sin descendencia en 1733*, y la menos gastada de las inscripciones que decía *Georgiana MacFeagh, lady Dunevin*, quien dejó *esta isla solitaria en 1817*.

Había tantas, que uno podía ver por qué era difícil obviar la desgraciada coincidencia. De todos modos, mientras miraba al otro lado de la ladera de la colina, donde Gabriel permanecía hablando con el sacerdote, seguía sin poder dar crédito a las terribles acusaciones de Seamus Maclean.

Tenía que haber alguna otra explicación a los incidentes que habían ensombrecido este lugar y a esta gente. Pero ¿qué?

Eleanor sintió un tirón en su brazo y al volverse encontró los dulces ojos oscuros de Juliana mirándola. La respuesta a todo aquello se hallaba en el interior de esta niña, oculta tras un muro de silencio asustado. Sólo ella conocía la verdad de lo que le había sucedido a su madre. Sólo Juliana había estado con ella hasta el momento de su desaparición. De algún modo, de alguna manera tenía que haber una llave que desentrañara aquel misterio.

Y Eleanor decidió que la descubriría.

Capítulo 12

Después de las ceremonias de cariz religioso de la mañana, el ánimo de la jornada cambió, como cuando la luna cede su lugar al sol, y del espíritu de serena conmemoración se pasó a otro de animado regocijo e intenso humor festivo.

El invierno llegaba a las islas, y Trelay se había visto recompensada con una copiosa cosecha que les permitiría pasar los próximos meses de escasez. La festividad de San Miguel era una jornada gratificante que resarcía las semanas y meses de arduo trabajo. Era un día para dar gracias por una estación de abundancia y prosperidad en un momento en que otros rincones de las Tierras Altas y de la costa occidental se enfrentaban a los desalojos de tierras, incrementos constantes en las rentas y fracasos económicos.

En el césped que se extendía desde los terrenos del castillo hasta el litoral inferior en una fusión exuberante de suave hierba, trébol blanco y diente de león, se habían organizado juegos y diversiones para que los niños se entretuvieran mientras los adultos participaban en la tradicional carrera de caballos de aquel día.

Gabriel se había alejado después de la ceremonia de la mañana y no había regresado desde entonces. Eleanor confiaba en que él no hubiera optado por no participar en el resto de actividades del día para volver a retirarse a la ventana de su estudio a observar desde la distancia. Sabía que no podía insistir en que se quedara, pero en su interior esperaba que estuviera más animado tras las reacciones de los isleños, muchos de los cuales incluso se habían acercado a él aquella mañana en la colina para expresarle sus mejores deseos.

Para la carrera *oda*, los caballos tenían que correr por la extensión arenosa de costa accidentada que se extendía desde debajo de los venerables muros del castillo hasta el espigón de roca y piedra que constituía el embarcadero de la isla. Era una distancia de un cuarto de milla más o menos de terreno desigual salpicado de diversos obstáculos naturales, que incluían de todos, desde piedras verticales desgastadas por el tiempo hasta franjas de musgo de mar y fragmentos desperdigados de madera de deriva que era arrojada por la marea.

Mientras los demás se abrían camino por la ladera de la colina para acercarse hasta donde los participantes se reunían en aquel momento en la playa, Eleanor miró entre la multitud, protegiéndose la vista mientras estudiaba los rostros de los demás.

No vio a Gabriel entre ellos.

Màiri advirtió el gesto de Eleanor y se le acercó, rodeándole la cintura con el brazo.

—Si me preguntas —dijo con su habitual sabiduría infinita— ha sido un milagro que le convencieras para salir esta mañana, mozuela. Ya puedes estar contenta de lo que has conseguido. Se ha mantenido alejado tanto tiempo, que le costará volver a sentirse cómodo aquí.

Eleanor se limitó a asentir, intentando controlar su desazón, y se volvió para colaborar en las demás actividades.

Para los niños, Màiri y Seòna habían preparado cubetas llenas de una mezcla espumosa elaborada con tallos machacados de saponaria y otras hierbas diversas que podían verter en unas «pipas» de madera tallada para hacer burbujas que soplaban aglutinadas por todo el lugar.

Más tarde, por la noche, disfrutarían con juegos como la gallina ciega mientras los adultos bailaban en el *cuideachd*.

Mientras los niños mayores continuaban dando brincos, intentando ver quién hacía la burbuja más grande, Donald el Pequeño y otros críos de poca edad lamían cucharadas de azúcar que les habían envuelto con pedazos retorcidos de papel como especial capricho dulce. Eleanor se conmovió al ver que los demás niños incluían a Juliana en su redil colectivo, aceptando su mudez sin ningún comentario expreso y sólo con leve curiosidad.

Cuando un niño de unos seis años preguntó a Juliana su nombre, a lo que ella respondió con una mirada silenciosa, otra niña llamada Brìghde, casi de la misma edad que Juliana, con tirabuzones rubios y pies descalzos bajo el dobladillo deshilachado de las faldas de lana, asumió la responsabilidad de actuar como ayudante de Juliana y la presentó a los demás como «Mi amiga, Jui-lana». En estos momentos, las dos estaban boca abajo, con los tobillos cruzados tras ellas y las narices casi pegadas al suelo, una cabeza oscura inclinada junto a otra rubia, buscando entre la espesa franja de tréboles aquel que tenía las cuatro hojas de la suerte.

Ojalá aprendieran la lección los habitantes del continente, que conocieron aquel día en Oban, de la perspectiva inocente y sin prejuicios de una niña, pensó Eleanor mientras las observaba con una dulce sonrisa.

Cuando llegó la hora del comienzo de la carrera, Eleanor caminó con Màiri y Seòna hasta el borde del recorrido de la prueba para situarse junto a los otros que ya estaba allí reunidos. Parecía que todas las familias de la isla hubieran salido para las celebraciones del día, fácilmente eran doscientas o más las personas allí congregadas a lo largo del perímetro del recorrido de la carrera.

Una hilera de casi una docena de jinetes se había reunido en la línea de salida, un combinado heterogéneo que incluía toda clase de animales desde caballos de montar hasta ponis, desde caballos de labranza hasta jamelgos. Había incluso una mula que daba la impresión de estar a punto de quedarse dormida en cualquier momento, la cabeza le colgaba casi hasta el suelo y los ojos le pestañeaban como si fuera a echar una cabezadita. Ninguna montura iba ensillada ni enjaezada; los jinetes por tradición tenían que guiar las monturas sólo con su propia habilidad y una simple cuerda para dirigirlos.

—He apostado con al viejo Angus MacNeill una hornada de bollos de mora a que tu Donald gana este año, Seòna —dijo Màiri mientras esperaban a que empezara la carrera—. Incluso le he dado a Donald un pedazo de azúcar especial para su yegua con la promesa de otro más si puede superar a ese asqueroso y viejo jamelgo de Seamus Maclean en la línea de llegada.

—¿Y qué es lo que te da Angus si de verdad gana Donald? —preguntó Seòna con una ceja inclinada y una mueca maliciosa.

Era un tema de regocijo frecuente entre las mujeres el interés que mostraba Màiri por el granjero viudo, que en opinión de ellas era algo más que una amistad familiar. A menudo preguntaba por él a Seòna y Donald, y al viejo Angus casi siempre se le podía encontrar en la cocina de Dunevin, compartiendo una tacita de té con Màiri mientras trabajaba.

—Si gano, Angus tiene que bailar un rondó conmigo en el *cuide-achd* más tarde, esta noche.

Al ver la mirada de soslayo de Seòna, añadió:

—Sé qué estás pensando por la cara que pones, Seòna MacNeill. No empieces con ideas casamenteras en esa cabecita tuya. Sólo es que echo tantísimo de menos bailar, en estos últimos cinco años sin mi Torquil.

Seòna lanzó una mirada a Eleanor con gesto de saber lo que se decía.

—¿Y supongo que todos esos pasteles, tortitas recién hechas y bollos de mora que no paras de llevar a la granja de Angus los preparas porque te preocupa que el hombre no sepa alimentarse por sí solo?

Máiri alzó la barbilla con gesto obstinado, pero sus rechonchas mejillas se sonrosaron con pudor, y sonrió ligeramente mientras Seòna y Eleanor se reían entre dientes tras ella.

—*Whish*, vamos, mozuelas descaradas, la carrera está a punto de empezar.

Los jinetes estaban ya colocados para iniciar la carrera cuando el joven Donald, quien se estaba preparando para dar la señal de salida con la ayuda de una sartén de hojalata y un palo, de pronto bajó los brazos mirando en dirección a las alturas del castillo. Todo el mundo se volvió al instante para mirar qué había captado su atención en el momento en que un jinete solitario, cuya silueta se recortaba contra el sol en lo alto del cielo, empezaba a descender por la colina en dirección a ellos.

Un murmullo de excitación salió de la muchedumbre.

—Bien, mejor empiezas a hornear esos bollos, Màiri Macaphee —dijo Seòna—. Creo que tus posibilidades de ganar esa apuesta acaban de esfumarse.

A Eleanor el corazón le dio un brinco cuando avistó a Gabriel abriéndose camino colina abajo en dirección a ellos. El viento sacudía su pelo y la bruma del mediodía se enroscaba en las piernas de su caballo saltarín, por lo que parecía un antiguo guerrero de las Tierras Altas preparándose para la batalla. Sintió un impulso incontenible de correr a su encuentro, pero lo contuvo mientras él cubría la distancia hasta la costa a toda velocidad.

—Santa María de los cielos —dijo Màiri, protegiéndose los ojos al igual que los demás para mirar a contraluz—. Es el señor. Este año va a competir.

La noticia corrió a toda prisa entre la multitud, provocando una gran excitación que recorrió toda la cuesta igual que el rápido viento otoñal. Incluso los niños detuvieron su juego para observar a Gabriel al pasar al medio galope junto a los rostros asombrados de los isleños, sobre su gran caballo de caza para llegar al punto de salida.

El joven Donald miraba boquiabierto mientras Gabriel ocupaba su lugar en la línea de salida.

—Espero que no importe que un jinete adicional se sume a la prueba —dijo Gabriel, apresurando a su caballo para que se adelantara y se colocara junto a la yegua de Donald MacNeill, que de pronto parecía un poni al lado del precioso caballo negro del vizconde.

Al igual que otros jinetes, Gabriel se había quitado la elegante levita y falda escocesa de gala para ponerse un par de pantalones tradicionales de montar que se ajustaban a sus piernas casi como una segunda piel bajo su voluminosa camisa de algodón.

Eleanor entendió de repente por qué Gabriel se había esfumado antes.

Había desaparecido el señor austero y refinado al que había que venerar y observar desde lejos. En su lugar había un hombre que se mezclaba fácilmente con los demás, un escocés de pies a cabeza.

Su aspecto era espléndido. El cabello oscuro alborotado por el viento que soplaba desde el estuario se despeinaba sobre los ángulos marcados de su rostro, la línea áspera de su mentón, la oscuridad oculta de sus ojos. Eleanor no pudo evitar observar a este hombre de aspecto tan noble, poderoso, tan increíblemente apuesto.

Él la miró y Eleanor sonrió, horrorizada al sentir que se sonrojaba como una escolar atolondrada, de modo que apartó la vista con timidez. La sonrisa se desvaneció cuando advirtió por casualidad la mirada de odio no disimulado que dominó los rasgos de Seamus Maclean mientras observaba a Gabriel desde el otro lado de la hilera de jinetes.

Al darse cuenta de que ella le miraba, Seamus hizo retroceder de pronto a su montura de la línea de salida.

—Maclean —le llamó Donald MacNeill—, ¿qué estás haciendo? ¿Hombre, vas a abandonar la carrera incluso antes de que haya empezado?

Un coro de susurros en gaélico recorrió la multitud.

Seamus escupió en el suelo a los pies del caballo antes de responder.

—No, Donald MacNeill. Sólo es que no tengo ganas de perder el tiempo hoy. A todo el mundo le resultará obvio quién va a ganar la carrera ahora. El hombre con dinero para permitirse comprar el mejor caballo.

Le siguió un silencio atónito, encendido por varios resuellos audibles entre la multitud. La gente sacudió la cabeza con incredulidad al ver que Seamus se atrevía a mostrar una hostilidad tan directa hacia el señor. Otros cuantos vecinos se limitaron a mirar.

Un viento amenazador soplaba costa adentro, silbando entre los pelados árboles del litoral. Nadie se movió ni profirió ningún sonido, el ambiente festivo de la reunión cambió con gran rapidez.

Aunque Seamus Maclean no vivía en la isla, sus padres habían habitado aquí toda la vida y arrendaban la tierra directamente a lord Dunevin. Como arrendatarios se encontraban a su merced. Pocos señores o ninguno toleraría una muestra tan descarada de irreverencia. La mayoría de ellos harían un ejemplo de la sanción de esta insolencia flagrante para que sirviera de recordatorio a los demás del verdadero orden de las cosas.

Eleanor lanzó una mirada furtiva al padre y a la madre de Seamus, quienes se encontraban enfrente de ella. Eran gente mayor, de una edad que ya no les permitía trabajar duro en la tierra, y la mirada en su rostro estaba marcada por el pánico y la gravedad de la situación.

Sólo gracias a la gentileza y bondad de Gabriel tenían un hogar alquilado y un pedazo de tierra que sembrar; él podía arrebatárselo fácilmente sin motivo, sin advertencia, sin derecho a recurrir. En un momento en el que los señores de las Tierras Altas estaban desalojando con gran rapidez de sus tierras a la gente que las había cultivado durante generaciones, para dedicarlas a negocios más lucrativos como la cría de ovejas, palabras como las de Seamus eran imprudentes y a la vez peligrosas.

Todo el mundo observaba a Gabriel para oír su respuesta, esperando en silencio su juicio final. Cuando llegó, incluso las gaviotas que les sobrevolaban se quedaron en silencio.

—Si era mi caballo lo que codiciabas, Maclean, deberías haber aprovechado la oportunidad de robarlo anoche para la carrera de hoy.

Miró entonces a Eleanor para dar una explicación.

—Existe una antigua costumbre según la cual en la víspera de San Miguel, cualquiera puede apropiarse del caballo del prójimo para la carrera del día siguiente sin temor a castigo, siempre que se devuelva después a su propietario legítimo sin haberlo dañado. La mayoría de los hombres se pasan la noche vigilando sus caballos y ponis en los campos.

Entonces dedicó una mirada a la mula, que para entonces, de hecho, se había quedado dormida.

—Bien, excepto, tal vez, Olghar Macphee, aquí presente. Sin duda dejó el establo desatendido toda la noche con la esperanza de que algún necio insensato se llevara esta bestia perezosa de su cuadra.

Varios de los isleños se rieron al oír aquello, mientras el propietario de la mula, Olghar Macphee, ponía una mueca al escuchar la broma de Gabriel. La muchedumbre comenzó a relajarse al percibir la indulgencia benevolente de su señor.

—No puse vigilancia alguna a mi caballo —continuó Gabriel—. Incluso dejé el establo sin cerrar ya que no había planeado correr hoy la carrera y pensé que tal vez a alguien pudiera apetecerle tomarlo prestado. Pero nadie se ha molestado en hacerlo. No me parece justo que ahora a mi animal no se le permita estirar un poco las piernas como a todos los demás animales. No he tenido otra opción que venir yo mismo y montarlo para correr la carrera.

De la multitud surgieron murmullos de conformidad. Otra parte de los presentes lanzó miradas de enfado contra Seamus y susurraron maldiciones contra él por su intento fallido de arruinar la feliz reunión.

—Pero —continuó Gabriel—, te haré una concesión, Seamus Maclean, para que no pueda decirse que la carrera se ha corrido en circunstancias parciales a mi favor. Mi caballo llevará el peso de dos jinetes durante la prueba mientras todos los demás cabalgan en solitario. Eso debería igualar las posibilidades de modo suficiente.

Los isleños que entendían inglés dieron muestras de estar conformes y tradujeron la oferta de Gabriel al gaélico para que los demás comprendieran. Por toda la concurrencia, la gente empezó a asentir y comentar la integridad y buena voluntad de su señor. Un hombre incluso sugirió que la mula de Olghar, con lo decaída que parecía, corriera sin jinete para igualar las posibilidades a la inversa, lo cual provocó un coro de risas bonachonas.

Eleanor estaba tan ocupada mirando a todos los demás, estudiando sus reacciones, que en ningún momento advirtió que Gabriel había llevado su caballo hasta donde ella y Juliana se encontraban junto a Màiri y Sòna. Se volvió finalmente cuando él estuvo al lado de ella y sintió el contacto del hocico del caballo contra su brazo.

—¿Eleanor? —dijo, mirándola desde lo alto del lomo del gran animal.

—¿Sí?

Hasta que no advirtió que las miradas de todo el mundo estaban centradas en ellos dos, no se percató de lo que él pretendía.

—¿Quiere… quiere que cabalgue con usted, milord?

Gabriel no tuvo ocasión de contestarle ya que los vítores de aliento se elevaron de inmediato desde todos lados, animándola con gritos de «Hazlo, muchacha» y «Cabalga con el señor».

Antes de que ella comprendiera lo que estaba sucediendo, Eleanor sintió que era alzada sin saber cómo sobre la grupa del caballo, quedándose sentada delante de Gabriel con las piernas colgadas a un lado. Le miró sin habla y llena de asombro.

—Agárrate bien, mocita —le susurró Gabriel con una medio sonrisa—. Me parece que va ser una cabalgada con muchos baches.

Hizo dar la vuelta al caballo sin usar las manos y, únicamente con la presión de sus rodillas, lo guió de nuevo hasta su lugar en la línea de salida con los demás corredores. Eleanor enroscó sus dedos en el pelo áspero de la crin de la yegua, con el corazón acelerado y las manos temblorosas, confiando en que los cielos quisieran que no se cayera de su sitio en el momento en que se pusieran en marcha.

—¡Jinetes preparados! —les llamó el joven Donald entonces y levantó otra vez su gong de sartén mientras se preparaba para dar la señal de salida.

Eleanor sintió que Gabriel la estrechaba entre sus brazos. Aspiró profundamente los aromas entremezclados del formidable caballo y aún más formidable hombre que la rodeaba y contuvo la respiración, cerrando los ojos mientras Donald preparaba la mano para dar a la sartén.

Sintió que los músculos del caballo se apretaban con expectación debajo de ella.

Sonó la señal.

Brincaron hacia delante como respuesta.

Aquella misma respiración que había estado conteniendo se escapó en una ráfaga de pura excitación cuando sintió una sacudida hacia atrás que la hizo caer contra la sólida pared del pecho de Dunevin. Luchó desesperadamente por permanecer sentada. No tardó en soltar sus manos de la crin del caballo y buscar lentamente un sitio alrededor de las manos de Gabriel mientras él les impulsaba a ir más rápido.

El viento azotaba sus mejillas y nariz, irritaba sus ojos hasta provocar lágrimas, mientras el pelo se desprendía irremediablemente de las horquillas, sin que ella lo notara apenas. Lo único que podía ver, lo único en lo que podía pensar, lo único que podía sentir era el hombre cuyos brazos la rodeaban.

Estaban cabalgando a velocidad vertiginosa sobre un terreno accidentado y traicionero, pero Eleanor nunca se había sentido más segura en su vida. Podía soltarse, lo sabía, y aun así él no permitiría que se cayera. Pero nada de eso importaba. No quería soltarse de él. Quería sentir la tensión de sus brazos debajo de sus manos, el calor de su cuerpo tan cerca de ella, la fragancia con deje a mar de su cuello, mientras ella permitía que el movimiento del caballo debajo de ambos la empujara todavía más hacia atrás, hasta quedarse totalmente apoyada en él.

La marea ascendente bajó los cascos atronadores de los caballos provocó una rociada que humedeció sus rostros. Saltaron sobre una piedra caída, aterrizando ruidosamente entre la broza y arenaria de la costa mientras empezaban a aproximarse al embarcadero que se prolongaba hacia fuera desde el litoral que se extendía por delante. En el embarcadero tendrían que hacer un rápido viraje antes de emprender la vuelta y recorrer de nuevo el trayecto hasta donde habían comenzado y donde esperaba la creciente multitud de isleños, animando a los jinetes incluso ahora que estaban lejos.

Cuando se acercaban al embarcadero, eran tres los que cabalgaban muy próximos, Donald MacNeill, Seamus Maclean y el corcel de Dunevin que les llevaba a ellos dos. Esto complicaría aún más la ejecución del marcado viraje en esta estrecha franja de costa, pero Gabriel no dio indicios de aminorar la marcha.

Tampoco Seamus ni Donald.

En todo caso, los tres apretaron aún más a sus caballos, los cascos se hundían en la arena húmeda y las partículas de conchas que había debajo de ellos mientras se acercaban cada vez a más velocidad al espigón de roca.

Una vez en el lugar en el que tenían que girar, Seamus se abrió hacia la tierra de la izquierda en dirección al verde de la arenaria, mientras que Donald se abrió hacia la derecha, galopando en un amplio arco que se abría hacia donde las olas lamían con hambre la costa. Gabriel tendría que hacer un viraje aún más cerrado, una maniobra difícil teniendo en cuenta que no disponía de una embocadura con la que dirigir al caballo. Mientras lo realizaba, inclinándose y apretando las rodillas contra la cincha del animal, Seamus le cortó el avance de pronto desde el lado, dificultando mucho más el giro.

El corcel titubeó, desmontándoles casi a ambos, y Gabriel tuvo que estirar de la cuerda para que se detuvieran de forma repentina, pues corrían el riesgo de que alguno de ellos o los dos se desplomaran sobre las rocas que formaban el espigón. Mientras conseguía recuperar el equilibrio de ambos y volver la cabeza del caballo en la otra dirección, Seamus intentó hacerse con el control dando unas palmotadas a su caballo en la ijada, gritando una maldición de otro mundo que asustó al pobre animal y lo lanzó a un galope lleno de pánico en dirección a la línea de llegada.

Gabriel deslizó un brazo alrededor de la cintura de Eleanor y la atrajo aún más contra su cuerpo hasta dejarla sentada encima de su muslo, prácticamente sobre su regazo. Le rozaba la sien con el mentón y sintió la aspereza de la barba raspando su frente cuando bajó la vista para mirarla.

—Agárrate bien a mí, mocita. Estamos a punto de echar alas y salir volando.

Eleanor apenas tuvo tiempo de agarrarse a su brazo cuando él dio con fuerza al caballo con los talones y salieron lanzados, los cascos volando, el viento aullando en sus oídos mientras se abrían paso ruidosamente a través de la espuma, recorriendo como un rayo la costa llena de guijarros en una persecución sin tregua de los otros dos jinetes.

Primero alcanzaron a Donald MacNeill, cuya yegua estaba visiblemente cansada, incapaz de competir con sus patas más pequeñas con los otros dos caballos de mayor tamaño. El corcel de Gabriel salvó la distancia entre ellos con facilidad, pasó galopando a su lado en una ráfaga de arena y salpicaduras de mar, con los gritos de aliento del propio Donald animándole.

Avanzaron con estruendo por la costa y lentamente fueron acercándose a Seamus y su corcel que aún se mantenía a cierta distancia por delante. Una cortina de guijarros y arena de los cascos voladores del caballo empezó a salpicarles. Eleanor volvió el rostro contra el cuello de Gabriel para evitar los desechos, y sus sentidos se llenaron de su aroma y calor.

Apenas se enteró cuando pasaron a toda velocidad junto al caballo de Seamus como un rayo de mercurio mientras se aproximaban más a la línea de llegada. Hasta que no oyó el alboroto y griterío de la multitud que les rodeaba no comprendió que acababan de ganar la carrera.

Gabriel detuvo poco a poco el caballo hasta un medio galope y luego un trote, y les condujo sobre la extensión de cuesta hasta la ladera cubierta de brezo que quedaba justo por debajo del castillo. Aunque ya se habían detenido, Eleanor no se soltó de Gabriel hasta que se vieron rodeados por una multitud de isleños que les seguía sin dejar de vitorearles y felicitarles por la excitante victoria.

Gabriel soltó la cuerda, aflojó su abrazo y subió la pierna para bajar a tierra. Mientras los demás se amontonaban en torno a él, cogió a Eleanor por la cintura y la bajó con suavidad al suelo, donde volvió a sujetarla más fuertemente al ver que las piernas de la joven amenazaban de pronto con flaquear debajo ella.

—Aguanta el equilibrio, mocita —le dijo en voz baja—. Todo parece moverse, ¿verdad? Pensabas que sólo en el mar puede uno sentirse así de mareado.

«Mareada...»

Era la palabra indicada para describir el estado inusual en que se encontraba en este momento preciso. Sus sentidos estaban aturdidos, sus pensamientos eran tan caóticos que sólo consiguió esbozar una débil sonrisa.

—Un beso del ganador a la dama —gritó de pronto una voz que sonaba curiosamente parecida a la de Màiri.

Como si estuviera soñando, Eleanor no pudo hacer otra cosa que observar, con ojos abiertos, desconcertada y totalmente perpleja, cómo Gabriel acercaba su boca a la de ella y la besaba allí delante de todos.

Un coro de vítores resonó a su alrededor, pero Eleanor apenas lo oyó. En cierto modo, en el espacio de unos pocos momentos, habían pasado de ser institutriz y señor a ser simplemente mujer y hombre, todo decoro, toda restricción entre ellos se había esfumado en un abrir y cerrar de ojos.

Los sonidos del resto del mundo a su alrededor, de la multitud, del viento, del retumbar de la espuma contra la costa, todo ello se desvaneció formando una bruma ajena. El único sonido que podía escuchar era el rápido pulso de su corazón que seguía su propio ritmo mientras se entregaba por completo al beso y al hombre cuyos labios tocaban en estos momentos los suyos.

Se acabó pronto, demasiado pronto.

Cuando Gabriel apartó la boca y la miró fijamente con sus ojos oscuros, dejándola flotando, Eleanor supo de forma instantánea qué era lo que había provocado todo esto.

Se había enamorado de Gabriel.

Amaba a este hombre con todas sus esperanzas, con todos los sueños que había recogido en su corazón. No era el afecto cordial que había sentido por Richard Hartley, que en su ignorancia de doncella había considerado el principio de un amor.

Lo que sentía por Gabriel era algo más, infinitamente más, algo sin lugar a dudas más fuerte. Era fuego, era un vendaval, era un mar sin fondo, todo al mismo tiempo. Incluso ahora, quería que la besara de nuevo sin importar quién estuviera mirando, y no parar nunca, ni siquiera cuando la luna se alzara en el cielo y la magia de la noche les rodeara. Quería sentir sus manos contra su piel, el calor de él tocándola en lugares que nunca habían sido tocados. Quería perderse en las oscuras profundidades infinitas de sus ojos cada día durante el resto de su vida.

Darse cuenta de forma tan repentina de esta faceta de ella misma la dejó conmocionada, sin aliento. Quería amar a este hombre proscrito por el mundo y sanar su corazón atormentado. Quería pasar el resto de su vida viviendo en esta isla, viendo crecer a Juliana y ayudándola a encontrar su sitio en el mundo. Quería unir la distancia entre padre e hija y mostrarles el camino para volver el uno al lado del otro.

Quería todo eso y más, mucho más, pero primero Gabriel tendría que enterarse de la verdad acerca de ella, de su ascendencia, de los motivos que la llevaron a escapar de la vida que había llevado antes. Tendría que decirle que en realidad no era la señorita Nell Hart. Tendría que revelarle que era lady Eleanor Wycliffe, la heredera ilegítima de Westover, aunque hacerlo bien podría destruir cualquier futuro que pudieran tener.

Estos pensamientos turbados debieron de aparecer en su rostro ya que Gabriel se detuvo entonces ante ella mirándola con esos ojos oscuros dulcificados por la preocupación.

—¿Sucede algo, muchacha? No parece que estés contenta de que hayamos ganado la carera.

Alzó los ojos para mirarle, llena de incertidumbre, asustada por lo que sabía que tenía que hacer. ¿Qué haría él si le contaba, justo ahí, en este momento, que le quería? ¿La encontraría extravagante? ¿Pensaría que era una necia? Aún peor, ¿la dejaría plantada?

¿Se enfadaría por haberle mentido, por inducirle a creer que era alguien que en realidad no era?

Era un riesgo al que tendría que enfrentarse sin remedio. Lo que sentía por Gabriel era demasiado real, demasiado especial como para taparlo con una mentira. Tendría que abrirle su corazón, su vida, su futuro con toda claridad, pero no aquí, ahora no.

Éste no era el momento ni el lugar para explicárselo. Era un día de fiesta por muchos motivos, entre ellos, y no menos importante, la «salida» de Gabriel, su emerger para ocupar el lugar que le correspondía en el mundo. Estropear aquello ahora sería una verdadera calamidad.

De modo que Eleanor se limitó a sonreír, miró a los ojos del hombre que amaba y sacudió la cabeza, mientras decía con tono suave:

—En todo momento supe que ganarías.

Porque aquel día había ganado algo más que simplemente una carrera.

Había ganado también su corazón.

Capítulo *13*

El tiempo se mantuvo bueno durante todo el día, acariciado de vez en cuando por breves momentos de la luz de sol que se dispersaba sutilmente tras las nubes desperdigadas como cintas de una fanfarria del primero de mayo.

Muchos coincidían en que no habían tenido un San Miguel tan fantástico en la isla en más años de los que pudieran recordar. Otros atribuían los ciclos curiosamente clementes a la aparición este año, inesperada pero celebrada por todos, del señor de la isla tan dado últimamente a recluirse.

Después de la emoción de la carrera de aquella mañana, los isleños se habían retirado del litoral a la verde explanada que quedaba justo debajo de las alturas del castillo, donde los hombres y los muchachos de la isla se dividieron en equipos para los tradicionales partidos de *shinty*.

Era una competición impregnada de tradición. Los hombres se armaban con el delgado bastón curvado llamado *caman* y una pequeña pelota de madera elaborada con un nudo viejo del tamaño de una manzana, y el juego resultaba a la vez duro y reñido mientras cada equipo se esforzaba en meter la bola al equipo opuesto, entre las marcas establecidas claramente mediante dos montículos improvisados de piedras en ambos extremos del campo.

Hubo arañazos en rodillas, cabezas magulladas y, en un caso, un diente roto. No había reglas escritas, prevalecía la costumbre tradicional. A veces se enardecían los ánimos, y surgían a menudo desavenencias que en ocasiones acababan a golpes, pero siempre era el juego lo que decidía el verdadero vencedor.

173

Cuando el sol bajó y los cielos estuvieron demasiado oscuros como para seguir jugando, la congregación se retiró al castillo de Dunevin para el banquete: el cordero de San Miguel y los pasteles *struans* que habían cocido las mujeres la noche anterior.

Cada una de las familias de la isla traía comida de sus granjas con la que contribuir al festín, y las mesas se llenaron con numerosos quesos y empanadas de cangrejo, pasteles y bollos, pollo asado a la escocesa, budines y una especie de galletas a las que llamaban «pamplinas». La cerveza de erica y el vino de abedul corría libremente, soltando las lenguas y liberando los espíritus alegres. Por todos lados se respiraba la animación festiva. Para cuando cayó la noche del día de San Miguel, el baile ya llevaba un rato en marcha.

En el patio bañado por la luna, situado en el exterior de la torre del homenaje del castillo, refulgente con la luz amortiguada de las antorchas y las tenues sombras, los círculos de danzantes se movían en remolinos armónicos, con las manos agarradas, los brazos unidos, entrelazándose y soltándose unos y otros al ritmo de la animada melodía de las gaitas y los violines. Las faldas de intensos colores susurraban y oscilaban alrededor de los pies desnudos y piernas delgadas. Las manos daban palmas, los pies pisaban fuerte. La risa y el regocijo llenaban el aire, mientras en la esquina más alejada, sentado a solas en el extremo de una de las muchas mesas montadas sobre caballetes que se habían sacado del gran salón para esta fiesta, el señor de Dunevin lo observaba todo con oscura mirada pensativa.

Había sido un día de celebraciones por muchos motivos. Como señor, Gabriel era el protector y responsable en última instancia de cada persona en la isla, desde el anciano de más edad hasta el bebé recién nacido. Era su señor, amo, benefactor, sus padecimientos eran los suyos, su preservación era una obligación ineludible. El hecho de que fueran una comunidad insular les hacía aún mucho más vulnerables. Sin embargo, hoy era un día en el que se sentía en paz por saber que esta gente de la isla, la isla que sus antepasados habían salvaguardado durante siglos, tendría comida suficiente y abrigo para aguantar durante los duros meses que les esperaban por delante.

No era siempre así en las Tierras Altas. En todo el litoral occidental y más allá, incluso en las islas remotas de Lewis y Harris, lugares habitados en otros tiempos por grandes reyes gaélicos, estaban siendo abandonados por completo a causa de la necesidad. La tierra ya no producía ni siquiera el sustento suficiente para la gente que había vivido ahí durante generaciones. La industria de la recolección de algas, para obtener yodo, de la que tanto había acabado por depender para ganarse la vida, iba en progresivo declive desde la derrota de Napoleón, dejándoles tan sólo con el recurso impredecible de la labranza o la pesca del arenque para sobrevivir.

O peor aún, en alguna de las islas más próximas la gente se encontraban a merced de un sistema que les protegía bien poco de los codiciosos emprendedores y de los terratenientes ausentes de sus fincas que valoraban el dinero muy por encima del sustento de sus subalternos. Gabriel se negaba a adherirse a este nuevo sistema de gestión de las tierras. Pese a lo oscuro de su pasado, los MacFeagh, señores de Dunevin desde tiempos inmemorables, siempre se habían tomado en serio las necesidades de su gente —patriarcas de clanes y sus familiares— y su intención era hacer que se cumpliera esa tradición.

Durante todo el día y la noche, no había parado de acercarse a Gabriel gente de su isla, gente que durante los últimos tres años le había evitado tanto como él a ellos, desde la inexplicable muerte de Georgiana. Era casi como si hubiera estado lejos, de viaje en tierras distantes, y hubiera regresado y recibido su gentil bienvenida.

Al otro lado del patio, Gabriel observaba a su hija, Juliana, que un día ocuparía su lugar como benefactora en esta isla solitaria. El cambio que había experimentado en las últimas semanas era más que sobresaliente. No hacía ni un mes, él pensaba que la había perdido para siempre, nunca dejaría de ser una coraza vacía que rechazaba el contacto humano. Mirarla ahora mientras jugaba con otra niña, Brìghde Macphee, cuyos padres habían cambiado la ortografía de su propio apellido años antes para diferenciar a su familia de la de él, sólo podía calificarse como milagro.

Las dos juntas eran la misma imagen de la inocencia mientras brincaban en un círculo bajo la luz vacilante de la antorcha de junco que había a un lado, sus rostros iluminados por sonrisas, los ojos radiantes de excitación. Era sólo una de las muchas revelaciones que habían llegado con este San Miguel tan especial.

¿Qué era, se preguntaba, lo que hacía todo tan diferente? ¿Era simplemente el ambiente festivo del día? ¿La gratitud por la abundante cosecha? Pero mientras se preguntaba esto, Gabriel ya sabía que el motivo de este repentino renacimiento se encontraba entre las filas de bailarines, dando palmas al ritmo de la música, con la luz de la antorcha reflejada en esos increíbles ojos verdes.

Se hacía llamar señorita Nell Harte; pero él la llamaba la respuesta a un ruego. La había contratado con la esperanza de encontrar una institutriz adecuada para Juliana, alguien que le enseñara las habilidades sociales que algún día necesitaría para ser esposa y madre.

En vez de ello, la mujer de hecho había resultado ser un ángel de carne y hueso.

Gabriel ahora observaba en silencio a Eleanor mientras ella enlazaba sus manos con el joven Donald MacNeill en medio del círculo de danzantes que se ramificaba, e intentaba repetir los pasos de un animado baile escocés que ella acababa de aprender, riéndose de sí misma cuando se equivocaba en algún paso o cuando le pisaba a él los pies. Su aguda risa resultaba como música para sus oídos, un madrigal que no se recitaba en este castillo desde hacía demasiado tiempo. Su sonrisa relucía más brillante que la luna de la cosecha por encima de ellos.

—Sé qué está pensando, señor.

Gabriel salió de sus reflexiones y miró a su lado a donde Donald MacNeill había aparecido repentinamente. Arqueó una ceja con aire anodino.

—¿Así que puedes leer mis pensamientos, MacNeill?

El hombre simplemente se le quedó mirando, atravesando aquel fútil intento de indiferencia.

—¿Acaso no le conozco desde que éramos críos, milord?

—Sí, así es.

—¿No luchamos hombro con hombro en Coruña contra el diablo de Napoleón?

—Sí, así fue.

—Entonces creo que puedo decir que sé lo que está pensando.

En la isla había pocas personas que se atrevieran a hablar sin tapujos a Gabriel, al igual que eran pocas las personas que conocían a Gabriel, que conocían realmente al verdadero MacFeagh y no al legendario Señor Tenebroso de Dunevin con el que la gente del continente alimentaba las pesadillas de sus hijos.

MacNeill se quedó callado durante un momento, luego añadió:

—Si mi Donald tuviera diez años más, seguro que pelearía con el chico pese a la ventaja que le lleva, milord. Creo que el chico está embobado con ella.

Gabriel se volvió a mirar a MacNeill, de repente con una expresión grave en el rostro.

—Y el chico sería un hombre mejor para ella.

Donald sacudió la cabeza mientras se rascaba el pelo rojizo bajo su atildada gorra.

—¿Cómo es posible que un hombre tan rico llegué a ser así de estúpido? El muy puñetero…

—Yo me hago la misma pregunta a todas horas. Cualquiera pensaría que ya había aprendido la lección. Pensaba que la había aprendido, con Georgiana. Dejé que se acercara demasiado, y ella sufrió las consecuencias. No puedo permitirme repetir el mismo error con esta muchacha.

«Por mucho que ella me llegue al corazón…»

—No me refiero a eso y lo sabe. —Ahora MacNeill se estaba enfadando, sus palabras soltaban chispas de sentimiento—. Esa vieja maldición de la bruja sólo tiene el poder que usted mismo le da. —Se pegó un dedo a la frente—. Le concede el poder de dominarle desde aquí. Y cada día tiene que enfrentarse a ella en su mente, le tiene consumido. —Entonces pegó su palma abierta a la parte delantera de su camisa de lana—. Pero esta aquí, aquí en su corazón, la fuerza para enterrar esa maldición donde le corresponde, señor. Olvídela y siga con su vida antes de que acabe viejo y amargado, muriendo solo exactamente igual que…

—Igual que mi padre.

MacNeill se quedó mirándole, temió haber ido demasiado lejos y haber tocado un tema que a Gabriel le provocaba gran angustia.

El gran Alexander MacFeagh había sido lo que algunos llamarían un milagro de la medicina ya que caminaba, hablaba y respiraba, pero por otro lado no daba ni un indicio de tener corazón. Y vivió de esta manera, algo de admirar, hasta la avanzada edad de setenta y nueve años.

Según sus recuerdos, Gabriel tenía cuatro años cuando vio por primera vez a su padre, con su pelo negro y aquellos feroces ojos inconmovibles que llevaron rápidamente al muchacho de regreso bajo el refugio más seguro de las faldas de su madre.

—¡Tienes mimado al muchacho, mujer! ¡Míralo! Nunca debería haberlo confiado a tu cuidado como hice. Debería haberlo educado yo igual que eduqué al joven Malcolm, para convertirlo en un hombre merecedor del nombre MacFeagh. ¿Por qué no empiezas a vestirle con faldas y a ponerle cintas en el pelo?

Su padre y su hermano, con idéntica mirada de asco, se habían dado media vuelta para apartarse de Gabriel, y sus risas reverberaron por el patio mientras se alejaban ridiculizándole.

Pasaron otros tres años antes de que viera otra vez a su padre. Nunca volvió a esconderse de él, pero para entonces Malcolm ya se había hecho un hombre, tan feroz y desalmado como su padre, de modo que Alexander no tenía necesidad de otro hijo.

Gabriel observaba el mar de danzantes que giraban por el patio mientras consideraba en silencio las palabras de Donald. La mayor parte de su vida había estado rodeado de gente que le temía o le ridiculizaba o le vilipendiaba. Su madre murió poco después de que él cumpliera siete años y, desde ese momento, le mandaron a una serie de internados. Nadie se había atrevido nunca a creer en él.

Hasta que conoció a Eleanor.

Desde que ella apareció en su vida, se encontraba con frecuencia preguntándose que sería eso de tener a alguien con quien compartir la isla, alguien que sintiera la misma afinidad que él por su gente y sus costumbres. Se imaginaba con una mujer que no se estremeciera cuando él la tocara, que le acelerara el pulso sólo con una sencilla mirada desde el fondo de sus ojos verdes. Qué fácil podría ser, pensó, observando a Eleanor cogiéndose del brazo con el viejo Angus y dando un giro con el escocés de mejillas rubicundas mientras recibían los vítores de Màiri y los otros que estaban a su alrededor. Qué fácil le resultaría enamorarse de ella…

Pero no podía borrar la historia por más que deseara, la oscura historia que le acosaba y que la ponía a ella en un peligro tan grande.

Gabriel advirtió que el baile se había detenido de forma repentina y que todo el mundo dejaba el centro del patio para sentarse en las mesas o quedarse de pie entre las sombras del atardecer. Vio que Eleanor se abría camino hasta el pequeño estrado donde se habían juntado los gaiteros y violinistas, con algo sujeto debajo del brazo.

Màiri se adelantó entonces desde la multitud para levantarse y mirar a los demás.

—Sí, ahora vais a disfrutar todos de un lujo, así es. Ha costado un poco. —Miró a Eleanor a su lado, sonriendo—. Pero he conseguido convencer a esta jovencita para que comparta con nosotros el talento que tiene y que nos ha estado ocultando.

«¿Talento?» Gabriel se adelantó en su asiento. Miró a Eleanor mientras ésta se acercaba hasta la parte delantera del estrado de los músicos. Sostenía en las manos algo fino y oscuro. Cuando se lo llevó a la boca, Gabriel se percató de que se trataba de una flauta que quería tocar. Todo el patio se calló mientras ella daba la primera y suave nota.

Los dulces tonos de un viejo aire escocés, con el que todo el mundo allí sentado estaba familiarizado, surgieron rápidamente flotando desde las puntas de sus dedos, susurrando a través del patio, llenando el aire de una magia antigua y embargando a todos los que se encontraban ante ella. Igual que el afamado flautista de Hamelín, su dulce música atrajo a todos los que escuchaban, cada nota de su quejumbrosa melodía se abrió camino entre la congregación como un canto de sirena transportado por un viento cambiante.

Gabriel se levantó y se olvidó por completo de Donald MacNeill, que se hallaba tras él. Echó a andar desde las sombras, hechizado mientras ella continuaba tocando con los ojos cerrados y las pestañas descansando levemente sobre sus mejillas, confirmando aún más que se trataba de un ángel terrenal, ya que sólo en el cielo podía oírse una música tan dulce.

Aunque no era un instrumento típico de mujer, Eleanor tocaba la flauta como si hubiera nacido con ella, sus dedos se movían con facilidad sobre los orificios. Alrededor del patio, eran muchos los que habían cerrado los ojos y se balanceaban con suavidad al ritmo de la melodía entrecortada. Otros simplemente miraban absortos como si les asustara incluso pestañear por miedo a que la visión que tenían delante se desvaneciera de pronto.

Cuando concluyó, poniendo punto final a la cadenciosa melodía con una nota suave y dulce, se produjo un silencio durante un prolongado momento. Nadie se movió ni profirió sonido alguno. Era como si les hubiera arrullado hasta dormirlos. Luego, como si los allí congregados se despertaran de pronto, aplaudieron, vitorearon y se levantaron para rodearla con sus elogios.

Eleanor sonrió con timidez e inclinó la cabeza antes de volverse a la parte posterior del estrado.

—No, no te vayas ya —gritó el gaitero, quien inició un animada melodía, acompañado por el violinista—. ¡Toca con nosotros, muchacha!

Eleanor se quedó mientras ellos empezaban a tocar y escuchó durante unos pocos momentos para seguir la melodía y memorizar las notas. Después del primer coro, se unió a ellos y todo el mundo se levantó al instante para bailar. Con la misma rapidez con la que el ambiente había pasado a una atmósfera de suavidad y susurros, había vuelto ahora a la animación y el vigor anteriores.

Gabriel vio a Màiri de pie a un lado de los danzantes, con Seòna a su lado, contemplando a los bailarines girando y saltando. Se dirigió tranquilamente hasta donde ellas se encontraban.

—Buenas noches, señor —dijo Màiri con afabilidad—. Vaya *cui-*

deachd que estamos teniendo. ¿No es la señorita Harte una intérprete buena de verdad?

Gabriel parecía no poder despegar los ojos de Eleanor que tocaba con expresión alegre, sacudiendo la cabeza con el trino de su melodía.

—Sí, es sin duda un flautista de mucho talento. No tenía ni idea.

Màiri puso una mueca.

—Ni ninguno de nosotros. Dio la casualidad que una noche, bastante tarde, yo había salido a andar al aire libre y de pronto oí, desde la ladera, el son más hermoso que jamás había escuchado. Pensé para mis adentros que serían los duendes porque ¿quién más podía tocar una música tan mágica en una noche de luna? Me acerqué a echar un vistazo y verles un poco, y me quedé asombrada al encontrarme con que no era un hada sino nuestra joven señorita sentada sobre una gran piedra, tocando una preciosa canción toda sola. Dijo que tocaba el flautín desde que era una niña, que a menudo le venía de gusto hacerlo, pero que sobre todo tocaba para sí misma. Me costó mucho convencerla para que tocara para nosotros esta noche.

—Bien, me complace que lo consiguieras.

Gabriel observó entonces a Eleanor, que había acabado de tocar con los demás y cruzaba el patio para dirigirse a la puerta que llevaba al interior del castillo. Esperó a que pasara el siguiente baile y, al ver que ella no volvía de inmediato, decidió ir tras ella.

Disculpándose de Màiri y Seòna, se encaminó hacia la puerta del castillo.

Màiri echó una mirada de soslayo a Seòna, con una pequeña sonrisa dibujada en los labios.

—Mantén ocupado al asistente personal del vizconde durante un rato, ¿querrás, Seòna, cariño? A su señor no le hace ninguna falta que le siga por ahí esta noche.

Seòna asintió con gesto de complicidad y se fue al otro lado del patio donde Fergus estaba sentado con algunos de los otros isleños charlando mientras tomaba una jarra de cerveza. Siempre una muchacha de grandes recursos, enseguida tuvo al hombre enredado en una conversación de la que no tenía esperanzas de escapar.

Una vez cumplida su misión, Màiri alzó la vista a la ventana superior de la torre del castillo, susurrando para sí:

—San Miguel, si estás escuchando, es hora de que pongas tu magia a trabajar.

* * *

Eleanor colocó las piezas desmontadas de su flauta dentro del estuche forrado de terciopelo, pasando una mano cariñosa sobre las llaves de palo de rosa y plata que aún relucían como nuevas, antes de introducirlo dentro del arcón de cajones de su pequeña alcoba. Pese al reparo inicial a tocar, le había sentado bien hacerlo, perderse en la música, ser parte de la celebración de este día tan especial.

Se detuvo durante un breve instante, sonriendo mientras volvía a pensar en la feliz escena que aún continuaba afuera, el final de un rato de encuentro para todos, la esperanza de un nuevo principio, también.

Se volvió hacia la puerta y empezó a andar por el pasillo para marcharse, pero vaciló ante la puerta abierta del aula. Al otro lado de la ventana, podía ver el relumbre de la luz de las antorchas en el patio, oír la risa de los juerguistas y la tonadilla con garra del violín reverberando en la noche.

Cruzó la habitación hasta el asiento de la ventana que tanto le gustaba a Juliana y miró la escena de abajo. Enseguida distinguió a Juliana sentada con Màiri y Brìghde, y sonrió para sus adentros. De todas las cosas maravillosas del día, lo de las niñas había sido lo más especial. De algún modo, por la gracia de Dios o de San Miguel o de todos los ángeles del cielo, Juliana había encontrado una amiga.

Era inexplicable. Durante todo el día, las niñas se habían relacionado una con otra con la misma facilidad que si mantuvieran una conversación, pero a Juliana nunca le había echo falta decir una sola palabra ni hacer siquiera un gesto. Brìdghe, que a Eleanor le parecía una niña preciosa, hablaba a Juliana, le respondía, le preguntaba y, de alguna manera, sabía exactamente qué habría dicho ésta si en realidad pudiera hablar. Era como si Juliana hubiera pasado todos estos años de silenciosa y aislada angustia a la espera de que apareciera esta niña. Desde el momento en que se encontraron, todo el pasado se había disuelto como por arte de magia mientras las dos jugaban y bailaban juntas a medida que avanzaba la noche.

Era una de esas cosas misteriosas que pasaban en esta distante isla para las que no había explicación lógica, ni motivo aparente. Duendes, hadas, ninfas, incluso fantasmas que vagaban sin objetivo en medio de las brumas por la noche, había algo en este lugar que parecía sobrenatural en cierto sentido, una espiritualidad antigua, un hechizo que hacía posible lo imposible y que te llevaba a creer en cosas que nunca antes habías creído.

Era ese mismo misticismo gaélico que había rendido el corazón de Eleanor a Gabriel.

Durante todo el día, sus pensamientos se habían centrado únicamente en él. Se preguntaba qué haría él, qué diría si se enterara de sus verdaderos sentimientos. Deseó poder mirar en un estanque de agua o una taza de té como la de esos adivinos que levantan tiendas en las ferias de atracciones, para ver qué futuro le esperaba, les esperaba.

Mientras permanecía sentada mirando al patio del castillo, recordó algo que Màiri había dicho al comenzar aquel día: que si una doncella decía el nombre del hombre que amaba a la luna de San Miguel, él acudiría a ella en un sueño.

En silencio, Eleanor permaneció ante la ventana, mirando la luna y las estrellas y los cielos interminables que se extendían sobre el turbulento mar, y susurró suavemente para sí:

—... *Gabriel*.

Casi en el mismo momento, oyó un suave sonido detrás de ella. Se dio la vuelta y se quedó sin aliento en un instante de incredulidad anhelante cuando vio de pronto a Gabriel de pie allí ante ella.

El sueño se había hecho realidad.

No dijo nada. Ni él tampoco. Envuelto en la casi oscuridad, simplemente se miraron fijamente el uno al otro en silencio.

Él parecía una visión espectral, todo envuelto en sombras y luz plateada. ¿Era real? ¿O era una fantasía? En aquel preciso momento, a Eleanor aquello no le importaba. Sólo mirarle, tenerle cerca, hacía que su corazón se desbocara y su respiración se entrecortara con rápidos jadeos.

Gabriel cruzó la habitación lentamente hasta quedarse ante ella en la ventana. Sus ojos la miraban con atención, sus rasgos tallados bajo la débil luz de la luna eran fuertes, embrujadores, claramente cincelados. Parecía que quisiera decir algo, pero sin saber el qué.

Era precisamente lo que ella sentía, también.

Para convencerse de que aquello no era un sueño que la aturdía, Eleanor estiró la mano y tocó con ternura un lado del rostro de Gabriel, siguiendo con la punta de los dedos la angulosidad de su mandíbula, deleitándose en su textura, su aspereza, la *masculinidad* de él. Los ojos de Gabriel la mantenían cautiva, su piel se notaba tan caliente al tacto, Eleanor incluso podía ver el pulso de su corazón palpitando regular en su garganta.

Se preguntó qué se sentiría al apoyar allí la boca. Se preguntó si sería posible arder en llamas simplemente allí ante él. Hasta que finalmente él se acercó un poco más, rozándole el vestido con sus piernas desnudas bajo la falda escocesa, y le tomó la cara por los lados entre sus grandes manos para inclinar su boca hacia arriba y ofrecerle su beso.

Y entonces ya no se preguntó nada más.

Eleanor cerró los ojos y se fundió por completo en él, apoyando las manos en la batista que cubría el calor y la dureza de su pecho mientras él la besaba aún más profundamente de lo que hubiera imaginado.

Olía a aire libre, salado y fresco, y al humo del fuego de junco que ardía todavía ahora en el patio debajo de ellos. Sintió que las manos de Gabriel se doblaban alrededor de su nuca, removiendo su pelo para soltarle las horquillas, acariciándola hasta que los dedos estuvieron desbordados por una profusión de rizos sueltos.

Eleanor dejó caer la cabeza hacia atrás en la cuna que formaban sus manos, arqueó el cuello y respiró a fondo mientras él movía sus labios hacia abajo, sobre la línea de la barbilla, sobre el cuello, para enterrar el rostro en la curva de su hombro. La piel de Eleanor se estremecía llena de vida, sus miembros se habían convertido en límpida miel, y se sintió caer con él cuando les bajó a ambos sobre los cojines esparcidos sobre el asiento de la ventana que tenían detrás.

—Oh, muchacha, no deberíamos estar haciendo esto.

Su acento, más pronunciado ahora, la hipnotizó mientras las erres surgían fluidamente de su lengua.

Eleanor se incorporó ante él, se sentó sobre sus rodillas y estiró los brazos, que deslizó en torno a la cintura de Gabriel. Apoyó un lado de su rostro contra el sólido calor de su pecho y susurró a la noche:

—He deseado que acudieras a mí en un sueño, y ahora estás aquí. No me despiertes tan pronto, Gabriel. Olvida el resto del mundo ahí fuera por ahora. Olvida quién soy. Olvida quién eres. Deja que tengamos simplemente esta noche para guardarla con nosotros el resto de nuestras vidas.

Eran todas las palabras que él necesitaba escuchar.

Gabriel levantó a Eleanor con un movimiento de pura desesperación y pasó su boca por la tierna carne del hombro de ella, saboreándola, acariciándola con su lengua mientras sus manos bajaban desde el cabello para desatar los pequeños botones que se sucedían en la parte posterior del vestido. Sintió que el corpiño se soltaba alrededor de ella, sintió que caía bajo la presión de su boca, y arqueó la espalda, quiso que desapareciera, quiso que no hubiera otra cosa entre ellos que su boca y sus manos sobre sus pechos.

En el momento en que la tocó y cerró la mano sobre la plenitud de su seno, Eleanor se sintió atrapada por una profusión de sensaciones perturbadoras. Recorrían su cuerpo en remolinos, obligándola a atraerle lo más cerca posible. Quería tocarle por todos lados, quería que él no dejara de tocarla nunca, que nunca parara.

Eleanor entretejió sus dedos a través de la oscuridad sedosa de su cabello y soltó un fuerte jadeo cuando sintió su boca sobre sus pechos, acariciándola con los labios, saboreándola, lamiéndola hasta pensar que el intenso placer de todo aquello la haría gritar. Eleanor apretó sus caderas aún más contra Gabriel, desesperada por lograr satisfacción, y se movió con él cuando cambió de posición sobre el banco de la ventana, acomodando la espalda de ella contra el asiento acolchado mientras él se ponía de pie ante ella, iluminado por la mortecina luz de la luna, todo pasión y magia, absolutamente masculino.

Parecía ansioso. Parecía indeciso. Parecía tan desconcertado por la pasión surgida entre ellos como ella misma.

—Te quiero, Gabriel.

Las palabras se articularon incluso antes de que Eleanor se diera cuenta de que las había pronunciado. Su corazón se detuvo durante el más breve de los instantes mientras observaba el rostro de Gabriel con timidez, buscando su respuesta.

Tal vez fuera la oscuridad, las sombras, el juego de luces, pero casi parecía que de pronto su expresión había pasado de la intensidad y el deseo desesperado a una negación aturdida. Un frío se apoderó de la habitación y, con un rápido soplido, apagó la llama que había ardido entre ellos.

—¿Gabriel…?

Él sacudió la cabeza.

—No sabes qué es lo que estás diciendo.

—Pero sí que lo sé. Nunca había sabido algo con tal certeza.

Él se apartó cerrando los ojos. Cerró los puños con fuerza a ambos lados de su cuerpo, y Eleanor sintió la cortina de su rechazo empañando su corazón.

Se envolvió con los brazos, se cubrió la desnudez, de pronto sintió vergüenza ante su respuesta implacable.

No le correspondía con su amor.

Gabriel miró a Eleanor y lanzó a la oscuridad una maldición en gaélico, dando con la mano contra la dura superficie del muro donde Juliana había pintado su mural.

—Maldición, muchacha, no puede ser. Nunca podrá ser. ¿No lo ves?

No puedo olvidar quiénes somos, por mucho que lo desee. Nunca podrá ser.

Las lágrimas saltaron a los ojos de Eleanor de forma abundante, desbordándolos, quemando su rostro, derramándose por sus mejillas, y dentro, muy dentro, algo se retorció con gran dolor.

Se quedó mirándole fijamente, sin poder hacer otra cosa, en silencio, desbordada por la humillación y el sufrimiento, con tal nudo en la garganta que fue incapaz de pronunciar palabra alguna cuando él se dio media vuelta y se desvaneció, abandonando la habitación de la misma forma rápida en que había venido, como salido de un sueño, dejándola allí sola y olvidada junto a la ventana.

Capítulo 14

Gabriel miraba con ojos legañosos la desesperante oscuridad de su estudio.

Pestañeó para despejarse, intentando sacudirse la fatiga, y echó una rápida ojeada al pequeño reloj de mesa situado a su lado, cuya esfera estaba iluminada por la mortecina luz de la luna.

Eran altas horas de la madrugada, pronto empezaría a amanecer. El fuego que tenía a sus pies ni siquiera titileaba pues no lo había atendido durante las últimas horas que había pasado desplomado en su sillón, encerrado en el aislamiento que creaba la puerta cerrada, intentando arrancar de su recuerdo la imagen de los ojos vulnerables y angustiados de Eleanor.

La copiosa cantidad de brandy que había bebido horas antes no había adormecido sus sentidos como esperaba. En vez de eso le había provocado un horrendo dolor de cabeza tras el cual los pensamientos continuaban, maldición, demasiado claros para su gusto. Deseó perderse, perder estos pensamientos y remordimientos en el aturdimiento nebuloso de la borrachera. Deseó rodearse de obscuridad y penumbras, cualquier cosa para sacarse de una vez de la cabeza lo que había sucedido, lo que él había hecho... lo que *no* había hecho.

Pero nada de lo que había probado, ni el brandy, ni la oscuridad, ni el hermético aislamiento, había servido, y sabía que por mucho que lo negara, nada borraría el último momento entre ellos, el esperanzado sonido de su voz cuando ella pronunció aquellas tres palabras reveladoras.

Te quiero...

Era la primera vez en su vida que podía recordar haberlas oído en boca de otra persona que no fuera su propia madre. Eran palabras que ofrecían todo de otra persona, su corazón, su cuerpo, incluso su alma, palabras que componían poesía, llenaban páginas de libros, se convertían en obras representadas en el escenario del mundo.

Eran palabras que pedían con esperanza, que rogaban y se mantenían a la espera… de una expresión del mismo sentimiento a cambio, palabras que eran un don sumamente precioso, pero que su pasado no le permitía aceptar.

Mientras permanecía sentado en la silla, contemplando la alfombra bajo los pies, Gabriel maldijo al condenado ancestro suyo que siglos antes había traído esta oscuridad sobre toda su familia. Era una suerte que el hombre estuviera muerto, ya que en aquel momento, se sentía completamente capaz de matarle.

Pero no podía hacer nada más al respecto, lo sabía, excepto…

Indignado, Gabriel se levantó de la silla, cruzó la habitación hasta el cofre del rincón y se inclinó para abrirlo. Sacó el maldito rollo de pergamino de dentro y leyó las antiguas palabras de la bruja por última vez y con gran congoja.

Durante novecientos años, y luego cien más, cualquier
criatura o animal al que permitáis traspasar la puerta de
vuestro corazón, enseguida escapará y caerá bajo la losa más
contundente de la muerte, mientras observáis sin poder
hacer nada, abandonados y solos. Sólo en esta isla brumosa
puede encontrarse la verdad, el báculo de san Columbano os
librará de la maldición que os tiene encadenados. Alguien de
corazón y mirada pura enmendará los errores del pasado,
¡para poner fin a los sufrimientos soportados!

«¡Maldita seas novecientos años, bruja!»

Con amargo desdén, Gabriel dejó caer la tapa del cofre con un golpetazo hueco y se dio media vuelta para dirigirse al fuego situado tras él. Pero se detuvo a medio camino al advertir que Cudu se había puesto de pronto en pie y se iba trotando hasta la puerta. El perro olisqueó el espacio que quedaba debajo, gimió un poco y se volvió a mirar a Gabriel bajo la luz de la luna. Apretó el morro contra la puerta otra vez y continuó olisqueando. Tras varios gemidos más y un insistente rasguño, el animal soltó un aullido lastimero, como de otro mundo.

—¿*Dè tha ceárr, Cudu?*

Gabriel se fue hasta él para ver qué sucedía.

El perro arañó la puerta otra vez, aullando a Gabriel para que la abriera. En cuanto giró la manilla, Cudu salió disparado, moviéndose más rápido de lo que Gabriel le había visto hacer nunca, y al instante se dirigió a la escalera de la torre situada al otro lado del vestíbulo.

Desde siempre, era un perro que por regla general se mostraba indiferente: eran pocas las cosas que conseguían alterarle alguna vez. Por consiguiente Gabriel decidió seguirle para ver qué había suscitado que la bestia se mostrara tan inquieta.

Ni siquiera se percató de que dejaba caer al suelo el deteriorado rollo de pergamino.

Treparon el primer tramo de las escaleras de la torre y, al llegar a lo alto, en cuanto Gabriel abrió la puerta, Cudu salió disparado por el pasillo, dirigiéndose en línea recta hacia el siguiente tramo de escaleras como si de algún modo misterioso alguien le llamara desde allí.

Hizo lo mismo cuando llegaron al tercer nivel, y fue cuando alcanzaron la puerta situada en lo alto de la escalera que salían al cuarto nivel cuando Gabriel advirtió por primera vez el olor acre a humo.

Abrió la puerta de golpe y Cudu se escurrió a través de ella, precipitándose hasta el último tramo de escalera, la escalera que conducía hasta la planta infantil.

Gabriel sintió un momento de verdadero pánico.

El hueco circular de la escalera que llevaba a la planta infantil estaba lleno de humo blanco que formaba una nube y crecía según se acercaba a lo alto de la escalera. En el último peldaño, con la luz de la luna que entraba por una ventana situada en lo alto de la pared, alcanzó a ver el humo que se filtraba desde debajo de la pequeña puerta.

Cudu seguía jadeando, más por su inquietud que por agotamiento, y arañaba la piedra bajo la puerta como si quisiera escarbar un camino para pasar.

—*Gabh nam* —dijo Gabriel, calmando al perro para que le hiciera sitio.

Buscó la manilla de la puerta y al tocarla advirtió que estaba caliente. Cuando intentó abrirla, descubrió que la puerta estaba firmemente cerrada.

Gabriel se quedó mirando fijamente la puerta, perplejo por un momento. Aquí pasaba algo raro. ¿Cómo? ¿Cómo podía estar cerrada aquella puerta? Ni siquiera sabía que hubiera una llave.

Sacudió la manilla otra vez y aporreó la puerta en un momento de frustración cuando ésta se negó a ceder. Soltó un resoplido y se recordó que era preferible mantener la calma.

Tal vez Eleanor había encontrado la llave en algún lugar, en su alcoba o en el aula, y había cerrado la puerta como medida de seguridad.

«¿Seguridad de qué?»

Gabriel golpeó la puerta con fuerza.

—¡Eleanor! ¡Juliana! ¿Podéis oírme?

No hubo respuesta, pero podía oír un débil sonido crepitante procedente del otro lado de la puerta, como el fuego que se alimenta de madera.

Apoyándose contra la sólida pared de la torre situada tras él, Gabriel levantó el pie y dio una patada con fuerza a la puerta, una, dos veces, hasta que finalmente cedió, abriéndose de par en par hacia el otro lado. Notó una oleada de calor en estado puro avanzando hacia él desde el otro lado y su pánico se aceleró al ver las llamas que lamían las paredes del aula, alcanzando el pasillo que tenía delante.

Gabriel gritó una vez más, llamó tanto a Eleanor como a Juliana, pero sin recibir respuesta. Salió corriendo hacia la primera puerta, el dormitorio de Eleanor, y se arrojó contra ella, gritando otra vez su nombre.

La habitación estaba oscura por dentro, sin ventana que la iluminara, y llena de tanto humo que apenas podía ver.

—¡Eleanor!

No hubo respuesta, de modo que cruzó la habitación dando patadas a los muebles, empujando cualquier cosa que se cruzara en su camino, aunque sólo encontró una cama vacía.

—¡Maldición!

Gabriel se dio la vuelta y se precipitó hacia la puerta de Juliana siguiendo por el pasillo. Una vez más encontró la cama vacía. ¿Dónde, por todos los cielos, se encontraban? Miró por el pasillo hasta donde las llamas ardían de forma continuada en el aula.

«Oh, Dios, no…»

Intentó entrar, llamándolas otra vez, pero el fuego era demasiado fuerte, el humo demasiado denso, el calor que provocaba era demasiado intenso. ¿Y si estaban dentro, por algún motivo incapaces de responderle? Con la puerta que daba a la escalera cerrada como había estado momentos antes, la única salida que les quedaba sería la ventana. Pero tenía barrotes. No había escapatoria. ¿Estarían tal vez tendidas inconscientes entre el humo y las llamas? Tenían que estarlo. ¿Dónde más podrían haber ido?

Gabriel agarró de un tirón la colcha de la cama de Eleanor y empezó a golpear las llamas, en un intento inútil de abrirse camino hasta el interior de la habitación. Necesitaba que alguien más le ayudara, pero no se atrevía a regresar en ese momento. Mientras empezaba a luchar otra vez contra las llamas, oyó una voz de repente que llegaba desde la distancia.

—¿Gabriel?

Se detuvo escuchando en la oscuridad.

—¿Eleanor? ¿Dónde estás?

—Estoy en la escalera.

«¿La escalera?» Su confusión quedó superada de inmediato por el profundo alivio al saber que ella estaba a salvo.

—¿Juliana?

—Está conmigo. ¿Qué es lo que sucede?

—Corred al patio y buscad a Fergus y a cualquiera que quede por ahí. Decidles que hay un incendio en el aula.

Por suerte, una buena cantidad de isleños había decidido pasar la noche en el patio o en los establos en vez de recorrer a oscuras todo el camino de regreso a casa hasta los extremos opuestos de la isla. Pronto formaron una cadena que pasaba cubos de agua por cada tramo de escalera, mientras otros tiraban cuerdas para bajar los cubos vacíos desde las ventanas de las plantas medianas del castillo.

Fergus no tardó en unirse a Gabriel y juntos se alternaron llevando cubos de agua hasta la planta infantil para intentar extinguir el fuego. Cuando consiguieron avanzar lo suficiente en la habitación como para ver algo, Gabriel arrojó una silla por la habitación para romper la ventana y dejar que escapara el humo.

En el exterior del patio, Eleanor soltó un resuello mientras observaba cómo caía el vidrio de la ventana y el humo ascendía contra la torre del castillo que quedaba por arriba. La luz naranja del fuego relucía amenazadora contra el cielo oscuro del amanecer. Intentó pensar qué podría haber provocado que se iniciara aquel fuego, especialmente a tan altas horas de la noche. Ella y Juliana habían estado fuera todo el día, ocupadas en la celebración del día de San Miguel, de modo que ni siquiera habían encendido la chimenea. Por la noche, cuando abandonaron la planta infantil para ir a dormir, Eleanor se había llevado la vela con ella para iluminar el tramo descendente de escalera.

Un rato después, el humo salía más lentamente entre los barrotes de la ventana, empujado por la corriente. Dentro, las llamas, gracias a Dios, se habían extinguido.

Les había llevado horas apagar el fuego. Ahora empezaba a amanecer en el horizonte más oriental, reluciente con su colorida mezcla de luz matinal filtrándose a través de la neblina errante de opaco humo.

Afuera en el patio, Màiri iba y venía como una gallina nerviosa, trayendo paños húmedos para que los polluelos se limpiaran el hollín de las caras y agua fresca para aliviar las gargantas irritadas por el humo de quienes ahora se habían sentado a recuperar las fuerzas.

Eleanor, mientras permanecía allí mirando todos los rostros a su alrededor, pronunció un silenciosa oración de agradecimiento. De no ser por la ayuda de los demás isleños, el fuego sin duda seguiría ardiendo, y la antigua fortaleza de Dunevin habría quedado destruida.

Eleanor no vio a Gabriel cuando éste salió por fin al patio, pero cuando le avistó hablando con Fergus junto a los establos, casi se puso a llorar. Tenía la ropa chamuscada, el rostro oscurecido indeleblemente a causa del fuego, y parecía a punto de caerse de agotamiento. De todos modos, permaneció en el patio durante un rato, dando las gracias a cada uno de los isleños que habían participado en el salvamento, informándoles a todos de que, gracias a sus esfuerzos, el fuego se había controlado con éxito, quedando limitado a la planta más alta de la torre.

Todos habían tenido mucha suerte. Con excepción de unas pocas quemaduras y algunos ojos irritados, no había heridos. Aunque el daño sufrido en el aula era considerable, el resto del castillo continuaba intacto. Les llevaría un poco de esfuerzo, pero la planta infantil podría reconstruirse.

Más tarde, Eleanor se encontraba en el estudio, sentada en silencio repasando distraídamente los títulos de la biblioteca mientras Juliana echaba un sueñecito. Fue entonces cuando Gabriel finalmente se acercó a ella.

—Esperaba encontrarte aquí —dijo, entrando en la habitación por detrás de ella.

Había desaparecido ya casi toda evidencia de los sucesos de aquella mañana. Gabriel se había bañado y se había cambiado de ropa, aunque en su rostro aún se detectaba una cierta rojez provocada por el intenso calor del fuego. No obstante, la expresión en su rostro parecía la de alguien que cargaba con el peso del mundo sobre sus espaldas.

Eleanor dejó a un lado el libro que estaba hojeando y se bajó de las escaleras de la biblioteca.

—Pensé en leer un poco mientras Juliana dormía. Confiaba en poder hablar contigo también.

—Y yo contigo. —La miró entonces—. Pero, por favor, tú primero.

Eleanor ocupó el asiento delante del escritorio y dobló las manos suavemente sobre su regazo. El gesto de pronto le trajo a la mente el primer día de su llegada a la isla, la aprensión que había sentido al conocerle, la angustia de empezar una nueva vida en un lugar desconocido. Qué lejos parecía aquello ahora. Qué diferentes eran las cosas, tan diferentes.

Miró a Gabriel y se sintió invadida por el recuerdo de la noche anterior, entre sus brazos, con su boca pegada a la suya, apenas un puñado de horas antes. Intentó olvidar la humillación de haber expresado sus emociones más internas de forma tan estúpida, intentó olvidar el dolor de ver el rechazo con que se apartaba de ella. Qué absolutamente ridícula debía de haberle parecido, expresando su amor cuando lo que había sucedido entre ellos probablemente para él no era más que un devaneo entre amo y sirvienta.

Eleanor se irguió para mirarle y mantuvo la voz calmada para hablar con claridad.

—Quería hablar contigo porque estoy segura de que te has estado preguntando por qué Juliana y yo estábamos durmiendo en la alcoba de la vizcondesa anoche y no en la planta infantil.

—Los motivos importan poco en comparación con mi total alivio porque os encontréis a salvo.

—De todos modos, necesitas oír mi explicación, al menos por el bien de Juliana.

Eleanor hizo una pausa y buscó las palabras adecuadas.

—La primera noche de mi llegada a Dunevin, descubrí en medio de la noche que Juliana no estaba en su cama. Finalmente la encontré en la alcoba de su madre, y en vez de obligarla a regresar al piso de arriba, decidí que sería mejor permitir que se quedara ahí. Era obvio que llevaba un tiempo yendo allí. Deduje que dormir en la cama de su madre le ofrecía cierto tipo de alivio. De modo que me quedé con ella.

—Cada noche a escasos metros por el pasillo de donde yo me encontraba. —Gabriel sacudió la cabeza con tristeza—. No tenía ni idea de que Juliana fuera allí.

—No creo que nadie estuviera enterado. Pero qué suerte que lo hiciera, después del accidente del incendio de anoche.

—Sí, el incendio. —Gabriel se sentó en la silla a su lado—. De eso quería hablarte. Ese incendio no fue accidental, Eleanor. Fue provocado… deliberadamente.

Eleanor necesitó un momento para entender bien lo que él estaba sugiriendo.

—¿Cómo puedes estar tan seguro?

—La puerta que da a la planta infantil desde la escalera estaba cerrada… por fuera. Deduzco que tú no la cerraste ayer cuando bajaste a la alcoba de Georgiana.

Eleanor sacudió la cabeza.

—De modo que eso indica que alguien más la cerró… con intención de que tú y Juliana os quedarais dentro. Si las dos hubierais estado allí, con la ventana con barrotes, no habríais podido escapar.

Hizo una breve pausa antes de continuar.

—Hay más. También encontré una palmatoria caída de lado en el suelo del aula donde empezó el fuego.

—¿Una vela? Pero, ¿quién iba…? —Eleanor le miró entonces, adivinando sus pensamientos de inmediato—. ¿Sospechas que Seamus Maclean es responsable del incendio?

—Estaba muy contrariado después de la carrera de ayer por la mañana. De hecho se fue y no volvió a aparecer. No participó en los juegos, ni volvió más tarde para la fiesta y el baile. Nadie le ha visto después de que corriera la carrera ayer por la mañana.

—Tal vez haya regresado al continente.

Gabriel sacudió la cabeza.

—A menos que se fuera nadando, le habríamos visto navegando para salir de la bahía. A causa de las corrientes que pasan por el canal, el embarcadero es el único lugar seguro para desembarcar en toda la isla.

—Pero, sus padres. Seguro que pueden decirte si él estaba con ellos anoche en la granja después del *cuideachd*.

—Ya he enviado a Fergus para que los traiga aquí a Dunevin para interrogarles, con Seamus si es que se encuentra aún con ellos. Muy pronto sabremos con exactitud dónde estaba Seamus Maclean cuando se inició el fuego.

Gabriel se puso en pie entonces y rodeó su escritorio.

—Entretanto, de todos modos, he tomado una decisión. —Él la miró—. Una decisión que os afecta tanto a ti como a Juliana. He decidido enviaros a ambas a Londres para que os quedéis allí hasta que se hagan las reparaciones necesarias en el castillo y se haya determinado quién provocó el incendio, con objeto de tratar el asunto de manera consecuente.

—¿*Londres*? —Eleanor no se molestó en ocultar su consternación ante el inesperado anuncio—. Pero ¿por qué tan lejos?

—Porque es lo suficientemente lejos como para que Seamus Maclean no pueda haceros daño. No es sólo el incendio, Eleanor, está también el incidente de la cicuta. No puedo correr otro riesgo, por tercera vez. Es mejor así. Una vez allí, no hay posibilidades de que os alcance.

—¿Crees que pretende hacerme daño a mí?

Gabriel la miró.

—Has estado implicada de forma indirecta en ambos incidentes. No puedo fingir y negar que es una posibilidad. No puedo dejar de hacer todo lo posible para proteger también a Juliana. De modo que iréis a Londres. Con los recursos de que disponemos en la ciudad, puedes continuar con la educación de Juliana allí de forma más adecuada que aquí. Poseo una casa que forma parte del vizcondado de Dunevin. Normalmente está alquilada a otras personas durante la temporada, pero en esta época del año siempre está libre. Redactaré una carta que llevarás a mi abogado, el señor George Pratt en Buckingham Street. Te ayudará a contratar el personal imprescindible y proveerá los fondos necesarios.

—Suena como si quisieras que nos quedáramos allí un tiempo.

—Podría llevar bastante tiempo reparar los daños del incendio.

Eleanor frunció el ceño.

—De algún modo, creo que es una excusa.

Gabriel sacudió la cabeza.

—Llámalo como prefieras, Eleanor, pero ya he tomado una decisión.

Eleanor se sintió dominada entonces por las emociones, le irritaban los ojos ante la amenaza de las lágrimas. Pestañeó para contenerlas. Molesta consigo misma por ceder a una reacción tan femenina, se levantó de la silla y cruzó la habitación para situarse al lado de la ventana.

Permaneció allí durante unos minutos con los brazos cruzados delante, observando a Angus, el encargado de los establos, mientras sacaba los ponis de los establos para que pastaran en la explanada mientras él limpiaba los compartimentos. Pensó para sus adentros que había planeado enseñar a Juliana a montar el caballito gris de menor tamaño, una dulce yegua pequeña a la que Angus llamaba «buckie-faalie», el nombre local que daban a las prímulas que con tanto gusto devoraba el animal.

Había planeado tantas cosas para las dos. Había esperado pasar parte de los meses del próximo invierno enseñando a Juliana a coser su primer dechado. Y se suponía que tenían que ayudar a Màiri a preparar confitura con toda la zarzamora y frambuesa que habían recogido.

Ahora iba a encontrarse en otro mundo, a cientos de kilómetros de este lugar.

Eleanor avistó entonces a Màiri debajo de la ventana, preparando la ropa para tenderla de las ramas de los saúcos que crecían por la huerta. Las ropas de Eleanor y Juliana habían cogido un olor tan fuerte al humo del incendio que Màiri había tenido que emplear raíz de amapola y ceniza de helechos para disipar cualquier rastro persistente. Eleanor musitó con amargura que había prometido a Màiri ayudarle en esa tarea.

En vez de ello, tendría que meter toda la ropa en la maleta para viajar a Londres, el lugar del que precisamente había escapado.

Eleanor se volvió desde su lugar junto a la ventana, enfadada por la manera en que estaban saliendo las cosas, enfadada con Gabriel, también.

—Haces esto por mí.

Gabriel frunció una ceja.

—¿Por ti?

—Sí, por lo que te dije anoche. —Empezó a andar de nuevo hacia su silla y se sentó. Moderó su tono contrariado—. Lo siento. Nunca debería haberte dicho eso.

—Eso no tiene nada que ver, Eleanor.

—Todo lo contrario. Actué de forma incorrecta. Pero, por favor, no castigues a Juliana por causa de mi indiscreción, enviándola tan lejos del único hogar que ha conocido.

Los ojos de Gabriel se ensombrecieron, su expresión de pronto se volvió vaga. La miró fijamente durante un rato, sin moverse, sin decir una sola palabra, como si mantuviera una pugna con sus pensamientos íntimos.

Finalmente habló.

—Hay algo que tendrías que saber —dijo entonces con tranquilidad—. La cicuta, el incendio, no son accidentes fortuitos, Eleanor.

El pulso de Eleanor se aceleró al oír su tono ominoso, aparentemente arrepentido. ¿Qué estaba diciendo Gabriel? Se sentó más adelantada, en el extremo del asiento, esperando a que él continuara, intentando pasar por alto el frío estremecimiento que se apoderaba de sus brazos y cuello.

Gabriel se levantó de la silla y caminó hasta el extremo más alejado de la habitación, donde se situó ante un gran cofre de madera de aspecto muy viejo, cubierto por una gastada tela de tapicería. Se preguntó cómo era posible que nunca antes hubiera reparado en aquel baúl, mientras observaba a Gabriel agarrar una llave de una cadena que rodeaba su cuello y abrir la tapa. Entonces, sacó algo del interior y se volvió para mirarla.

Gabriel no dijo nada, simplemente le tendió un rollo de pergamino pequeño, gastado y muy viejo.

Eleanor lo cogió y lo desenrolló con sumo cuidado. Las palabras escritas en él estaban en gaélico y sólo pudo entender parcialmente lo que decía, palabras como «novecientos años», «muerte» y «maldición», y algo sobre el báculo de san Columbano.

Eleanor alzó la vista y miró a Gabriel confundida.

—No entiendo. ¿Qué es eso?

Gabriel sacudió la cabeza.

—Olvidé que no sabes gaélico.

—Entiendo algunas cosas. Algo sobre una maldición y el báculo de san Columbano. Parece muy viejo, como si se hubiera escrito siglos atrás.

—En efecto, así es.

Gabriel estiró el brazo para coger el pergamino, como si en cierto modo, sólo el hecho de sostenerlo pudiera perjudicar a Eleanor.

Se sentó en la silla situada al lado de ella.

—¿Recuerdas ayer por la mañana cuando hicimos el recorrido por el cementerio de Dunevin?

Asintió.

—Estoy seguro de que no te pasó desapercibido el hecho de que algunos de los descendientes de los MacFeagh encontraran una muerte temprana y prematura. Ciertamente a nadie le pasa desapercibido, y menos que a nadie a mí.

De nuevo, ella se limitó a asentir.

—Sin duda te habrán contado que una buena cantidad de gente cree que nosotros, los MacFeagh, en cierto modo nos deshacemos de forma siniestra de los nuestros.

Gabriel le echó un breve vistazo antes de continuar.

—Es un hecho perceptible que la gente de mi familia se muere, a menudo bastante joven. Es una secuencia que viene repitiéndose una y otra vez. Puede parecer que se interrumpe durante un tiempo, pero invariablemente, comienza otra vez. Y, por decirlo de alguna manera, fueron los mismos MacFeagh quienes la provocaron.

Gabriel entonces contó a Eleanor la historia de su infortunado antepasado, de la bruja de Jura que le había salvado y luego le echó la maldición que le castigaba para siempre a él y a su familia, concluyendo con la leyenda del báculo de san Columbano desaparecido tantos años antes.

—Y desde aquella época, siempre que un señor MacFeagh se permite tomarle afecto a alguien próximo a él, muere en circunstancias misteriosas.

—¿Y la bruja dejó esto? —preguntó Eleanor con una indicación al pergamino.

Gabriel asintió.

—Puesto que ya hace un tiempo que esto sucede, sin duda comprenderás por qué mucha gente cree que yo y mis antepasados somos, bien, *demonios*.

Eleanor se quedó callada, pensativa durante un momento, intentando asimilar la increíble historia que le acababa de contar. Si se la hubiera narrado cualquier otra persona y en cualquier otro lugar del mundo, habría pensado de inmediato que la historia era un burdo engaño, un esfuerzo absurdo por explicar algo mucho más nefario.

Pero no en esta isla…y no con este hombre.

—Anoche estaba a punto de quemar esta maldita cosa cuando descubrí que había un incendio en la planta infantil.

Eleanor le miró a los ojos y vio miedo en ellos.

—¿Hay una parte de ti que cree que el incendio se produjo porque habías decidido destruir el pergamino?

Gabriel no respondió. No hacía falta.

Eleanor se encontró sentada frente a frente con la tortura, la angustia con la que él había vivido durante toda su vida, y sólo se le ocurrió decir una cosa como respuesta.

—Entonces hazlo, Gabriel. Haz exactamente eso. Quema este horrible pedazo de historia para que nunca más tengas que leer su vengativa letanía.

Cogió el pergamino del escritorio y se lo tendió a él.

—Yo lo haré contigo.

Gabriel miró a Eleanor como si acabara de volverse loca. Pero entonces, después de un breve momento de incertidumbre, cogió el pergamino y se fue con ella hasta la chimenea.

Permanecieron de cara al apacible fuego que ardía en la parrilla de hierro. Eleanor miró a Gabriel, observó el juego de emociones que recorría su rostro: miedo, aceptación, determinación. Y entonces, lentamente, Gabriel estiró la mano y dejó caer el pergamino en el fuego.

Tras un momento, vieron cómo prendía, esperaron mientras empezaba a arder y continuaron así hasta que no quedó otra cosa que humo y ceniza.

Se hizo una calma especial en la habitación, como la de una apacible mañana de primavera. No les había sucedido nada terrible, no había ninguna represalia sobrenatural por lo que acababan de hacer.

—Podría tolerarlo —dijo Gabriel en voz baja mirando el fuego— si me atañera únicamente a mí. Pero esa condenada maldición dejó sin madre a mi hija cuando más la necesitaba e incluso la dejó sin voz, y ahora amenaza con quitarme también a mi hija.

Gabriel miró otra vez a Eleanor con ojos dominados por un pesar descarnado.

—La familia de Georgiana ha escrito —dijo, con voz ronca a causa de la emoción— y amenaza con hacer una petición a la Corona para solicitar la custodia de Juliana si yo no renuncio a su tutela. No lo hacen porque estén preocupados por ella. Georgiana dejó una herencia considerable a Juliana de la que podrá disfrutar cuando llegue a la mayoría de edad. Mucho antes de que Georgiana muriera, le prometí que, si le sucedía alguna cosa, jamás permitiría que su familia se llevara a nuestra hija. La educación de Georgiana estuvo repleta de malos tratos, cada día temía que, de alguna manera, Juliana tuviera que enfrentarse a lo mismo, casi como si supiera que esto llegaría a suceder.

—¿Hay posibilidades de que se la lleven? —preguntó Eleanor.

—He mantenido correspondencia sobre el tema con mi abogado, quien me dice que no cree que la Corona prive a un padre del derecho a su hija, pero existe también la posibilidad de que la familia de Georgiana me acuse de su asesinato. Con la reputación tan excelente que tiene mi familia y el hecho de que Juliana ha dejado de hablar, mi abogado no puede garantizar cuál sería el resultado. Ellos dirían que la he maltratado de algún modo para impedir que hable. Dirán cualquier cosa con tal de satisfacer su codicia. Podrían aplicar criterios severos para obligar a mi hija a hablar en mi contra. Sin duda, como poco, seríamos víctimas de un escándalo nunca antes vivido por un par del reino, y eso arruinaría las posibilidades de Juliana de alcanzar un futuro feliz y seguro.

Eleanor sacudió la cabeza.

—Escándalo. Maldito escándalo.

—Ése fue el motivo de que te contratara como institutriz —continuó—, con la esperanza de que Juliana aprendiera impecables modales sociales con objeto de, en cierto modo, intentar refrenar a la familia de Georgiana el tiempo suficiente hasta ver a Juliana casada y a salvo. —Entonces adoptó una mueca burlona—. Como si el hecho de que mi hija no pueda hablar no sea suficiente para mantener alejado a cualquier hombre digno de ella.

Mientras él hablaba, expresando toda la angustia que durante tantos años había mantenido encerrada en su interior —demasiados, demasiados años—, Eleanor vio claro algo muy elemental, obvio a todas luces, pero que a Gabriel en cierta manera le pasaba desapercibido.

Por mucho que hubiera intentado convencerse a sí mismo de lo contrario, él *sí* quería a su hija con cada partícula de su ser. Ningún hombre cargaría con aquel peso inconcebible durante tanto tiempo sin querer por encima de todo a ese otro ser.

También cayó en la cuenta de que éste era el motivo de su reacción la noche anterior cuando ella reveló que le amaba. Eran las palabras que él más temía, aquellas tres palabras tan simples. En cierto sentido, era como si Gabriel creyera que al pronunciar él también aquellas palabras, al admitirlas, atraería las iras de los demonios del pasado.

Tras comprender esto, Eleanor se sintió llena de una repentina sensación de esperanza renovada e inquebrantable… y también reparó en una solución lógica y perfecta para todo ello.

Observó a Gabriel, y se irguió en su silla mirándole directamente a los ojos, pronunció las palabras que de pronto casi desbordan su corazón.

—Entonces, tal y como yo veo la situación, sólo tienes una opción en este asunto. Tienes que casarte conmigo, Gabriel.

Capítulo 15

Gabriel miró a Eleanor como si ahora sí creyera de verdad que se había vuelto loca de remate.

—¿Qué es lo que acabas de decir?

Eleanor se quedó mirándole.

—Creo que acabo de proponerte en matrimonio.

Permaneció callada durante un rato como si tuviera que asimilar lo que acababa de hacer.

—Pero si piensas en ello, de verdad, es la mejor solución en tu situación. Con una esposa y una madre para Juliana, la familia de Georgiana no tendrá ninguna posibilidad si presenta su petición a la Corona. Tú mismo has dicho que Juliana necesita la influencia de una madre. Seguro que sabes cuánto me preocupo por ella, significa todo para mí, y debes de haber visto cómo responde.

Gabriel sacudió la cabeza.

—Por supuesto que sí, pero ¿no has escuchado nada de lo que he dicho? ¿Sobre la historia de mi familia? ¿Sobre el hecho de que los miembros de mi familia han muerto de forma misteriosa a lo largo de siglos?

Eleanor se negó a desistir.

—Sí, Gabriel, he oído cada una de las palabras que has dicho, pero prefiero no quedarme amedrentada ante eso. Has quemado ese terrible pergamino en la chimenea. Te he visto hacerlo. Por lo que a mí respecta, ha dejado de existir. Maldición o no, tú —se corrigió— *nosotros* debemos hacer todo lo necesario para asegurarnos de que Juliana no sufra a manos de esa gente tan vil.

Gabriel permaneció callado. Su expresión reflejaba inquietud mientras se perdía en sus pensamientos. Sólo entonces Eleanor recordó que había algo más, algo más que ella había olvidado en medio de todo su entusiasmo, que muy bien podía impedir que se casaran. Tenía que explicarle la verdad de su ilegitimidad.

—Gabriel, me acabas de contar algo terrible sobre ti mismo, sobre tu pasado, pero algo que escapa a tu control, pese al hecho de que ha afectado a tu vida en gran medida. Antes de que tomes una decisión sobre lo que he propuesto, hay algo que deberías saber primero.

Eleanor buscó el pedazo doblado de papel que llevaba metido dentro del bolsillo. Era el anuncio que había retirado de la posada de Oban, el que ofrecía una recompensa a quien la hiciera regresar. Lo había encontrado el día anterior mientras ella y Màiri recogían las ropas que se habían estropeado con el humo del incendio. Lo había escondido, decidida a deshacerse de él. Ahora decidió que el anuncio explicaría muy bien lo que tenía que decir. Gabriel cogió el papel sin apenas dedicarle una rápida ojeada.

—¿Sí?

¿No era consciente él de lo que decía?

—¿Lo has leído? La mujer descrita en ese anuncio… soy yo, Gabriel.

Él se la quedó mirando. Finalmente, dijo, absolutamente calmado:

—¿Estás diciendo que debería pedir la recompensa?

Eleanor no sabía si le estaba tomando el pelo o no. Entonces bajó la vista a sus manos, de pronto lamentó haberle mentido y haberle hecho pensar que era otra persona.

—Simplemente he pensado que deberías saber que nos soy la señorita Nell Harte. —Volvió a mirar dentro de la oscuridad de los ojos de Gabriel—. Te pido disculpas por este engaño, pero…

Eleanor olvidó el resto de las palabras cuando se percató de que Gabriel de pronto abría el cajón del escritorio y sacaba algo de su interior. Era un pedazo de papel que dejó entonces encima del escritorio delante de ella.

Le miró llena de asombro. Era un anuncio idéntico al de Oban que ella acababa de darle.

—¿Cuánto hace que lo sabes?

—Desde el día que fuimos a Oban.

Habían pasado semanas desde eso.

—No obstante, no dijiste nada en todo este tiempo. ¿Por qué?

—Porque sabía que debías de tener tus motivos para querer mantener oculta tu verdadera identidad.

—Así es… o al menos así era. Es más, en este momento ya no hay motivos. —Eleanor de repente tenía muchas ganas de librarse de aquel peso, de soltar su rabia, su dolor, la humillación que había guardado para sí durante tanto tiempo ya. Pero sobre todo quería contarle a Gabriel la verdad.

—Gabriel, dejé a mi familia porque me había enterado de que el hombre que yo creía que era mi padre en verdad no lo era. Siempre me habían dicho que mi padre había muerto poco antes de que yo naciera, víctima de una repentina enfermedad desconocida. Descubrí que no era verdad, pero sucedió de la peor de las maneras. El hombre que para todo el mundo era mi padre, Christopher Wycliffe, había muerto batiéndose en duelo con el hombre con el que mi madre le había sido infiel, un hombre llamado William Hartley, conde de Herrick.

—¿Y? —preguntó Gabriel, presintiendo que había algo más.

Por supuesto que lo había.

—Cuando estos hombres se encontraron en el lugar del duelo, mi padre… Christopher Wycliffe —aclaró— murió. Pero lord Herrick, la persona que le disparó, tampoco salió con vida del lugar del duelo aquel día. También murió, le mató mi hermano, lord Knighton, quien cogió la pistola de mi padre y le disparó cuando se marchaba. El único motivo de que me contaran todo esto fue porque me estaba cortejando el heredero de lord Herrick, un hombre llamado Richard Hartley.

—Un hermanastro cuya existencia desconocías.

Eleanor asintió, asombrada por lo calmado que él estaba y la naturalidad con la que hablaba.

—Richard me había pedido que me casara con él, y mi hermano, que sabía que no podía hacerlo, no tuvo otro remedio que contarme la verdad. Si no hubiera conocido a Richard, aún no estaría enterada de que posiblemente soy hija ilegítima.

—Posiblemente, pero no con toda certeza.

Gabriel mantuvo la mirada fija en Eleanor, con ojos llenos de compasión profunda y evidente.

—Por lo que a mí respecta, eres la misma persona que siempre creíste ser, Eleanor. Nadie puede quitarte eso.

Sus palabras la conmovieron de un modo tan profundo que Eleanor pensó que iba a echarse a llorar en cualquier momento, y por lo tanto se quedó callada.

—Tiene que haber sido muy difícil para todos vosotros. Eleanor, he oído hablar de tu hermano, incluso en mi limitada esfera social. Él es a todos los respectos un hombre de gran honor e integridad. Deduzco que, puesto que tenía que ser bastante joven en aquel tiempo, fueran cuales fueran las circunstancias de aquel duelo, él reaccionó movido por la emoción y no por algo premeditado y malicioso.

Eleanor asintió.

—Ahora lo sé. En el momento en que Christian me contó esto, me sentí tan dolida y tan absolutamente traicionada por él y por mi madre que no pude entender lo que esto había supuesto para ellos, la carga que habían aguantado durante más de veinte años. Vivían cada día con miedo a que la verdad saliera algún día a la luz. Tú eres bastante consciente, por tu experiencia personal, de lo cruel que la sociedad puede ser cuando hay algún escándalo. Temían por mi futuro. Por eso he querido contarte esto antes de que tomes alguna decisión sobre el futuro de Juliana. Todo esto podría salir a la luz. Para cualquier hombre sería —buscó la palabra adecuada— difícil considerar el matrimonio con una dama que según la sospecha general no es legítima.

Gabriel se limitó a sacudir la cabeza.

—De hecho, no es tan difícil en absoluto. De hecho, probablemente es la decisión más sencilla que este hombre haya tomado jamás. Eleanor, he decidido aceptar tu proposición.

Se casaron de camino a Londres en el mismo lugar en el que Eleanor había amenazado escaparse con Richard Hartley: Gretna Green, de hecho, en una pequeña aldea en las afueras de Gretna, llamada Springfield, en el lado escocés del río Sark.

Después de indagar en la localidad, les indicaron la posada The Queen's Head, una pequeña «fonducha embadurnada de arcilla» prácticamente en ruinas, encajonada al pie de la colina Springfield a un lado de la carretera con barrera que iba a Longtown. Al otro lado de la carretera, había otra hospedería, Maxwell Arms, que recientemente había iniciado la competencia en este negocio tan lucrativo: lo que la mayoría conocía como el negocio del «matrimonio clandestino».

Gabriel habló con la mesonera, la señora Johnstone, una alegre mujer que hablaba un dialecto del interior y que les había saludado en la entrada. Les remitió a Robert Elliott, el «párroco» local, quien aparentemente pasaba los días sentado en el bar de la posada, con una jarra de cerveza en la mano mientras esperaba ocasiones de este tipo.

El señor Elliott ofició la breve ceremonia justo en el bar de la posada con la señora Johnstone y su criada, Sawney, allí cerca haciendo de testigos. Juliana y Brìghde acompañaban a la novia; las niñas eran compañeras de viaje después de que Màiri contara en privado a Eleanor que la madre de Brìghde, Eibhlin, estaba desesperada la noche del *cuideachd* porque su madre, que vivía en Londres y se estaba muriendo poco a poco de una grave enfermedad, nunca había visto a la nieta que llevaba su mismo nombre.

Eibhlin estaba en su octavo mes de embarazo y no podía hacer el viaje con garantías, de modo que Eleanor se ofreció a llevarse a la pequeña con ellos para que Brìghde pudiera conocer a su homónima antes de que fuera demasiado tarde, con la obvia gratitud de Eibhlin.

Cuando el señor Elliott pidió de pronto un anillo para cumplir con las legalidades de la ceremonia, Eleanor se quedó sorprendida al ver que Gabriel sacaba uno del bolsillo de su chaqué.

—Màiri nos ha regalado esto —le dijo en voz baja a ella—. Dijo que este anillo había bendecido su matrimonio con Torquil durante treinta y cinco años hasta que él murió, y que por lo tanto ahora bendeciría el nuestro al menos durante el doble de años.

Eleanor tuvo que pestañear para contener las lágrimas mientras él deslizaba la alianza de oro por su dedo. Era el regalo más conmovedor recibido en su vida, más precioso que cualquier joya o diamante.

Tras un rápida jarra de cerveza, requisito, según la señora Johnstone, para brindar por su nueva unión, cuando empezó a anochecer partieron, cruzaron la frontera y entraron en Cumbria.

Finalmente hicieron una parada en una pequeña localidad sumida en la ignorancia llamada Kirkby Lonsdale, justo a un lado de la carretera principal a Londres, que transcurría entre los lagos y los valles de Yorkshire.

En la oscuridad, no podían ver mucho más que unas escasas velas que iluminaban las pequeñas ventanas de las casitas de piedra que se alineaban al lado de la ondulante carretera que iba al centro del pueblo. Fue allí donde se detuvieron para buscar la posada más próxima.

Era día de mercado, lo cual por desgracia quería decir que todas las posadas del pueblo estaban llenas, excepto una. Un granjero local les dirigió a un pequeño edificio de piedra gris que se llamaba de forma bastante simple «Piedra Gris», donde encontraron al propietario del lugar, un hombre que tenía el apropiado nombre de «señor Gray».[*] El aspecto del hombre también se adecuaba mucho a su nombre.

[*] *Gray*, gris en inglés. *(N. de la T.)*

Tenía una habitación libre para ofrecerles, les dijo, y la tarifa incluía ropa limpia, carbón para el fuego y buenas raciones del suculento desayuno de la propia señora Gray a la mañana siguiente. La habitación era la mejor de la casa, les aseguró, y contaba con una cama en la que en una ocasión incluso había dormido un miembro de la realeza.

—Fue mi propio tío, Ethelred Gray, quien sirvió a la reina Isabel cuando aún era una jovencita, incluso antes de que se convirtiera en nuestra gran reina. Fue ella quien le regaló esa cama, procedente de su propia alcoba en Hatfield, y desde entonces ha permanecido con la familia. Yo mismo nací en esa cama después de cuarenta y dos horas de parto que tuvo que soportar mi madre. —Echó entonces una ojeada a Gabriel y añadió con un guiño—: Le hemos sacado un poco de brillo desde entonces.

Ante una historia tan auspiciosa y sin que les quedara otra opción, Gabriel se apresuró a coger la habitación sin perder un instante, ya que al cabo de un momento, mientras la señora Grey salía a prepararles el cuarto y atizar un poco el fuego, otro viajero llegó buscando alojamiento.

Se retiraron al piso de arriba, avanzando en fila por el estrecho pasillo en dirección a la pequeña habitación que les indicó el señor Gray. Gabriel abrió la puerta de la que probablemente podría ser una habitación ciertamente confortable, de no ser porque estaba ocupada por la cama más grande que Eleanor sin duda había visto en su vida.

Era una monstruosidad de nogal oscuro tallada en todos los espacios posibles, con cuatro grandes columnas que tendrían que haber desmontado para hacer pasar el mueble por la puerta, para luego volver a ensamblarlo pieza por pieza dentro de la pequeña habitación. Incluso así, montarlo tuvo que ser una tarea laboriosa. Los travesaños que coronaban las columnas rozaban el techo de bajas vigas y eran más gruesos que el normal de un tronco de árbol. Apenas quedaba espacio en el pequeño dormitorio para andar.

Eleanor dio una mirada al lugar e inmediatamente empezó a reírse.

Gabriel, sin embargo, no consiguió compartir su diversión ante aquella situación ridícula.

—Dormiré en los establos con Fergus y el cochero.

—No harás tal cosa —dijo Eleanor, colocándose en el estrecho paso que quedaba entre la puerta y la cama para impedir que él se marchara—. Esta cama es lo bastante grande para todos nosotros. Créeme, me parece que es bastante grande incluso para todo el pueblo. —Y entonces le miró y dijo totalmente en serio—. No quiero dormir sola en mi noche de bodas, milord.

Aunque fuera una noche de bodas que iban a pasar con dos niñas de nueve años acurrucadas en la cama entre ellos.

—Saldremos temprano por la mañana —murmuró finalmente Gabriel, como si quisiera decir que se dignaría a tolerar la situación de aquella noche sólo por aquel motivo.

Eleanor tumbó a Juliana, que se había quedado dormida en el coche una hora o más antes, en medio del aterciopelado colchón, y luego ayudó a Gabriel a despojarse de una Brìghde aferrada a él. Después se abrió paso por el contorno de la habitación y empezó a prepararse para irse a dormir mientras dejaba a Gabriel allí de pie, quieto como una de las columnas talladas de la cama.

Gabriel observó a Eleanor mientras se quitaba con destreza las horquillas del pelo que dejó caer sobre su espalda en una cascada libre. Luego se quitó la capa y la dobló con pulcritud en un extremo de la cama antes de sacarse los botines y dejarlos debajo en el suelo.

A continuación se volvió de frente a su esposo.

—Me pregunto si serías tan amable de ayudarme con los botones de la espalda de este vestido —preguntó sin darle importancia—. Me temo que vaya a hacerme daño si lo intento yo sola en un lugar tan apretujado como éste.

Gabriel asintió en silencio cuando ella se colocó delante de él y se dio media vuelta. Él tuvo que retirarle el pelo del cuello para poder ver, se lo echó suavemente sobre el hombro y dejó al descubierto la delgada línea de su nuca.

El pulso se le aceleró al percibir la fragancia de su cabello, floral, fresco y suave como el vilano de cardo.

Gabriel comenzó a soltar los botones con dedos torpes a causa del nerviosismo mientras sus pensamientos perdían el control con imágenes de Eleanor saliendo de su vestido, desnuda y hermosa, volviéndose a él con los brazos abiertos. Le llevó un tiempo soltar los botones y, para cuando acabó, su respiración estaba acelerada, sentía las manos calientes y húmedas, y los pantalones, su atuendo de las Tierras Bajas, le quedaban más apretados que momentos antes. Ciertamente había muchas ventajas en la falda escocesa, que resultaba más cómoda en situaciones como ésta en la que él se encontraba ahora.

Eleanor sacó lentamente los brazos de las estrechas mangas de su vestido de viaje y se bajó la prenda para poder quitársela. Mientras se movía para dejarla sobre la cama junto con su capa, la luz de la vela colocada sobre la mesilla auxiliar que había tras ella brilló a través del tejido de gasa de la camisola, perfilando las curvas de su figura ante los ojos expectantes de él.

Gabriel tomó aliento en un intento de no prestar atención a la curva redondeada del pecho de ella apretado contra la delicada tela. Quería atraerla hacia él y tomar la suavidad de su seno en su mano, para saborearlo con su boca. Quería tenerla debajo de él en aquella cama de dimensiones ridículas y hacerle el amor durante toda la noche.

Luego ella se volvió para mirarle, con una leve sonrisa dibujada en sus labios mientras decía:

—Ahora es su turno de desvestirse, milord.

A Gabriel casi le fallan las rodillas.

Sin esperar ninguna invitación, Eleanor se acercó más. Tenía el pelo reluciente bajo la luz de la vela, de un intenso marrón caoba, y Gabriel tuvo que cerrar las manos en un puño ante la repentina necesidad de enroscar entre sus dedos la seda del cabello.

Eleanor le había dominado por completo sin tan siquiera tocarle, empleando sólo sus ojos de encendido fuego verde mientras tiraba lentamente de los extremos de su corbatín para soltárselo. Cuando retiró la tira de tejido que rodeaba su cuello, Gabriel pensó sin duda que iba a caerse al suelo. Durante todo este rato, ella sólo le observaba, con ojos iluminados de un modo seductor.

Actuaba como si no supiera lo que le estaba haciendo, cómo llevaba su sangre al punto de ebullición, cómo le hacía perder el control sobre sí mismo. Eleanor le soltó uno a uno los botones de la parte delantera de la camisa, rozando con la punta de los dedos la piel tersa de su pecho una y otra vez, provocando sensaciones increíbles que recorrían su cuerpo y acababan directamente en su entrepierna excitada.

A tan corta distancia, Gabriel fue conquistado por su fragancia característica, la que él había acabado por conocer tan bien durante las semanas pasadas, desde que ella entró en sus vidas. Era un aroma que le despertaba en medio de la noche y llenaba su cabeza cada vez que ella pasaba por una habitación.

La cabeza le zumbaba, su cuerpo ardía, permaneció quieto mientras ella deslizaba las manos lentamente debajo del tejido de la camisa, extendiendo los dedos contra su pecho mientras empujaba la tela que cubría sus hombros. Los músculos del vientre de Gabriel se tensaron y templaron en ansiosa respuesta a su suave contacto.

—Así. Ahora estamos los dos listos para ir a la cama —dijo—. Buenas noches, milord. Que duerma bien.

En aquel momento, Gabriel estaba preparado para muchas cosas menos para dormir.

Cuando Eleanor se puso de puntillas para besarle levemente en la boca, Gabriel la cogió por los brazos y la atrajo hacia sí, la besó ansiosa y profundamente, con boca, lengua y labios. Absorbió toda la esencia de ella, deleitándose en el volumen de su seno apretado fuertemente contra su pecho mientras ella se inclinaba contra él.

Podría haberla arrastrado a la cama y hacerle el amor allí mismo, de no ser porque en el siguiente momento, Juliana se agitó entre las sábanas, provocando un frufrú en la ropa de cama con su movimiento.

Como si de pronto volviera a los dieciséis años, cuando fue atrapado besando a la hija del director en Eton, Gabriel se apartó de forma brusca.

Juliana no se despertó, no tardó en volver a dormir profundamente, con respiración levemente zumbante en medio del silencio. Gabriel y Eleanor permanecieron de pie cara a cara durante varios momentos, cada uno de ellos atrapado en la excitación persistente de aquel beso totalmente arrebatador que habían compartido.

Ninguno de los dos se atrevió a poner fin a aquel momento.

Eleanor fue la primera en hablar, rompiendo el cándido silencio entre ellos.

—Por favor, apaga la vela cuando te metas en la cama —dijo ella con una dulce sonrisa.

Entonces se volvió, se subió a la enorme cama y se deslizó hasta el otro extremo del colchón, al otro lado de las dos niñas dormidas, sin dejar otra opción a Gabriel que ocupar el lado más cercano.

Mientras él apagaba la vela y se tendía sobre el colchón, intentando no molestar a las niñas dormidas, le invadió la imagen de los ardientes ojos verdes, los labios humedecidos y los pechos blancos llenando sus manos.

Luego pasó la siguiente hora contando las vigas de roble del techo sobre ellos, iluminadas por la luz de la luna, intentando disipar esa misma imagen.

• • •

Eleanor fue la primera en despertarse a la mañana siguiente. Abrió los ojos a la tenue luz del sol que se filtraba a través de la pequeña ventana abierta en la pared que había sobre la cama. El delicioso aroma del desayuno de huevos y tocino que la señora Gray estaba preparando en la cocina del piso inferior resultaba tentador desde el otro lado de la puerta.

Estiró los brazos con pereza por encima de ella y se sintió como nueva, llena de energía y totalmente viva. No había dormido tan bien desde hacía más tiempo del que podía recordar y decidió que el motivo debía de ser exclusivamente la increíble cama del señor Gray.

Con toda certeza, una cama tan extraordinaria tenía que proporcionar un descanso extraordinario al dormir en ella. Decidió que si alguna vez volvían a hacer el viaje a Londres, tendrían que parar otra vez en Kirkby Lonsdale y pedir la misma habitación.

Eleanor se sentó en el colchón, lista para hacer frente al día, y de inmediato se detuvo al ver la escena que encontró ante sus ojos.

Estirado a un lado, al otro lado del colchón, Gabriel estaba echado con expresión apacible mientras dormía. Tenía el pelo revuelto sobre la frente, lo que le suavizaba los rasgos cincelados de su rostro. La oscura cabeza de Juliana estaba acurrucada contra su hombro, mientras Brìghde tenía echado hacia delante uno de sus bracitos, curvándolo alrededor del cuello de él.

De algún modo, en medio de la noche, las chicas se habían escurrido hasta rodearle y ahora él se encontraba totalmente cercado por ellas. Y cuando Eleanor miró con más atención, vio que de hecho él sonreía mientras dormía.

Eleanor volvió a meterse bajo las mantas, se hizo un ovillo de cara al trío y cerró los ojos, decidiendo echar otra cabezadita durante un rato más en la increíble y extraordinaria cama del señor Gray.

La bruma perpetua provocada por el lóbrego humo de carbón de Londres esperaba como un turbio sudario mucho antes de que llegaran al extrarradio de crecimiento descontrolado de la ciudad. Ya a la altura de Chiswick, la peste a residuos de las alcantarillas y el olor de productos y pescado del mercado se hacían notar mientras las hojas otoñales que habían caído de los árboles, dejándolos pelados para el próximo invierno, plagaban la calzada que tenían por delante y formaban remolinos en torno a las ruedas del carruaje mientras avanzaban.

Eleanor podía recordar que de niña siempre se sentía invadida por una emocionante excitación juvenil cada vez que se aproximaban a la metrópolis desde el campo, y sacaba el cuerpo por la ventana del vehículo durante todo el trayecto desde Ealing, esperando el momento de avistar por primera vez Kensington y Hyde Park Corner, después de lo cual sabía que faltaría poco para llegar.

El bullicio frenético, la variopinta multitud —el ruido chirriante, zumbante, gorjeante, runruneante, sibilante de todo ello— simplemente la cautivaba más allá de lo imaginable. Visualizaba gallardos salteadores ocultos tras los árboles de Knightsbridge, esperando a decir «la bolsa o la vida» y despojarles de sus riquezas. Había imaginado el fantasma de la propia reina Ana observando desde el piso superior del palacio de Kensington que, según se afirmaba, aún recorría.

Pero en esta ocasión, mientras avanzaban por el populoso Strand y cruzaban bajo la Temple Bar, construida con piedra de Portlad por el arquitecto Wren, donde hacía menos de un siglo se habían expuesto las cabezas de los traidores y donde las figuras de Carlos I y II les observaban pasar por debajo, Eleanor no sintió nada de ese encantamiento, nada de la excitación contenida de su juventud.

En vez de eso, se encontró consternada por la mugre, el desorden y el fango a su alrededor, la gente y los carruajes, y las casas que obstaculizaban cualquier indicio de luz del sol, y anheló poder divisar brevemente una piedra vertical entre un anillo de bruma con un par de fulmares sobrevolándola y Cudu estirado como una alfombra turca sobre el suelo de piedra del gran vestíbulo de Trelay.

Su carruaje se detuvo primero en una bocacalle de Chancery Lane en las oficinas del abogado de Gabriel, el señor George Pratt, un hombre de aspecto robusto con las cejas más pobladas que Eleanor había visto en su vida —más bien una ceja que dos— situadas debajo de un pelo entrecano que raleaba. Una vez que les presentaron, el abogado de origen escocés saludó a Eleanor y a las dos muchachas con gran afabilidad.

—Es un placer, lady Dunevin, señorita Juliana y señorita Brìghde. Bienvenidas a Londres.

Era la primera persona que se dirigía a Eleanor por su nombre de casada, y se dio cuenta de que le gustaba cómo sonaba.

Había dejado de ser lady Eleanor Wycliffe.

El señor George Pratt dedicó un momento a discutir algún asunto con Gabriel antes de entregarle las llaves de la residencia Dunevin en la capital, situada en Upper Brook Street, un lugar que Eleanor conocía muy bien. Ubicada justo al lado de Grosvenor Square, era una tranquila calle residencial llena de pulcras y elegantes mansiones a escasas manzanas de la residencia en Londres de su hermano, la mansión Knighton, en Berkeley Square.

Después de dejar al señor Pratt, mientras hacían el trayecto hasta Upper Brook, cruzaron por Berkeley Square, y Eleanor advirtió las aldabas de bronce bruñido con forma de piña de la puerta que colgaban de la entrada principal de la residencia Knighton, indicando a todo el mundo que la familia se encontraba en la mansión. Un escalofrío recorrió su cuerpo al reconocer una repentina necesidad de abrir la puerta del carruaje y subir hasta la entrada por aquella escalera de piedra.

Gabriel debió de advertir la mirada de Eleanor observando la fachada de ladrillos rojos —el lugar que había llamado su hogar durante casi toda su vida— cuando el carruaje tuvo que detenerse a causa del flujo de tráfico. Su rostro debió de reflejar en parte la indecisión y el desaliento ya que él se inclinó hacia ella para preguntarle:

—¿Qué sucede, Eleanor?

Ella le miró y sonrió, apartando aquellos pensamientos ofuscados.

—Ésa es la casa de mi familia —explicó—. La ventana situada ahí en lo alto detrás del árbol, es mi dormitorio. Las flores de las jardineras en las ventanas inferiores las plantamos mi madre y yo justo esta primavera.

Entonces la puerta principal se abrió y Eleanor soltó un pequeño resuello ante la visión del mayordomo de Knighton, Forbes, quitando un poco de polvo de una pequeña alfombra colocada ante la balaustrada de la entrada.

Gabriel percibió el tormento que le provocaba sentirse casi como una extraña ante algo que en otro momento le había ofrecido una total seguridad.

—¿Quieres parar?

Eleanor pensó durante un instante, pero luego sacudió la cabeza.

—No, ahora no. Todavía no. Es mejor que nos instalemos, y que me haga una idea primero de lo que debo decir. Hay tanto de lo que hablar entre nosotros, que realmente no sé por dónde empezar.

Gabriel le sonrió y dijo con una voz que le recordó mucho a la de Màiri.

—El principio normalmente es el mejor lugar para empezar algo, muchacha.

Mientras el coche volvía a alejarse, Eleanor pensó que había avistado un figura, una silueta pasando junto a una de las ventanas de la planta inferior.

Aquello le cortó la respiración, y se quedó mirando hasta que no pudo ver más, mientras se repetía en silencio:

«He vuelto a casa, madre.»

Capítulo 16

*D*espués de trasladar el equipaje a la casa, Eleanor dejó a las niñas lavándose la cara mientras ella llevaba a cabo su primer deber formal como señora de la casa.

Se reunió con la señora Wickett, el ama de llaves que había contratado el señor Pratt y que le pareció, en todos los sentidos imaginables, lo opuesto a Màiri.

A pesar de su figura larguirucha, su talante tranquilo y su manera de hablar tan amable, no transmitía un solo gramo de calor o sentimiento más allá de su expresión oral, lo que hizo que Eleanor añorara aún más su hogar en Trelay.

Eleanor encomendó a la señora Wickett y a las dos doncellas contratadas junto con ella la tarea de preparar los dormitorios para esa noche. Mientras oreaban la ropa de cama y sacudían el polvo de las alfombras, Gabriel, Eleanor y las niñas hicieron un recorrido en carruaje por Piccadilly antes de bajar finalmente para pasear por St. James Street y la zona colindante para hacer unas compras y unas visitas turísticas improvisadas.

Caminaron por Pall Mall y enseñaron a las niñas los jardines de St. James y la espectacular Carlton House, el palacio en Londres del anterior príncipe regente, abandonado ahora desde su ascensión al trono a principios de año, después de haber dedicado casi tres décadas a su total reconstrucción.

Todo el ladrillo rojo con un impresionante pórtico corintio, se decía que por dentro rivalizaba con Versalles en grandiosidad. Una graciosa escalera doble que se curvaba hasta volver a encontrarse en el primer piso, y luego volvía a dividirse para encontrarse de nuevo en el piso superior, era la joya del gran vestíbulo, junto con las columnas jónicas de mármol marrón y la decoración exótica traída desde la lejana China.

Brìghde, después de observar con asombro infantil la fachada hasta lo alto del tejado, declaró que se casaría con este príncipe y viviría en su bonita casa con Juliana y su corderito, a quien llamaba cariñosamente «Lanitas».

Eleanor y Gabriel tuvieron que comunicarle entonces la noticia de que el príncipe ya estaba casado, de hecho ya no era príncipe, sino que era rey, y se había negado a permitir que su esposa fuera coronada reina porque no le caía bien.

Tras lo cual Brìghde corrigió su declaración anterior y decidió encontrar otro príncipe diferente con una casa aún más bonita que esta mansión Carlton, y que no se negara a dejarla ser reina.

Mientras volvían a recorrer Piccadilly, Eleanor observó cómo Gabriel cogía a Juliana de la mano para cruzar la bulliciosa calle delante de ellas. Su corazón se llenó de amor por este hombre, quien durante tanto tiempo había evitado a su hija por temor y que ahora parecía intentar compensar en un día todo el tiempo perdido.

El cambio en él era asombroso. Mientras caminaban junto a la sucesión de tiendas, Gabriel le hablaba a Juliana, le enseñaba las vistas y aceptaba su silencio como algo que no debía intentar cambiar. Tal vez había sido la pronta aceptación de la mudez de Juliana por parte de Brìghde, que lo veía como una parte de ella, lo que hizo llegar a Gabriel a esa misma aceptación, y que el resto se ordenara simplemente de forma natural.

Se detuvieron durante un rato en Hatchard's y compraron varios libros tanto para ampliar los estudios de Juliana como para empezar la enseñanza de Brìghde, ya que ésta se uniría a Juliana y a otros niños de la isla en una escuela que ella había propuesto poner en marcha a Gabriel durante su viaje a Londres. Enseñaría a los niños a hablar, escribir, leer en inglés, y un poco de cálculo, y ellos a cambio continuarían con la educación en gaélico de Eleanor.

Después de Hatchard's, tomaron té con bollos en la Confitería de la Señora Collins, donde Eleanor tuvo que contenerse para no echarse a reír ruidosamente cuando vio a una joven señorita ya puesta de largo, no demasiado diferente a cómo era ella no mucho antes, sentada con su madre, quien le recordaba el ángulo apropiado de los dedos para tomar el té.

Estas normas, esas restricciones, esa existencia, de pronto parecían pertenecer a otra vida.

Hicieron una visita a un sastre en Jermyn Street para comprar nuevas corbatas para Gabriel y luego adquirieron en una sombrerería de señoras unas bonitas cintas de seda de todos los colores imaginables para Màiri. Mientras Gabriel iba con Juliana a una papelería para comprar algunas plumas nuevas y lacre, Eleanor y Brìghde examinaron algunos escaparates de Old Bond Street, comentando una muestra de gorros decorados con racimos de frutas.

—No sabría si usarlo o comerlo —dijo Brìghde con la sabiduría y sentido común de un niño.

Fue cuando doblaron la esquina donde habían quedado en reencontrarse con Gabriel cuando Eleanor de pronto oyó una voz que la llamaba desde detrás.

—¡Eleanor! ¡No puedo creer que seas tú!

Eleanor se volvió. Se quedó helada al divisar a Richard Hartley, que se acercaba corriendo a su encuentro por el paseo para peatones.

Iba vestido elegantemente con un traje beige y azul marino, llevaba su oscuro pelo cepillado a la moda bajo el ala del alto sombrero de piel de castor y sus botas relucían con brillo perfecto, todo un petimetre de pies a cabeza.

—Richard —fue todo lo que consiguió decir antes de que él cogiera su mano enguantada para besarla con afecto.

—Me he estado volviendo totalmente loco de preocupación por tu causa —dijo—. Después de que descubriera que te habías marchado de la ciudad, te escribí a Escocia, pero luego, al no recibir respuesta, pensé que tal vez mi carta no te había llegado. Entonces no estuve seguro de que siguieras en Escocia, de modo que le escribí a tu hermano, pero tampoco contestó. Entonces decidí que deberías estar viajando de regreso a Inglaterra y que tendría que venir de vuelta aquí para esperarte. Quería disculparme por dejarte como había hecho en medio de la temporada sin demasiadas explicaciones. Pasé por la residencia Knighton y dejé mi tarjeta hace dos días, pero, una vez más, no recibí ninguna respuesta. Hasta ahora. —Sonrió abiertamente—. Qué bien volver a verte. ¿Cuándo has vuelto a la ciudad? Ya has tenido suficiente de salvajes escoceses de las Tierras Altas, ¿eh que sí?

Eleanor echó una rápida mirada a su alrededor buscando a Gabriel en el abarrotado paseo.

—Acabamos de regresar a la ciudad esta mañana.

—¿Esta mañana? —Se rió—. Y ya has salido de compras. Debes de haberte vuelto loca en el norte sin Bond Street. —De pronto pareció recaer en la presencia de Brìghde de pie al lado de Eleanor, cogida de su mano y mirándole con su habitual curiosidad no disimulada.

—Hola —dijo Richard—. Soy lord Herrick.

—Yo soy Brìghde. Tiene un sombrero muy alto. —Miró entonces a Eleanor—. Puedo verme en sus botas, de tanto que brillan.

—Richard —interrumpió entonces Eleanor—, ¿no has hablado con mi familia?

—No, me entretuve más de lo previsto en Yorkshire. Probablemente pensaste que me había olvidado de ti. —Entonces hizo un pausa lo bastante larga como para percatarse de la tensa expresión en el rostro de Eleanor—. ¿Sucede algo?

Antes de que Eleanor pudiera responder a su pregunta, Gabriel y Juliana doblaron la esquina para unirse a ellas en la acera. Juliana, inquieta ante la repentina aparición de un extraño y, como si intuyera una situación incómoda, le dio la mano. Gabriel se acercó también a su lado, cerrando filas de aquel modo protector en torno a Eleanor, y aunque no dijo palabra, dejó claro que la relación entre ambos era algo más que una amistad pasajera.

Mucho más.

Eleanor observó cómo, en tan sólo un momento, la expresión del rostro de Richard cambiaba el talante exultante por el encuentro fortuito por un gesto de confusión, por un semblante estupefacto cargado de temor abrumador.

—Richard —dijo ella con calma en un esfuerzo por romper el terrible silencio que en cierto modo se había hecho en aquella bulliciosa esquina de la ciudad—, permíteme que te presente a mi marido, lord Dunevin, y a nuestra hija, la señorita Juliana MacFeagh. Ya has conocido a su amiga, Brìghde. Gabriel, chicas, éste es un amigo mío. —Miró a Richard—. Un buen amigo, Richard Hartley, conde de Herrick.

Richard se había quedado mirando fijamente a Gabriel, quien le sacaba varios centímetros de altura y que incluso en estos momentos atraía miradas de otros peatones que pasaban. Tras un momento, miró otra vez a Eleanor, con ojos sin brillo, ausentes, mientras tomaba conciencia de la catástrofe.

—¿Te has casado? —preguntó como si no acabara de asimilar del todo lo que le habían dicho.

Entonces, de repente, como si le sacudieran unas manos invisibles, cada atisbo de cortesía y amabilidad con que le habían educado acudió a envolverle con un manto protector. Richard adoptó una postura más erguida y un rostro de amable indiferencia, y le tendió la mano a Gabriel.

—Dunevin, un honor conocerle.

Gabriel le dio la mano.

—Herrick.

Richard miró brevemente a las dos niñas y asintió:

—Sí, bien —dijo en un esfuerzo obvio por aceptar lo que tenía delante en un ruedo tan público—. Les deseo a todos lo mejor en su matrimonio. —Inclinó la cabeza a Gabriel—. Lord Dunevin.

Luego miró a Eleanor, con rostro rígido sobre las puntas elevadas de su cuello a la última moda.

—Lady Dunevin. Sólo puedo decir que siento mucho que mi carta no llegara a sus manos mientras se encontraba en Escocia. Mi pérdida es obviamente la victoria de lord Dunevin.

Con aquello, inclinó la cabeza y se dio la vuelta, alejándose de ellos por la acera, con la espalda tan erguida y tiesa como el poste de una farola.

No se volvió a mirar ni una sola vez.

Eleanor no se percató de que seguía de pie observando su retirada mientras la gente paseaba a su alrededor, hasta que Gabriel habló finalmente.

—¿Estás bien, muchacha?

Ella le miró, llena de un remordimiento tan repentino y terrible que sus ojos se empañaron de lágrimas.

—Nunca esperé verle aquí. No sabía qué decirle. Oh, Dios, Gabriel, no es justo que se haya enterado de esta manera.

—No podías hacer otra cosa.

Eleanor se rindió a las lágrimas.

—Pero ¿y si hubiera sido mi madre? ¿O Christian? No puedo imaginarme verles por primera vez al salir de...¡una tienda de sombreros!

Brìghde tiró de la manga a Eleanor y le preguntó por qué ese hombre con las botas brillantes la había puesto tan triste. Juliana se acercó un paso más a su lado. De pronto, Eleanor quiso alejarse de esa esquina de la calle y volver a casa lo más rápido posible.

Gabriel debió de intuir sus pensamientos ya que se apresuró a hacer señas a un coche de alquiler aparcado en una esquina. En cuestión de minutos rodaban hacia Upper Brook Street, esta vez evitando pasar por Berkeley Square.

Esa noche se quedaron en casa a cenar. Tomaron tranquilamente la cena que tuvieron que mandar a buscar a Fergus a una taberna próxima, ya que la señora Wickett había pasado la mayor parte del día aprovisionando la cocina.

Después de cenar, Eleanor se ocupó de que Juliana y Brìghde se bañaran y se pusieran rápidamente los camisones. Luego las tapó a ambas en la cama, en un dormitorio que quedaba justo enfrente de su propio cuarto, al otro lado del pasillo.

Mientras cerraba la puerta tras ella, Eleanor pudo oír a Brìghde susurrando algo a Juliana en la oscuridad y supo que las dos niñas probablemente pasarían la mitad de la noche mirando por la ventana, observando los carruajes que rodaban bajo la luz del farol de gas situado en la esquina más alejada de la calle. Era lo mismo que ella había hecho de pequeña.

Una hora después, Eleanor estaba sentada sola en el dormitorio ante el tocador, cepillándose el cabello con largas pasadas pensativas.

Había tomado un baño para sacarse de encima el polvo del viaje y para intentar aliviar los persistentes pensamientos que la habían preocupado durante todo el día. Se preguntaba cómo se lo habría tomado Richard, si alguna vez la perdonaría y, si lo hacía, qué le diría ella cuando volvieran a encontrarse. Pensó en su propia familia y descubrió que añoraba volver a verles. De forma totalmente repentina se sintió aislada y absolutamente agitada.

En varios momentos del día, Eleanor sólo había deseado subirse a aquel carruaje y dirigirse directamente a Berkeley Square a ver a su familia, pero vaciló cada una de las veces, su mente estaba aún confusa, no sabía bien qué decir, cómo reaccionarían ellos ante su nueva situación. ¿Les caería bien Gabriel? ¿Acogerían con beneplácito a Juliana y su mudez en la eminente familia Westover?

Eleanor aún estaba sentada ante el tocador, mirando sin comprender su reflejo en el espejo cuando Gabriel llamó suavemente a la puerta.

—Un lacayo acaba de traer esto para ti —dijo al tiempo que le tendía una carta doblada y sellada.

Iba dirigida a ella como «Lady Dunevin», y llevaba el sello Herrick.

Alzó la vista para mirar a Gabriel.

—Es de Richard —dijo mientras rompía el sello para abrirla.

No obstante, no era de Richard, sino de la madre de éste, la condesa viuda de Herrick, que la invitaba a tomar el té a la mañana siguiente.

«Es preciso discutir algunos asuntos» estaba escrito en la parte inferior de la página. Eleanor supo de inmediato cuáles serían esos «asuntos».

Eleanor tendió la carta a Gabriel para que pudiera leerla.

—¿Vas a ir?

—No sé. No quiero hacer daño a nadie más. Esto ya ha provocado demasiada desdicha a demasiada gente.

Gabriel asintió.

—Si quieres, puedo ir contigo. Piénsatelo primero, muchacha. No tienes que decidir nada ahora mismo. Consúltalo con la almohada y mañana por la mañana tomas una decisión.

Ella le miró y sonrió, con la moral levantada por aquellas palabras de apoyo.

—Gracias, Gabriel.

—Buenas noches, entonces, muchacha. —Hizo un gesto con la cabeza y se volvió para marcharse—. Que duermas bien.

Casi estaba en la puerta cuando ella le llamó.

—¿Gabriel?

Él se volvió, aunque se quedó en el umbral de la puerta mientras Eleanor se levantaba para mirarle de frente desde el otro lado de la habitación. Durante varios instantes, se miraron el uno al otro en otro silencio embelesado. Ninguno de ellos tuvo que hablar para saber qué había estado pensando el otro durante las pasadas semanas, cada momento de ese tiempo les había llevado a esta noche especial.

La espera había acabado.

Ante la silenciosa invitación en sus ojos verdes, Gabriel cerró la puerta tras él con el pie, sin apartar en ningún momento sus ojos de los de ella. Permaneció de pie en ese lado de la habitación, alto y poderoso, y Eleanor sintió que se ruborizaba al detectar algo extraño y salvaje en sus ojos.

Pero uno de ellos tendría que moverse.

Fue Gabriel quien lo hizo, cruzó la alfombra a zancadas y levantó a Eleanor en sus brazos con un rápido movimiento sin decir nada. Eleanor soltó un jadeo, consciente de la emocionante excitación, y le rodeó el cuello con los brazos mientras él la llevaba a la cama.

—¿Quieres que apague las velas? —preguntó.

—¿Hace falta que estemos a oscuras, muchacha?

—Bien, pensaba que… quiero decir, es lo que había oído…

Gabriel soltó una risita desde lo más profundo del pecho.

—¿Eso es lo que te dijeron tus amigas del colegio?

Eleanor pensó en su querida amiga Amelia B. y las noches que habían pasado susurrando bajo las colchas. Se preguntó si la pareja de whist de su padre, ahora su marido, la había llevado a ella en brazos a la cama también.

—No es justo, sabes —le dijo frunciendo el ceño—. Los hombres prácticamente nacéis sabiendo estas cosas. Habláis de eso como si no fuera nada más que... una carrera de caballos. A las chicas sólo nos queda la imaginación y un poco de *on-dits* susurrados por hermanas y primas mayores. —Puso una mueca—. Como apagar las velas.

Gabriel se estiró sobre la cama a su lado.

—Imagino que te han contado que algunas muchachas prefieren la oscuridad para no tener que ver la cara de su marido. Así eluden pensar en las desgracias de sus vidas desdichadas, cumplen con su deber de esposas e imaginan que se trata de un amante secreto quien está en su cama en vez de un marido insensible.

Gabriel hizo ademán de intentar alcanzar la vela.

—Entonces ¿qué prefieres, mocita, a tu marido o a un amante secreto?

Eleanor le miró y sonrió, le rodeó el cuello con la mano y atrajo su boca para que besara la suya. En voz muy baja, antes de que sus labios se encontraran, dijo:

—No tengo que escoger, marido, porque tengo a los dos en el mismo paquete.

Sus cuerpos se unieron en un enredo de brazos y piernas y bocas mientras Gabriel besaba a Eleanor profunda y completamente, dejándola sin aliento e impulsando todos sus sentidos a lo más alto del cielo. Él se separó, y ella le observó bajo la luz de la luna mientras se desprendía de la camisa, que arrojó al suelo detrás de él.

—Mmm, marido, al mirarte pienso que tal vez fuera una buena idea lo de las velas.

Él casi se ríe.

—¿Pensarás eso cuando esté totalmente en cueros? Algunas damas se estremecen ante la visión de las partes privadas del cuerpo de un hombre.

Eleanor se sentó delante de él y recorrió con un dedo su brazo hasta llegar a su pecho.

—¿Has olvidado que fui estudiante de anatomía, milord?

Entonces él sí se rió, con una risa profunda y suave, y totalmente sexual.

—Ah, mocita, puedes conmigo.

Sus miradas se encontraron y, en un instante repentino, todo regocijo desapareció. En su lugar sólo quedaba deseo puro y vivo.

Gabriel volvió a besarla, con un beso lento y largo, pasándole los dedos otra vez sobre la oreja y retorciendo un mechón de pelo entre sus dedos. Tiró con dulzura de ese mechón, empujando hacia atrás su cabeza mientras desplazaba la boca sobre su barbilla para saborear su cuello.

Ella respondió con un suave gemido.

Tres pequeñas cintas atadas en lazos perfectos mantenían cerrada la parte superior de su camisón. Tres pequeños tirones y perdieron la forma de lazo. Gabriel empezó a retirar el tejido del hombro con su boca, besándola a lo largo de su clavícula y provocándole deliciosos escalofríos por toda la espalda y pechos, donde anhelaba ser tocada.

De algún modo, Eleanor no sabía cómo, Gabriel había conseguido bajarle el camisón hasta la cintura. Él la tumbó en la cama, instalándola cómodamente sobre las almohadas, y ella le observó a la luz de la vela, observó cómo se iluminaban sus ojos con un fuego negro mientras contemplaban su desnudez sin perder nota.

—Oh, muchacha, si hubiera tenido una institutriz con tu aspecto cuando yo era joven, habría sido mucho más aplicado en mis estudios.

—Mejor que no la tuvieras —le susurró ella mientras él pasaba lentamente los dedos sobre sus pechos, descendiendo entre ambos senos hasta la llanura de su vientre—. En ese caso ella podría estar aquí ocupando mi lugar.

Gabriel pegó su boca al tieso pezón y murmuró contra su pecho:

—Oh no, mocita, tenerte en mi cama es la manera como tenía que haber sido siempre… y la única manera como será a partir de ahora.

Cerró la boca sobre su pezón, y Eleanor arqueó la espalda, percatándose de una sacudida ardiente en lo más profundo de ella, un anhelo, una desesperación que clamaba suplicante que la satisficieran.

Mientras le lamía los pechos, provocando magníficas sensaciones por todo su cuerpo cada vez que él absorbía con su boca, Gabriel bajó aún más el camisón por su vientre, deslizándolo con un suave susurro sobre sus caderas. Apoyó su mano sobre la cadera desnuda y acarició esa zona, moviendo los dedos en suaves círculos mientras le levantaba una pierna doblándola por la rodilla y la acariciaba con suavidad en la parte interior.

Eleanor sintió una urgencia acalorada entre las piernas y dejó caer la cabeza hacia atrás contra la mullida almohada, cerrando los ojos y esperando, esperando, esperando su contacto con ella justo ahí.

Aspiró lenta y profundamente cuando sintió la mano de Gabriel recorriendo su muslo, cuando notó los dedos que la tocaban, la separaban, la acariciaba. Él le besó el vientre y luego siguió por la cadera y a continuación se sentó en la cama para mirarla a la luz de la vela.

—Eres más hermosa de lo que nunca hubiera imaginado. Todas esas noches permanecía echado en la cama pensando en ti. ¿Cómo he tenido la dicha de conocer a una muchacha tan fantástica y preciosa?

Eleanor susurró a la noche:

—Estaba predestinado.

Él movió los dedos sobre ella una vez más y Eleanor tomó aliento al verse abrumada por un millar de diferentes sensaciones deslumbrantes. Cuando Gabriel deslizó su dedo dentro de ella, perdió el sentido, el juicio, la noción de la realidad.

¿Cómo era posible que él, con sólo un pequeño toque, la hiciera sentir de esa manera? Parecía casi imposible, pero cuanto más la tocaba ahí, cuanto más movía sus dedos contra ella, la sensación se volvía más fuerte.

Pensó que si de pronto él se detenía, perdería algo muy valioso, y por consiguiente soltó un gemido con el que le rogaba que no se detuviera nunca, levantó las caderas por encima de la cama mientras las sensaciones pulsaban y crecían, y se estiró, intentó alcanzar desesperadamente cualquier cosa que deparara todo aquello, hasta que de pronto se encontró allí, perdida en un aluvión de jadeos, arrebatos y escalofríos tan intensos que pensó que iba a salir volando. Su cuerpo palpitaba en lo más profundo.

Lentamente, los dedos de Gabriel salieron. Lentamente, Eleanor se relajó sobre la cama. Lentamente, abrió los ojos y le descubrió observándola fijamente.

Sabía que lo que acababan de compartir no era todo lo que compartían los amantes, que había más, mucho más, aunque que era posible imaginar algo más que superara el fantástico regalo que él le acababa de hacer.

Eleanor observó en silencio mientras Gabriel se levantaba de la cama y se libraba de los pantalones, sin quitarle los ojos de encima, hasta que se quedó desnudo de pie ante ella. Su cuerpo era magnífico, todo piel de bronce, pelo oscuro y músculo sumamente tenso. Fijó brevemente la mirada en su sexo, erecto en su entrepierna, y luego le miró a los ojos.

Sin una palabra, Gabriel se deslizó al lado de ella en la cama y la atrajo hacia sí hasta que Eleanor sintió la dureza aterciopelada de su erección acariciando su muslo. Ella movió la pierna para apretarse aún más contra él precisamente ahí y él gimió dentro de la boca de Eleanor mientras la besaba.

—Dolerá, ¿verdad?

Gabriel la miró, aparentemente sorprendido por su pregunta.

—Sí, pero sólo durante un momento. Después de eso, olvidarás que ha dolido.

—Eso es lo que pensaba.

—¿Y cómo sabes eso, muchacha?

—En una ocasión, cuando tenía trece años, alcancé a oír a dos chicos mayores que fanfarroneaban uno con otro sobre lo que habían hecho con la hija del tendero local.

—¿Y qué habían hecho?

—Cosas. Cosas que tenían que ver con números y con lo lejos que habían conseguido subir bajo sus faldas, cosas que sonaban más a deporte que a otra cosa. No sonaba en absoluto a esto.

—Sí, bien, hay una gran diferencia entre hombres y muchachos.

Eleanor sonrió abiertamente y empujó sus caderas hacia delante contra el calor de su erección.

—Sí, soy consciente de eso.

Gabriel enterró el rostro contra su cuello mientras les cambiaba a ambos de posición y luego le separaba a ella las piernas levantándole las rodillas alrededor de sus propias caderas. Se alzó sobre sus manos para quedarse elevado sobe ella sin dejar de observar sus ojos mientras lentamente empujaba contra ella.

—Si te hago demasiado daño, no tienes más que decírmelo y pararé.

—No me importa el dolor, Gabriel. Me duele no tenerte dentro de mí. Por favor, hazme tu esposa… absoluta y completamente.

Entonces los ojos de Gabriel cambiaron, llenos de deseo, y Eleanor contuvo el aliento, en espera de lo que parecía una eternidad, hasta que con una embestida implacable les unió para siempre.

El dolor fue instantáneo y agudo y desapareció casi de la misma forma rápida como había llegado, quedando relegado a un recuerdo efímero para el resto de su vida. En su lugar dejó una deliciosa palpitación, un ansia y una desesperación que exigían la satisfacción en lo más profundo de ella. Oía la respiración entrecortada de Gabriel contra su oído y le besó con dulzura en el lado de su rostro, susurrando su nombre mientras se esforzaba para recuperar la compostura.

—Ha pasado mucho tiempo, muchacha, tanto que ya no recuerdo a nadie. Me temo que no pueda contenerme si me freno mucho más contigo.

—Pues no lo hagas —susurró ella—. No te frenes. Tómame amor mío. Tómame, ahora.

Gabriel tomó aliento profundamente y movió las caderas para retirarse de ella con lentitud insufrible. Eleanor observaba su rostro, con los ojos fijos en los de él mientras empezaba a moverse dentro de ella, al principio con dulzura, luego más deprisa, hundiéndose con embestidas más prolongadas, una y otra vez hasta alcanzar un ritmo desesperado.

El sudor formó gotas en su frente mientras pugnaba y se esforzaba, apresurándose hasta ese lugar, ese lugar especial al que la había llevado momentos antes y al que la llevaba una vez más. Cada embestida era más profunda que la anterior, cada movimiento la llenaba de placer exquisito, hasta que con una embestida intencional, Gabriel se liberó y gimió su nombre, palpitando en lo más profundo de ella una vez, dos, tres, y una vez más hasta que se vació absoluta y completamente.

Los brazos de Gabriel temblaban mientras intentaba aguantar aquella postura elevada sobre ella. Eleanor estiró los brazos bajo la tenue luz de la vela. Apoyó las manos con suavidad contra su pecho y le atrajo por completo hacia abajo, donde él apoyó todo su peso, con la cabeza contra su hombro y los brazos alrededor de su cuello.

Momentos después, levantó la cabeza, la besó y miró a la profundidad de sus ojos.

—Te quiero, muchacha, más de lo que imaginaba que un hombre podría querer. No me resistiré nunca más.

Y luego la besó, no profundamente, no apasionadamente, sino con ternura, con la promesa sagrada de futuro.

Aquello superó cualquier cosa que Eleanor hubiera imaginado alguna vez.

Capítulo 17

Eleanor descendió del coche de alquiler a la calzada curvada de Grafton Street y se quedó ante la fachada imponente del número cinco, la residencia en Londres de la condesa viuda de Herrick.

Dio las gracias al conductor y sacó dos monedas de su cartera. Luego se quedó observándole cuando chasqueó a los caballos y continuó lentamente por la callejuela, desvaneciéndose al doblar la siguiente esquina.

Permaneció de pie en la acera durante varios momentos más, simplemente contemplando la prístina casa unifamiliar georgiana enclavada en el extremo de la calle, cuyas ventanas delanteras relucían como hielo bajo el sol de la mañana.

Mantenía las manos dentro del manguito de arminio, una nueva adquisición de la salida de compras del día anterior, protegiéndolas del penetrante viento otoñal que soplaba vivamente sobre lo alto de las casas, agitando las hojas caídas sobre los adoquines a sus pies. Otros peatones pasaban andando despreocupadamente junto a ella, y el ruido de los cascos de los caballos tirando de los carruajes sonaba distante a su espalda. Siguió de todos modos allí en pie, preguntándose que saldría de esta visita.

Era evidente que Richard había comentado a la condesa su encuentro del día anterior. ¿Estaría enterada la condesa de la verdad sobre el pasado, sobre el origen de Eleanor? ¿O simplemente querría leerle la cartilla por rechazar de manera tan abominable la proposición de matrimonio de su hijo?

Al caer en la cuenta finalmente de que por supuesto no podía seguir allí de pie en un día tan gélido, Eleanor subió los tres pequeños escalones de la entrada principal, dio unos suaves golpecitos y esperó.

—¿Sí?

El robusto mayordomo de la mansión Herrick estaba plantado como un asta de bandera delante de ella.

—Buenas tardes. Me gustaría ver a la señora Herrick, si es tan amable.

—¿Y quien digo que la visita?

—Eleanor, lady Dunevin. Creo que me está esperando.

El mayordomo asintió y abrió la puerta para que entrara. Hizo un ademán para indicar el pequeño banco tallado colocado nada más entrar por la puerta.

—Puede esperar aquí mientras pregunto si su señoría puede recibirla.

La casa, elegantemente amueblada, estaba caliente en el interior y olía a flores frescas y al horno de primera hora de la mañana. Eleanor sacó las manos del manguito, se quitó el sombrero y los guantes y se sentó para esperar.

Oyó el débil murmullo de conversación que venía del vestíbulo central, demasiado amortiguado sin embargo para distinguir cualquier palabra. Un reloj que colgaba de la pared a su lado dio las medias. Una doncella bajó por el estrecho tramo de escalera e hizo una rápida inclinación con un apresurado «milady» cuando pasó a su lado camino de la parte posterior de la casa. En el exterior, un vendedor de pan gritaba «¡Pan caliente!».

El mayordomo regresó momentos después.

—Lady Herrick la recibirá ahora en el salón. ¿Me permite que le coja el abrigo?

Eleanor le tendió el manguito y el sombrero mientras se soltaba los botones de la parte delantera de su capa, y se volvió cuando él se acercó para ayudarla.

—Gracias.

—Por aquí, milady.

La condujo por el vestíbulo pasando junto a varias puertas y un alto reloj de pared hasta llegar a una habitación ubicada en la parte posterior de la casa, lejos del ruido y la distracción de la calle.

La habitación daba a un jardín privado con un muro al fondo que se divisaba a través de una ventana que brindaba una agradable visión del sol de la mañana. El mayordomo se detuvo ante la puerta para permitir que ella entrara antes de proceder a anunciarla.

—Lady Dunevin, milady.

La condesa viuda estaba sentada en un sofá que daba a la puerta cuando Eleanor entró en la habitación. Tenía la cabeza cubierta por un gorro de muselina con un volante y sostenía sobre su regazo un tambor de bordar en el que había estado confeccionando un pequeño pájaro.

Su expresión no era fácil de discernir, su boca formaba una línea que ni era un gesto torcido ni una sonrisa, sus ojos eran claros y observadores, del mismo gris pálido que los de su hijo.

Hizo un ademán con la cabeza para indicar la silla más próxima, invitándola a sentarse.

—Lady Herrick, es un honor conocerla —dijo Eleanor mientras se sentaba y doblaba las manos sobre su regazo—. Gracias por su invitación.

—No estaba segura de que fuera a venir.

Eleanor la miró, percibiendo de inmediato una amargura profundamente asentada.

—Lady Herrick, por favor, sepa que…

La viuda alzó una mano para silenciar las palabras de Eleanor.

—Cuando Richard vino a comunicarme al inicio de esta temporada que había empezado a cortejar a una joven, por supuesto me ilusioné como cualquier madre con un hijo en edad de casarse. No obstante, el nombre de Wycliffe era el último que una hubiera esperado oír.

Eleanor bajó la vista a sus manos, humillada por las palabras de esta mujer, que obviamente llevaba cierto tiempo esperando pronunciar.

—Fue como si los últimos veinte años se desvanecieran en un abrir y cerrar de ojos —continuó—. Debería haberle contado la verdad a mi hijo en ese mismo momento, pero debo admitir que sentí cierta curiosidad por usted. Decidí esperar hasta que Richard preguntara si podía traerla a casa para conocerla, pensando que en el momento en que la viera, en el momento en que la tuviera delante, sin duda sabría… sin duda sería capaz de distinguir si…

—… si su marido era mi padre. —Eleanor acabó por ella.

La viuda la miró, estudiando su rostro, sin duda en busca de algún tipo de parecido con el anterior conde.

—No sabía si ya le habían contado a usted la verdad. Una parte de mí pensaba que sí, y que estaba jugando con Richard a un juego cuyo fin era reabrir viejas heridas.

—Lady Herrick, yo nunca…

—Otra parte de mí se preguntaba si tal vez, al igual que Richard, no fuera también víctima de las circunstancias del pasado.

Su voz entonces se suavizó.

—Decidí esperar, porque sabía que si verdaderamente fuera el resultado de lo que tuvo lugar hace tantos años, Frances no permitiría jamás llegar a un matrimonio con Richard.

Eleanor sacudió la cabeza.

—No sé quién era mi padre. Supongo que nunca lo sabré de verdad.

Lady Herrick se levantó de pronto y se fue hasta la ventana para observar el jardín que había detrás. Permaneció callada un rato, dejando a Eleanor allí sentada, a la espera de que ella estuviera lista para continuar.

—Frances y yo éramos íntimas amigas de jóvenes, prácticamente éramos como hermanas. Fuimos juntas al colegio. Incluso acabamos juntas los estudios. Siempre decíamos que nos casaríamos con nuestros maridos el mismo día en la misma iglesia. Siempre supe que ella quería a Richard, igual que él la quería a ella. Pero su familia tenía otros planes en mente, particularmente cuando hizo aparición el duque de Westover.

Se volvió para mirar de nuevo a Eleanor.

—Al principio Frances, su madre, intentó formar una familia con su padre. Pero cuando has entregado el corazón a otra persona, el matrimonio puede llegar a ser más restrictivo que la más solitaria prisión, la cárcel más olvidada. —Sacudió la cabeza—. Lo sé demasiado bien.

»Sabía que William iba a reunirse con su pa… —Se detuvo y se corrigió—. Sabía que William iba a encontrarse con Christopher al amanecer aquella mañana. Yo conocía suficientemente a Frances como para saber que nunca sería capaz de hacer creer a Christopher que el hijo de otro hombre era suyo. Me quedé toda la mañana en la ventana que daba a los terrenos de la propiedad Westover. Cuando ya por la tarde seguía sin aparecer, supe lo que había pasado. Yo también me enteré de la muerte de Christopher semanas después. No sé realmente los detalles de lo que le sucedió a mi esposo.

—Lady Herrick, aquella mañana…

Sacudió la cabeza.

—Ninguna explicación, por favor. No deseo saber qué pasó aquella mañana, lady Dunevin. El desenlace fue inevitablemente largo, un final trágico para un principio trágico para todos nosotros. Pero dejé esa parte de mi vida atrás cuando me marché del campo para trasladarme de forma permanente a Londres. Nunca he vuelto allí y no tengo intención de volver a revivirlo.

Cruzó hasta un pequeño escritorio situado en un extremo y abrió un cajón del que sacó algo. Volvió hasta donde estaba sentada Eleanor y le tendió una cajita con bisagras del tamaño de una baraja de cartas. Eleanor la abrió y la caja reveló la miniatura pintada que contenía en su interior. El sujeto era un hombre apuesto de unos treinta años con una peluca empolvada y una levita.

Miró a lady Herrick, que seguía delante de ella.

—¿Es éste...?

La viuda se limitó a asentir.

Eleanor buscó algún parecido para crear una conexión, alguna similitud con sus propios rasgos, la inclinación de la ceja, el gesto de la boca, pero no encontró nada, sólo preguntas sin respuestas.

Había sido un hombre apuesto, y era fácil ver por qué su madre se había enamorado de él. Con cuidado, Eleanor volvió a colocar la imagen en su caja y la devolvió a la condesa.

—Lo siento mucho.

—Mi único pesar es que mi hijo tenga que sufrir por todo esto. En este mismo momento no entiende los motivos que le han llevado a usted a echarse atrás, igual que no entiende por qué se ha casado con otro tan deprisa. Simplemente cree que usted se cansó de esperar a que él regresara de Yorkshire, que sus cartas nunca le llegaron, y que él tardó demasiado. Y yo he hecho cuanto ha estado en mis manos para prolongar esa creencia.

La viuda se detuvo.

—No le he contado a mi hijo la verdad sobre su padre y no tengo intención de hacerlo, al menos por ahora. Al igual que su hermano, Richard tuvo que crecer demasiado rápido tras la muerte de su padre y tuvo que asumir las responsabilidades del condado a una edad demasiado temprana. Idealizaba a su padre, aún lo hace hoy en día, y ha trabajado muy duro para ser un hijo del que William pudiera estar orgulloso. Creo que lo ha conseguido, y yo no voy a arrebatarle eso justo ahora.

»Sé que no tengo derecho a pedirle esto, pero estaría sumamente agradecida si quedara entre nosotras la visita de hoy y las cosas que hemos discutido aquí. El pasado es el pasado, lady Dunevin. No hay nada que podamos hacer para cambiarlo. Puede que llegue el día en que Richard deba conocer la verdad, pero decírselo ahora sólo sería una crueldad. Ya se ha llevado un desengaño. Por favor, no le dé otro golpe tan terrible tan pronto.

Miró a Eleanor con expresión ausente.

—En interés tanto de mi hijo como el suyo, creo que es mejor que las cosas se queden como estaban. Acaba de casarse y lo último que necesita es que salte algún escándalo.

Eleanor alzó la barbilla ante la insinuación levemente velada de que tal vez su rápida boda con Gabriel respondiera a un esfuerzo engañoso de protegerse del escándalo.

—Mi esposo fue informado de la verdad de mi origen, milady. *Antes* de que nos casáramos.

Lady Herrick se mostró en cierto sentido sorprendida ante su anuncio.

—Mis disculpas, lady Dunevin. He hecho suposiciones basadas únicamente en lo imprevisto de su matrimonio. No es justo. De hecho, lord Dunevin debe de ser un hombre muy excepcional.

—Lo es. No se parece a ningún otro hombre que haya conocido con anterioridad.

Lady Herrick sonrió.

—Entonces permítame felicitarla, lady Dunevin, por evitar la reclusión de un matrimonio sin amor. Su afecto hacia su marido es evidente para todo el que la mire.

Eleanor se levantó, presintiendo que había llegado el momento de marcharse.

—Gracias, por tomarse la molestia de hablar conmigo con tanta honestidad. —Le tendió la mano—. Estoy en deuda con usted.

—Y yo con usted.

Se dirigieron a la puerta.

—Me pregunto, lady Dunevin, si podría ofrecerle un pequeño consejo.

Eleanor asintió.

—No juzgue las acciones de su madre y su hermano con demasiada dureza. Sólo hicieron lo que consideraron mejor para usted bajo circunstancias sumamente difíciles. Frances ha sido lo suficientemente mortificada por esto, su castigo podría durar tres vidas. Pese a lo que ha sucedido entre nosotras dos, no soportaría verla castigada una vez más.

Eleanor la miró.

—Gracias, milady. Si mi madre estuviera enterada de su inquietud, estoy segura de que estaría agradecida.

La condesa se limitó a asentir, una luz de nostalgia cruzó su mirada.

—Pero como ambas sabemos, eso nunca sucederá. Es mejor que alguna heridas se curen solas.

Después de desear buenos días a la viuda, Eleanor recogió las cosas que le tendió el mayordomo, quien se ocupó de ordenar al lacayo de la mansión que pidiera un coche de alquiler para llevarla de vuelta a casa.

Mientras Eleanor permanecía esperando en la acera, su primer pensamiento fue regresar a casa y sentarse con Gabriel y las muchachas para pasar una tranquila tarde con ellos. Anhelaba la seguridad, la felicidad que ellos le ofrecían. Pero mientras subía al coche y se instalaba en el asiento, comprendió que había otro lugar al que necesitaba ir primero.

—¿A dónde, milady? —preguntó el cochero.

—A Hyde Park, si es tan amable.

Frances, lady Knighton, era una mujer de costumbres escrupulosas, cada día realizaba los mismos rituales con apenas variaciones.

Se despertaba a las cinco de la mañana para lavarse la cara con jabón de lavanda y agua fría antes de tomar su desayuno de pan tostado y té precisamente a las seis.

Tomaba el té con leche, nada de crema, y sin azúcar, y prefería la mermelada de fresa con la tostada, aunque se sabía que de vez en cuando se había pasado también a la de grosella.

Dedicaba una hora cada mañana a leer tranquilamente en el salón y, cuando el tiempo lo permitía, cada jueves a las diez, antes de que la mayoría de la sociedad londinense hubiera empezado incluso a despertarse, recorría las tres cortas manzanas hasta la entrada de Stanhope Gate por la que se accedía a Hyde Park.

Siempre se sentaba en el mismo lugar, ocupaba el tercer banco de la derecha desde la entrada por el sendero del Paseo de los Amantes, que estaba parcialmente oculto tras un roble bastante grande que había crecido con dos troncos. Allí pasaba la siguiente hora tirando pan a los pájaros y ardillas mientras la ciudad despertaba a su alrededor y el sol se elevaba hasta la parte más alta del cielo.

Hoy el tiempo era más desapacible que los últimos días, el viento soplaba frío y cortante, o sea, que Frances se había traído con ella una pequeña manta de viaje para taparse las piernas mientras permanecía sentada. Era una gruesa lana tejida para ella por alguna de las esposas de los arrendatarios de Skynegal, la finca en las Tierras Altas de su hijo Christian y de su esposa, Grace. El diseño escocés entrecruzado estaba confeccionado en apagados tonos rojos, verdes, negros y blancos, y llevaba flecos en los extremos. Era una pieza bonita.

Frances había venido a este lugar cada vez que estaba en Londres durante casi los últimos veinte años. Era un rincón tranquilo del parque, lejos de los paseos más concurridos, y siempre hallaba una sensación de paz aquí, ese consuelo que una persona sólo puede encontrar cuando se halla en verdadera comunicación con la naturaleza. El viento soplaba suavemente, los ampelis trinaban por encima desde lo alto de los árboles, pero hoy no encontraba paz en este lugar, ni consuelo, sólo pensamientos turbadores sobre su hija desaparecida, Eleanor.

Mientras observaba una pequeña ardilla que recogía bellotas a sus pies, Frances deseó regresar en el tiempo de algún modo, para enmendar los errores cometidos tantos años atrás. En aquel tiempo, ella era muy joven y muy, muy alocada, con la cabeza llena de ideas de conquistar el mundo.

Los sentimientos que William le había inspirado parecían innegables, completamente vitales para su existencia. Ahora comprendía bien que ellos dos nunca podrían haber tenido un futuro juntos; su aventura sentimental sólo había añadido leña al fuego de la rebeldía juvenil.

Los padres de Frances no se habrían atrevido a rechazar al heredero del duque de Westover por mucho que ella hubiera rogado lo contrario. Christopher sabía que su corazón pertenecía a otra persona, pero había creído sinceramente que conseguiría hacerla feliz, que algún día, después de colmarla de regalos, riquezas y una cantidad agobiante de afecto, de algún modo inexplicable, cambiarían sus sentimientos por él, que pasarían de la amistad al amor desesperado y obsesivo que él sentía.

Al final, no obstante, ni siquiera esa amistad había sobrevivido, dejando a Frances sin otra cosa que la amarga sombra del resentimiento… hacia Christopher, hacia sus padres y hacia una sociedad que la había convertido en su víctima impotente.

Eran sus hijos, Christian y Eleanor, quienes habían padecido más que nadie los efectos de sus errores, y ninguna madre con una pizca de compasión en su corazón por aquellos seres que había traído al mundo desearía un dolor así para aquellos inocentes. A la edad de nueve años, Christian había dejado de ser un muchacho de buen carácter para asumir el papel de noble, un hombre que desde entonces había cargado con un peso a sus espaldas que desequilibraría a la mayoría de congéneres.

Con el fin de garantizar a Eleanor la protección del nombre

Westover, Christian había entregado su vida a manos de su abuelo, el viejo duque, permitiendo a ese hombre amargado dictar el camino de su vida a cambio de su silencio acerca de la cuestión de la paternidad de Eleanor.

El muchacho lo había hecho para proteger a Frances, lo sabía, para impedir que la aislaran a ella como mujer adúltera, y Frances sólo había accedido a aquel acuerdo con el duque porque temía por la vida de su bebé que aún no había nacido.

Oh, ojalá pudiera borrar el recuerdo de aquella noche tan horrible hacía ya tanto tiempo, la noche en que le había dicho a su marido que era bastante posible que estuviera embarazada del hijo de otro hombre.

Christopher permaneció sentado tan callado aquella noche, mirándola con una expresión que no se parecía a ninguna otra anterior. Su mirada se había tornado ausente, hasta el punto de asustarla, sus ojos vidriosos, irreales en cierto modo y la piel totalmente lívida.

Sólo más tarde Frances se percató de que él había estado al corriente de la verdad de aquella otra relación en todo momento, antes de que ella se lo contara.

—¿Quién es el padre? —preguntó Christopher con la voz llena de una calma espeluznante.

—No sé —había sido su respuesta, no porque hubiera pretendido engañarle, sino porque, de verdad, había continuado con sus deberes de esposa cada vez que él había visitado su dormitorio.

—Entonces lo criaré como si fuera mío. No es ninguna novedad. Devonshire acoge incontables mocosos cuyos orígenes son cuestionables. Brookridge incluso pagó a su esposa para que se echara un amante con objeto de que él pudiera tener un heredero pese a su conocida impotencia. Haré como cualquiera de ellos y fingiré desconocer la verdad. No volverás a verle —dijo entonces, levantándose de su asiento y cruzando la habitación hasta su escritorio—. No toleraré convertirme en un cornudo ante todo el mundo.

—Christopher, te prometo que nunca volverá a pasar...

El rostro de él se torció entonces lleno de rabia.

—En el futuro, ahórreme sus huecas promesas, señora. Hiciste otra promesa no hace tanto tiempo cuando te casaste conmigo ante Dios y juraste *«honrarme, y reservarte sólo para mí»*.

Momentos después, Frances le vio sacar del escritorio el estuche de su pistola.

—Christopher, ¿qué pretendes hacer?

—Pretendo asegurarme de que nunca más vuelvo a quedarme con la duda de si mi hijo es de verdad mío.

—Pero, te juro…

—¿Qué me juras? ¿Te atreves a jurar? —La cogió bruscamente por el brazo, obligándola con violencia a levantarse de la silla hasta dejarla frente a él, a escasos centímetros de su rostro hostil—. Lo que tú digas ha dejado de importarme, esposa. Me he cansado de tus mentiras y engaños.

En ese momento fue cuando Frances supo que la obsesiva pasión de amor que Christopher había sentido por ella en el pasado de pronto se había convertido irrevocablemente en la peor de las pasiones de odio y celos.

Christopher cogió la pluma y garabateó algo en un pergamino y se tomó su tiempo para empolvarla hasta secarla. La dobló, la selló con una porción de cera sobre la que apretó su anillo de sello y llamó al lacayo de la residencia, apostado al otro lado de la puerta, quien apareció en cuestión de segundos.

—¿Qué estás haciendo? —preguntó Frances.

Él no hizo caso y habló con el lacayo.

—Lleva esto con presteza a la finca de lord Herrick. Asegúrate de que se entrega al conde en propia mano.

La finca Herrick, Hartley Manor, estaba a tan sólo dos millas de la finca Westover.

Christopher se volvió a ella.

—¿Acaso has pensado que planeaba liquidarte cuando saqué el estuche de la pistola, Frances? Siento defraudarte, pero a quien intento asesinar esta noche es a tu amante.

Frances estaba desesperada de miedo.

—Christopher, por favor, no lo hagas.

Él abrió el estuche y de su interior sacó una de las pistolas talladas del juego de armas para los duelos.

—Ahórreme su tierna consideración para con su amante, señora.

—No es por él por quien estoy preocupada, Christopher. Es por ti. No estás pensando con lógica.

—Ni tú tampoco cuando te abriste de piernas a otro hombre.

Frances dio un respingo, como si sus palabras mordaces la abofetearan. El recuerdo de aquellas palabras la herían todavía hoy en día.

—Por favor, sé razonable. Todo el mundo sabe que William es un excelente tirador.

—Como es deber de cualquier hombre que se acuesta con la esposa de otro hombre y al mismo tiempo traiciona a quien había llamado amigo en su momento.

Frances intentó un nuevo ruego.

—Christopher, si yo no te importo, por favor no le hagas esto a Louise. Tiene un hijo joven al que criar.

Él se limitó a mofarse, en aquel momento no podía atender a ningún razonamiento.

—Si te hubieras preocupado en su momento por los sentimientos de esta mujer, no te habrías acostado con su esposo. Me pregunto, ¿está enterada la buena lady Herrick de que la mujer que considera su mejor amiga en vida podría perfectamente llevar un hijo de su marido? Dime, ¿se encuentra tal vez Herrick en estos momentos de rodillas ante ella en Hartley Manor, acallando la voz de su conciencia?

Frances fue incapaz de hacer otra cosa entonces aparte de mirarle fijamente.

—Lo que pensaba. Es un hombre demasiado cobarde como para afrontar sus pecados. La esposa de Herrick debería darme las gracias. Estoy haciéndole el favor de no tener que conocer la tortura de tener que compartir su amor como yo.

Al final, Frances no pudo hacer nada más que observar desesperadamente desde el aislamiento de la ventana de su dormitorio mientras Christopher, acompañado de su padre el duque y su hijo Christian, entonces un muchacho de nueve años a quien levantaron de la cama para contemplar el espectáculo, para saber lo que había hecho su madre, desaparecían en la oscuridad de los brezales de Wiltshire a primera hora de la mañana.

Frances no se había movido de aquel sitio aún a media mañana, cuando sólo dos de las tres personas que habían partido regresaron vivos, con el tercero tendido sin vida sobre la grupa de su caballo.

De cualquier modo, pese a la amarga tragedia de aquellos terribles tiempos oscuros, Frances no podía lamentarlo verdaderamente, ya que como resultado de todo aquello, de la angustia, la pena y las pérdidas, había nacido su preciosa y querida hija.

Desde la noche en que la niña vino al mundo y fue puesta en brazos de Frances, Eleanor sólo había sido una bendición del cielo. Habían pasado sólo seis meses de la muerte de Christopher y el embarazo había sido lo único que evitó que Frances renunciara a la vida por completo; el embarazo y la fe de su hijo. Christian, mucho más juicioso de lo que es habitual en un niño de diez años, se había convertido en defensor inmediato de Frances y hacía todo lo posible para proteger a su recién nacida hermana de cualquier daño.

Había asumido con ganas el papel de hermano, amigo y también la figura de padre, y no había censurado ni una sola vez a Frances por sus opciones en los sucesos del pasado. Eleanor se había convertido en una jovencita de talento, una muchacha afectuosa con un futuro prometedor —una brillante luz nueva en sus vidas— hasta que de pronto todo se derrumbó estrepitosamente sobre ellos meses atrás, cuando la verdad no pudo seguir oculta.

Después de que Christian le revelara los terribles detalles de su pasado, Eleanor había huido, desvaneciéndose de la noche a la mañana. No había escrito, nadie la había visto desde entonces, pese a la recompensa ofrecida a quien la devolviera sana y salva y pese a las indagaciones realizadas por toda la zona, tanto por parte de Christian como del viejo duque, cuya reacción de culpabilidad por lo que había sucedido supuso una sorpresa para todos.

Elias Wycliffe, el cuarto duque de Westover, había pasado buena parte de sus setenta y tres años abusando del poder que su riqueza y título ilustre le habían proporcionado. Para las personas que no pertenecían a la familia, era un hombre de inteligencia sagaz, cuyo don para las inversiones y la frugalidad le habían hecho ganar una fortuna que ni siquiera la Corona sabía a cuanto ascendía. No obstante, para los miembros de la familia era un tirano y también un dictador, Napoleón en su peor faceta, que dirigía las vidas de quienes dependían de él como si fueran piezas de su tablero de ajedrez personal.

El día que Frances fue presentada ante él como futura esposa de su único hijo, Christopher, el duque no tuvo reparos en dejar del todo claras sus impresiones sobre ella.

—Debería felicitarse, querida. Acaba de elevar usted solita a su familia a una posición con la que en otro caso no se habrían atrevido a soñar.

Pero formar parte del clan Wycliffe tenía un precio, un precio que al final resultaba demasiado elevado. Parecía que el resentimiento y la amargura podían durar eternamente, sin colmar ningún recipiente. Dicen que a veces hace falta una tragedia para que los demás comprendan el verdadero alcance y profundidad de sus actos. Esa tragedia fue Eleanor.

Cuando Eleanor se esfumó después de enterarse de la verdad de su pasado, Christian y el viejo duque se enzarzaron en la más amarga de las batallas verbales. Salieron a la superficie dos vidas de resentimiento y dolor, y por primera vez en su vida, Christian había aprovechado la oportunidad para librarse de la carga soportada durante todos aquellos años en los que había aguantado sufriendo en silencio a cambio de proteger a su madre y a Eleanor. Por su parte, el duque se había despojado de su coraza impenetrable y salió a la luz la verdad subyacente bajo su actitud despiadada: una vida de sufrimiento y arrepentimiento por no haber luchado por la mujer que él amaba verdaderamente.

Al final, el duque, enfrentado de forma tan directa al terrible daño que había provocado con su orgullo, se desmoronó y asumió la culpa de la marcha de Eleanor. Milagrosamente, los dos hombres, abuelo y heredero, se unieron y aplicaron todos sus esfuerzos para encontrarla, sin escatimar en gastos. El duque había jurado que una vez la encontraran, dedicaría el tiempo que le quedara de vida a intentar rectificar los errores del pasado. Pero hacía ya tanto tiempo que no recibían noticias, ninguna esperanza, que Frances había perdido la confianza de volver a ver a su hija, de volver a estrecharla en su brazos, aunque sólo fuera para pedirle también ella perdón por haberle hecho tanto daño.

El sol se había elevado aquella mañana en Hyde Park sobre lo alto de los árboles, y recientemente ya habían pasado uno o dos carruajes por allí, lo cual indicaba que la hora ya era avanzada, de modo que Frances decidió regresar a la residencia Knighton. Christian y Grace iban a llegar de Skynegal aquella tarde, y sus amigos, el duque y la duquesa de Devonbrook, quienes también acababan de regresar a la ciudad, vendrían a cenar aquella noche. Había mucho que hacer.

Frances se puso en pie, dobló la manta con la que se había abrigado y arrojó los últimos mendrugos de pan que había traído para los gorriones que rodeaban el pie del roble que tenía a su lado. Mientras se dirigía hacia la entrada de la verja por la que saldría del parque, avistó una figura que se acercaba caminando lentamente por el sendero.

Era una mujer, como podía apreciar, pero la distancia era demasiado grande para que Frances pudiera distinguir su identidad. De cualquier modo, había algo en ella, algo muy familiar en la manera en que caminaba, algo que le recordó de pronto a…

Frances se detuvo durante unos instantes, simplemente para observarla, consciente de la esperanza que despertaba con cada paso que daba la mujer al acercarse.

Oh, san Cristobal en el cielo, ¿podía ser de verdad…?

Frances se preguntó si estaría soñando. En ese mismo momento, confió sin demasiadas esperanzas en que no fuera así.

—Hola, madre.

Al oír el sonido familiar de la voz de su hija, Frances perdió la batalla por contener sus lágrimas. Sin darse cuenta, dejó caer la manta a sus pies y soltó un suave sollozo mientras su hija regresaba a sus brazos abiertos.

—Oh, querida mía, mi queridísima hija —dijo acariciando los brazos de Eleanor mientras la estrechaba aún más—. Te he echado tanto de menos.

—Yo también te he echado de menos.

Frances se separó durante tan sólo un momento para mirar aquel rostro que casi había renunciado a volver a ver. Eleanor parecía diferente en cierto sentido, mayor, más sabia. Su mirada ya no retenía aquel espíritu adolescente inagotable.

Frances sacudió la cabeza con tristeza.

—Eleanor, siento tanto, tantísimo, haberte hecho daño.

—Lo sé, madre. —Eleanor secó una lágrima de la mejilla de su madre con su dedo enguantado—. Y yo siento haberme marchado sin decir a nadie a dónde iba. Necesitaba marcharme, para recapacitar.

—Por supuesto, cielo.

Eleanor miró profundamente a los ojos de Frances.

—Madre, tenemos que hablar de muchas cosas. Mi vida ha cambiado, hay cosas que necesitas saber.

La intuición maternal de Frances se agudizó de inmediato.

—¿De qué se trata, cielo? ¿Sucede algo? Sea lo que sea, lo solucionaremos. Lo que más importa es que estés sana y salva y que hayas regresado para quedarte.

—Pero, eso es lo que tengo que explicarte. No he regresado… para quedarme, quiero decir.

Frances se quedó mirándola llena de asombro.

—Eleanor, por favor. Sé que estás dolida por las cosas de las que te has enterado, pero si pudiéramos hablar, si pudiera simplemente explicarte…

—Madre, me he casado.

—¿Con… con Richard?

Eleanor sacudió la cabeza.

—Con otra persona.

El rostro de Frances se quedó petrificado por una máscara de incredulidad conmocionada.

—No, querida mía, no puede ser. Lo has hecho porque estabas consternada por lo que has sabido recientemente. No pensabas con sensatez. Sólo fue una reacción a tus emociones, como le sucedería a cualquiera en tus mismas circunstancias. Pediremos la anulación del matrimonio. Sí, eso es lo que vamos a hacer.

—Madre, no. —Eleanor la miró fijamente—. No quiero anular mi matrimonio. Le quiero.

Frances se quedó sin habla.

Eleanor empezó a explicarse.

—Sí, estaba molesta después de lo que me explicó Christian, pero no es el motivo de que me casara con Gabriel. Me casé con él porque me necesita y porque yo también le necesito. Lo sabe todo de mí, de mi pasado, y me quiere. De verdad creo que todo lo que sucedió, contigo, con Christian, en Skynegal, sucedió por algún motivo, ya que me llevó a él.

Eleanor indicó con un ademán el banco en el que Frances había estado sentada momentos antes.

—Ven, madre, sentémonos un rato como solíamos hacer y te contaré todo lo que me ha sucedido.

Frances se sentó a escuchar atentamente mientras Eleanor le explicaba todo, cómo había cruzado las Tierras Altas hasta llegar a Trelay, su papel como institutriz de Juliana, la ternura que se transformó en amor hacia Gabriel. Incluso le habló del pasado de Gabriel y de sus actuales problemas con sus antiguos suegros.

—Eleanor, cielo, perdona que te pregunte esto, pero has dicho que nadie sabe con exactitud qué le sucedió a su primera esposa. Has dicho dos veces que hubo incidentes, un incendio y algún tipo de zanahoria envenenada en tu cena. No son simples coincidencias, cariño. ¿Y si —Frances escogió con cuidado sus palabras— y si tu vida también corriera peligro?

—Madre, Gabriel no tuvo nada que ver con la muerte de Georgiana ni de ninguna otra persona en realidad. Se encontraba en el castillo cuando ella desapareció. Sólo Juliana estaba con ella y no puede contarnos qué sucedió. Cuando su hermano murió, Gabriel se encontraba en el continente europeo y cuando se inició el incendio en la planta infantil, casi pierde la vida porque pensaba que Juliana y yo nos encontrábamos allí. No olvides que fue él quien impidió que yo comiera la cicuta. —Eleanor suavizó su tono—. Hay una explicación lógica para lo que ha estado sucediendo. Sé que la hay, y sólo tengo que encontrarla.

Frances comprendió enseguida que no podía insistir en sus recelos. Fueran cuales fueran sus sospechas, Eleanor ya no era la jovencita impresionable de hacía un tiempo. Era una mujer madura con ideas propias, alguien en quien Frances y el resto de la familia tendrían que aprender a confiar.

—Entonces, ¿cuánto tiempo vas a estar en Londres?

—Me temo que no demasiado. Lo suficiente para ocuparnos de las legalidades necesarias para proteger a Juliana.

—Pero, cielo, te casaste en Gretna Green entre extraños. Al menos permite a tu madre que dé a su única hija una boda rodeada de sus amigos y de su familia.

Eleanor sonrió.

—Celebraremos una boda, madre, en Dunevin. Y vendrá todo el mundo.

Frances hizo un gesto de asentimiento.

—¿Puedo al menos conocer a este hombre que ha robado el corazón de mi hija, y a tu nueva hija? —Frances soltó entonces un resuello y se tapó la boca con la mano—. Soy abuela. ¡Oh, santo cielo!

Eleanor le dio un fuerte abrazo.

—Esta noche —dijo Frances entonces—. Tenéis que venir a cenar esta noche, todos vosotros. Christian y Grace llegarán hoy a última hora y estarán en la ciudad pocos días. He invitado a los Devonbrook a cenar hoy y me encantaría muchísimo conocer a tu nueva familia. ¿A las ocho?

Eleanor le sonrió asintiendo con la cabeza.

—A las ocho.

Capítulo 18

*E*l carruaje que llevaba a Eleanor, Gabriel y las niñas llegó a Berkeley Square exactamente cinco minutos antes de que dieran las ocho, bajo la luz de una luna llena de otoño que se elevaba a poca altura resaltada contra las agujas de las iglesias de Londres que se veían en la distancia.

En la esquina suroeste de la plaza, tras un par de grandes olmos idénticos, se hallaba la imponente fachada de la residencia Knighton, la mansión en Londres de los marqueses de Knighton durante casi un siglo.

Las elevadas ventanas con mirador que daban a la calle resplandecían con la luz del interior. Desde detrás de la ventana del carruaje, Eleanor echó un vistazo hacia arriba, por encima de los dos pisos de salones hasta la ventana que miraba a la calle desde su antiguo dormitorio. Examinó la oscuridad a través de los árboles, buscando… sonrió para sus adentros al detectar una única vela encendida sobre el alféizar; era una larga tradición entre los Wycliffe, según la cual cada vez que un miembro de la familia regresaba de un viaje a algún otro lugar, encontraban esa vela ardiendo en la ventana, como un faro iluminando su camino a casa.

Gabriel descendió del coche el primero y se volvió para ayudar a Eleanor y a las niñas que salieron tras ella. Las muchachas estaban especialmente guapas esta noche, cada una de ellas con vestidos nuevos —Juliana de rosa, Brighde de azul— con bombachos de encaje asomando por debajo.

Brighde, más acostumbrada a las faldas de lana escocesas y los pies descalzos, estaba especialmente orgullosa de sus nuevas babuchas infantiles y las prístinas medias blancas de seda. Se las enseñaba a todo el que se cruzaba con ella, incluso el conductor del carruaje de alquiler que les había traído hasta aquí.

Aquella tarde más temprano, Frances había hecho venir a Thérèse, que había sido la doncella personal de Eleanor desde el principio de la temporada. La vivaz doncella había llorado durante casi quince minutos cuando se reencontró con su ama, y después se apresuró a peinar el cabello de Eleanor con un encantador arreglo de rizos que se alzaba en lo alto de su cabeza con pequeños tirabuzones colgando por la parte posterior, sobre su nuca.

Después, Thérèse se había ocupado de la muchacha, a las que rizó el pelo con las tenacillas calentadas en el fuego, formando apretados tirabuzones que sujetó en lo alto de sus cabezas con suaves cintas de satén.

Parecían ángeles.

Cuando Gabriel las vio bajar por las escaleras para salir, las nombró sus princesas de esa noche, un comentario que provocó un chillido de Brìghde y una radiante sonrisa de Juliana.

Gabriel también se había preocupado especialmente de su aspecto para esta velada y Eleanor se sintió conmovida ante sus esfuerzos por causar una buena impresión a su familia. Tenía el rostro perfectamente afeitado y se había dado un buen corte de pelo, que le llegaba en rizos oscuros justo por debajo del cuello. Llevaba una levita oscura, de intenso verde botella, sobre pantalones negros estrechos y botas lustradas que le llegaban hasta las rodillas.

Les caería bien de inmediato, pensó ella, que aún se quedaba atónita cada vez que le miraba desde su llegada a Londres, por lo diferente que resultaba del señor escocés con burda vestimenta típica del que se había enamorado.

Thérèse había traído de la mansión Knighton varios de los vestidos de Eleanor y ésta había optado por ponerse una seda de un verde azulado muy claro, unos de sus vestidos favoritos que le traía recuerdos felices ya que era el mismo que vistió el día de la boda de Christian y Grace.

Charlie, el lacayo de la residencia Knighton, estaba apostado en su sitio habitual y sonrió abiertamente cuando se aproximaron todos ellos.

—Buenas noches tenga, lady Eleanor. Qué bien tenerla en casa otra vez. —Se tocó levemente el sombrero para saludar a Gabriel y las muchachas—. Milord, señoritas.

Les abrió la puerta para que entraran donde el mayordomo de la mansión, Forbes, ya esperaba.

—Lady Eleanor, bienvenida a casa.

—Forbes, es un placer verle. Permítame que le presente a mi marido, lord Dunevin, a nuestra hija, la señorita Juliana MacFeagh, y a su amiga, la señorita Brìghde Macphee.

Con gran respeto, Forbes inclinó la cabeza a Gabriel e hizo un ademán a las muchachas mientras les recogía las capas.

—La espera todo el mundo en el salón, milady —dijo mientras se encaminaba hacia la parte posterior de la casa para guardar las capas.

El salón se situaba en el vestíbulo central y, mientras se acercaban, Eleanor pudo oír el murmullo de la conversación procedente de allí. Apoyó una mano en el brazo de Gabriel y cogió a Juliana de la mano con la otra, mientras Brìghde ocupaba su sitio al otro lado de su marido.

Juntos se dirigieron al salón.

La conversación cesó hasta silenciarse totalmente en cuanto se presentaron en el umbral. Todo el mundo estaba allí, Frances, Grace, los Devonbrook, incluso el viejo duque, cuya presencia ciertamente sorprendió a Eleanor.

Todo el mundo estaba allí, a excepción de Christian. No podía verle por ningún lado.

Nadie habló durante un brevísimo momento, se quedaron mirándose unos a otros en un incómodo silencio, como si nadie supiera bien qué decir primero. Como correspondía, fue Grace, que se hallaba cerca, la que, como anfitriona ahora de la mansión Knighton, les dio la bienvenida.

—Eleanor, bienvenida a casa. Todos estamos muy felices de verte.

Cruzó la habitación y abrazó a Eleanor con afecto, susurrando.

—Te he echado terriblemente de menos. Christian se vuelve tan gruñón cuando tú no estás cerca.

La Grace que Eleanor tenía delante era una mujer asombrosamente diferente a la doncella sumisa con la que su hermano se había casado seis meses atrás. Esta Grace emanaba seguridad y estaba tan radiante que resplandecía, desde su elegante peinado rubio hasta sus zapatos y vestido de seda perfectamente conjuntados.

Eleanor sonrió al percatarse de sus esfuerzos para aliviar la tensión de la situación.

—Yo también te he echado de menos.

—Usted debe de ser lord Dunevin —dijo entonces Grace, tendiendo su mano para saludar a Gabriel—. Soy Grace, la cuñada de Eleanor. Hasta que ha aparecido usted, yo era el miembro recién llegado a este clan. Bienvenido a la familia.

Previamente Eleanor había informado a Gabriel de forma sucinta sobre las formalidades del título de cada uno de los miembros de la familia, de modo que Gabriel tomó la mano de Grace y se inclinó sobre ella con cortesía.

—Lady Knighton.

—¿Serán tan amables de entrar y reunirse con el resto de la familia?

A partir de ese momento, se desencadenó el caos. Todo el mundo empezó a hablar al mismo tiempo, adelantándose para dar la bienvenida a casa a Eleanor y para conocer a Gabriel y a las dos niñas.

Tantas preguntas. Tantos abrazos.

¿Cómo se habían conocido?

¿Dónde se habían casado?

¿Tenían planeado quedarse en la ciudad mucho tiempo?

Eleanor se perdió en el mar de rostros y abrazos que le daban la bienvenida, hasta que de pronto percibió que había alguien a su lado.

Se volvió y encontró a Christian esperando. Sonrió.

—Christian.

—Oh, Nell.

Su hermano apenas tuvo tiempo de pronunciar el apodo favorito que usaba con su hermana antes de estrujarla contra él, dejándola sin aliento y estrechándola con fuerza.

Susurró al oído de Eleanor:

—Cuánto lo siento. —Y no soltó a su hermana durante varios momentos.

Eleanor pudo sentir que se esforzaba por controlar sus emociones y ella lamentó toda la preocupación que le había ocasionado. Fue una batalla que perdió ella misma, sus propias lágrimas se derramaron sin freno sobre el hombro de la chaqueta de su hermano mientras lloraba por volver a verle.

Finalmente se separó lentamente.

—Vamos, hermano, hay alguien que quiero que conozcas.

Eleanor cogió a Christian por la mano y le condujo por la habitación hasta donde se encontraba Gabriel con Juliana.

—Christian, quiero presentarte a mi esposo, lord Dunevin. Gabriel, éste es mi hermano, lord Knighton.

Los dos hombres se estrecharon la mano. Mientras intercambiaban saludos corteses, Eleanor aprovechó un momento para observar a su hermano.

Al igual que Grace, Christian había cambiado en el tiempo que había estado fuera. Ya no cargaba con el peso del espantoso secreto que tanto había alterado el curso de su vida. Su sonrisa era más natural, su actitud más relajada. Había aceptado el pasado y se había aceptado a sí mismo, y al hacerlo obviamente se había permitido ver finalmente la belleza de su esposa, sin la lacra del resentimiento, una esposa que no había escogido él mismo. Se alegró muchísimo por ambos.

Christian se agachó para arrodillarse ante Juliana, quien de inmediato se aproximó un paso más a las faldas de Eleanor.

—Es un placer conocerla, señorita MacFeagh —dijo Christian a Juliana—. Qué vestido tan bonito llevas puesto. —Le tendió la mano para saludarla—. Me llamo Knighton y me gustaría muchísimo ser tu tío.

Juliana miró a Eleanor, quien le sonrió e hizo un gesto con la cabeza para animarla. Tras un momento, Juliana alzó despacio la mano desde detrás de las voluminosas faldas de Eleanor y la colocó con vacilación en la de Christian.

Christian se levantó sonriente, sosteniendo aún la mano de la niña a quien llevó hasta la pequeña pajarera donde el canario de Frances trinaba en su percha a causa de la excitación general.

Se comportó de un modo encantador con Juliana. Todo el mundo. Eleanor no cabía en sí de alegría.

—Bien, ahora que todos podemos prescindir de las presentaciones —dijo Grace desde el umbral de la puerta del salón—, Forbes me dice que nuestra cena está lista para servirse.

El grupo se desplazó colectivamente por el vestíbulo para ir al espacioso comedor donde habían servido una cena formal sobre la larga mesa de caoba. Habían dispuesto la mejor platería de la mansión Knighton, le habían sacado brillo hasta quedar reluciente bajo la luz de los candelabros que estaban encima, y también habían traído las copas de cristal tallado que solían estar guardadas en la despensa, sólo lo mejor para esta ocasión tan especial.

Eleanor ocupó su asiento habitual a la izquierda de Christian y Gabriel se sentó al lado de ella, con Juliana en medio de los dos. La duquesa de Devonbrook, Catriona, había desaparecido escaleras arriba para regresar momentos después con su hijo de tres años, James, un modelo perfecto en miniatura de su marido el duque, Robert, vestido con pantalones hasta la altura del tobillo, un chaqué corto y camisa con volantes.

Catriona sentó a James en una alta banqueta de Chippendale en el extremo más alejado de la mesa, entre su silla y la de su marido, directamente enfrente de Brìghde, quien no tardó en tener al niño involucrado en una seria discusión sobre los rizos de su melena.

La comida se sirvió a buen ritmo, con su menú de cinco platos diferentes que los comensales degustaron al calor de un cálido fuego y la agradable conversación. Todos los demás hacían preguntas sobre Trelay: donde estaba localizada, cómo era vivir allí tan lejos de lo que se consideraba la sociedad moderna, cuánto habían tardado en viajar desde Escocia a la ciudad. Eleanor contó todo lo referente a su apresurada boda en Gretna Green y su parada en Kirkby Lonsdale con la increíble cama del señor Gray. Gabriel y Robert descubrieron que ambos habían servido en algunos de los mismos campos de batalla de la Península Ibérica.

Tras la comida, todo el mundo se retiró al salón para tomar el té, oporto o cualquier otro refresco que estuviera disponible. Brìghde y Juliana se turnaron para jugar con el pequeño James sobre la alfombra delante de la chimenea, montando casas de cartas con la mejor baraja de whist de Christian.

—Nell —dijo Christian mientras se instalaba en el sofá al lado de Grace, con una copa de oporto en la mano—, ¿qué me dices de un poco de música? Hace demasiado tiempo que no te escuchamos tocar. Y tal vez mi encantadora esposa quiera acompañarte en el pianoforte.

Le cogió la mano a Grace y la besó mirándola profundamente a los ojos.

Eleanor no pudo evitar una sonrisa, al ver tan felices a los dos ahora que Christian había expulsado sus propios demonios del pasado.

Cuando se casó con Grace a principios de año, eran prácticamente extraños en el momento de encontrarse sobre el altar. Era un matrimonio convenido por su abuelo, el duque, y el tío de Grace, un comienzo basado en el resentimiento y los beneficios financieros. Su incierto inicio tuvo que capear varios temporales. A Christian le había llevado un tiempo, la persecución había llegado hasta las Tierras Altas escocesas, pero ahora era evidente que había ganado el corazón de su esposa, y que ella también había conquistado el de él.

Por otro lado, en medio de toda la angustia y tribulación de la pasada temporada, el duque y Christian en cierto sentido habían llegado también a algún tipo de acuerdo el uno con el otro. Llevaban mucho tiempo de amargas recriminaciones entre ellos. Los dos hombres habían llegado al punto de que apenas podían aguantar juntos en la misma habitación. Pero ahora hablaban con cordialidad, discutían de política y otras noticias de la actualidad, y parecían estar decididos a superar el distanciamiento de toda una vida.

Había sido un año de nuevos comienzos para todos ellos.

Grace se levantó del sofá, pero en vez de encaminarse directamente hacia el pianoforte, se detuvo un momento delante del lugar donde estaba sentada Juliana, a quien habló en un suave susurro que sólo Eleanor y Juliana pudieron oír.

—Juliana, normalmente cuando toco, mi doncella Liza se sienta junto a mí en el pianoforte y me vuelve las páginas. Pero Liza no está hoy con nosotros en Londres porque se ha ido a Escocia para prepararse para su boda con un hombre guapísimo que se llama Andrew MacAlister. De modo que me pregunto si podría pedirte que ocuparas el lugar de Liza a mi lado esta noche.

Juliana miró a Brìghde y luego a Eleanor. Eleanor se levantó y le dio su mano.

Las tres juntas se dirigieron al otro extremo de la habitación.

Gabriel, sentado en la otra punta del salón, saboreó la sensación de verdadera satisfacción al ver cruzar a su hija la sala de la mano de su esposa. Recordó otros tiempos en los que pensaba que lo más importante para él sería que Juliana volviera a hablar. Pero desde que Eleanor estaba con ellos, en ese breve tiempo les había enseñado que no había que pensar en Juliana como en un bicho raro, ni tan siquiera había que considerarla aquejada de algún mal, sino que simplemente era la muchacha preciosa que siempre había sido. Por este motivo, gracias a la perspectiva única de Eleanor, él había llegado a aceptar la posibilidad de que tal vez nunca más oyera la risa de su hija o su dulce canto. Siempre le quedaría su recuerdo y los días futuros que tenían por delante. Y nada podía cambiar eso.

Mientras Grace colocaba sus dedos sobre las teclas y Eleanor cogía la flauta, idéntica a la que tenía en Dunevin, Gabriel echó un vistazo, observando los rostros de estas personas a las que ahora llamaba familia. Todos ellos se habían desvivido por hacerles sentir bienvenidos y aceptados, les habían acogido en su redil sin preguntas, sin juicios.

Mientras analizaba esto, le pareció fácil entender ahora por qué Eleanor era una mujer tan extraordinaria.

Gabriel observó a Eleanor desde el otro extremo de la estancia mientras ella se perdía en la música que interpretaba, cerrando los ojos y moviendo la cabeza con el aire dulce de la conmovedora melodía. Era una mujer que lo daba todo sin pensar en recibir algo a cambio, una mujer que contaba con una habilidad asombrosa para ver más allá del aspecto exterior de una persona, captando el espíritu verdadero que subyace a veces en profundidades ocultas.

Sus sentimientos hacia Georgiana se basaban en la preocupación, la compasión por la situación deplorable en la que ella había vivido. Él la había querido, sí, pero de un modo totalmente diferente a la manera en que quería a Eleanor. Muy, muy diferente.

Con Eleanor, Gabriel se había desprendido del miedo que había obsesionado sus días no hacía tanto tiempo. Cuando la miraba a los ojos, el hombre que veía reflejado allí era un hombre sin las sombras terribles que habían asolado su vida. Eleanor creía en él y le había hecho creer en sí mismo otra vez. Aunque le llevara el resto de su vida, iba a mostrarle de que manera profunda, completa, ella había cambiado su vida.

Eleanor concluyó su pieza y todo el mundo aplaudió al tiempo que pedía más. Ella miró brevemente a Gabriel antes de inclinarse hacia abajo y susurrar algo al oído de Juliana. Juliana miró a Eleanor y su rostro se llenó de vacilación, antes de que finalmente asintiera y se levantara cuidadosamente del banco para situarse a su lado.

Eleanor le tendió su flauta a Juliana.

Ninguna persona en la sala hizo ningún ruido cuando Juliana contuvo el aliento con incertidumbre y se llevó la flauta a los labios para tocar. No era una melodía complicada, no obstante la música brotó de sus dedos como el trino de un pájaro. Gabriel se quedó hechizado al instante.

Recordó el sonido de la voz de su dulce niña cantando la misma canción una vez desde el patio del castillo años atrás. Creía que era una dicha que ya no volvería a experimentar.

Hasta ahora.

En cierto modo, sin palabras, sin proferir ningún sonido, Juliana había encontrado una manera de cantar otra vez. Su melodía cantarina llenó su alma y Gabriel sintió que las emociones ocultas durante tanto tiempo dentro de él se inflamaban y crecían. Su garganta se contrajo y tuvo que respirar a fondo.

Una vez concluida la pieza, incluso el duque se levantó de su silla, gritando «¡*Brava!*» junto con los demás. Juliana bajó la mirada y miró tímidamente al suelo. No vio a su padre cruzando la habitación en dirección a ella hasta que Gabriel se apoyó en una rodilla delante de su hija. Lentamente, levantó la cabeza de la niña para mirarle a los ojos.

—Ha sido la canción más bonita que he oído en la vida, Juliana.

Y entonces, por primera vez en lo que parecía una eternidad, padre e hija se abrazaron.

Eleanor permanecía despierta en la cama, mirando a través de las diáfanas cortinas de la ventana la luz blanca de la luna encima de los árboles. Había intentado quedarse dormida, se había dado la vuelta a un lado y a otro sobre el colchón relleno de plumas, pero no podía encontrar la postura en que se encontrara cómoda.

No era la cama, lo sabía, ni la luna que brillaba a través de la ventana lo que la hacía sentir tan inquieta. Era el pensamiento de esa misma luna brillando sobre un castillo mágico ubicado en una isla brumosa rodeada de un mar azul sin fondo.

Si cerraba los ojos y se concentraba con empeño, casi podía verlo, el cielo infinito, las colinas que se extendían hasta la costa, alfombradas por todos los matices posibles de azul, púrpura y verde, todos juntos. Bloqueó el acceso a sus pensamientos, al sonido de los carruajes que circulaban por el exterior y buscó la voz suave de Màiri canturreando alguna vieja rima en gaélico. Añoraba el aroma de los panecillos recién hechos en el fuego, de las noches sorbiendo té junto al fuego de turba, del suave balido distante de las ovejas en el prado. Anhelaba volver a ver a su tosco escocés vestido con atuendo típico.

Igual que había deseado y necesitado regresar a Londres, igual que había anhelado volver a ver a su madre y a Christian y a los demás, Eleanor simplemente quería regresar a casa.

Como si presintiera sus pensamientos turbados, Gabriel se dio la vuelta silenciosamente en la cama y atrajo cuidadosamente a Eleanor hacia él, rodeándola con sus brazos desde detrás.

—No estás tranquila, mocita —susurró contra su pelo—. ¿Qué te inquieta?

Eleanor dejó ir un suspiro de descontento.

—Éste ya no es mi lugar, Gabriel. Es otro sitio el que me reclama ahora.

Él le besó la oreja y le acarició el cuello con la boca.

—Yo también lo noto, amor mío. Es como el cielo antes de una tormenta, negándose a permitir cualquier momento de calma. También yo he estado pensando en Dunevin, lo he añorado por primera vez en mi vida, pero no quería apartarte de tu familia tan pronto, después de haber estado separada de ellos tanto tiempo.

Eleanor se puso de costado para mirar a Gabriel en la casi oscuridad. Su rostro tallado por la luz de la luna, la observaba con mirada dulce y amodorrada. Sólo aquella visión de él llenó su corazón de emociones desbordantes.

—Son mi familia y les quiero a todos, pero tú y Juliana sois mi hogar. Sois mi vida. Por favor, llévame a casa, Gabriel. No quiero mirar una fila tras otra de edificios y humo. No me interesa oír al basurero insultando al carnicero en la esquina. Y desde luego, no quiero ver más cómo reprenden a otra muchacha por no sostener la taza de té correctamente. Quiero mirar por la ventana y no ver nada, nada aparte de azul —le miró a los ojos— y a ti... y a nuestros hijos corriendo por la ladera del castillo.

—¿Hijos? — él pestañeó mirándola en la oscuridad.

Era un tema que nunca habían comentado. Hasta ahora.

—Sí, Gabriel. Quiero darte un hijo. Nuestro hijo.

—Oh, muchacha...

Gabriel entretejió sus dedos en el pelo de Eleanor y tomó su boca en un beso suave y tierno que duró todo lo que los dos se atrevieron a aguantar sin respirar. Debajo de la ropa de cama, Eleanor enganchó suavemente su pierna alrededor de la de él, enlazándoles miembro con miembro, cuerpo con cuerpo. Podría permanecer así tumbada eternamente, pensó para sus adentros, con el calor del contacto de la piel de él, la suavidad de sus manos, sin volver a sentirse sola nunca más.

—He decidido una cosa más —le dijo Eleanor cuando concluyó el beso, aunque sus bocas aún se tocaban con suavidad y su aliento se entremezclaba.

—¿De qué se trata, mocita?

—He decidido que no me gustas demasiado con pantalones.

Gabriel sonrió, luego soltó una risita contra sus labios y tocó levemente con su lengua la de ella mientras deslizaba una mano sobre su trasero por debajo de la colcha.

—Pues, está bien saberlo, muchacha...

Él atrajo las caderas de Eleanor lentamente y ella pudo sentir la erección que crecía contra su cuerpo.

—... especialmente teniendo en cuenta que ahora no los llevo puestos.

Eleanor se quedó callada, sus miradas se encontraron tan sólo durante un breve momento antes de decir:

—No sé si puedo creerle, milord. Me temo que tendré que pedirle que me lo demuestre.

Y se lo demostró.

Dos veces.

Capítulo 19

*E*leanor se encontraba sentada leyendo tranquilamente junto al fuego en el salón principal mientras Juliana y Brìghde estaban estiradas sobre la alfombra que quedaba a sus pies, pintando sobre grandes hojas de papel con sus acuarelas.

Al mirarlas, tumbadas boca abajo, con las piernas cruzadas detrás, uno se preguntaría por qué usaban en cualquier caso el papel. Había más pintura salpicada sobre sus narices, mejillas y dedos que en cualquier otro sitio.

Como había prometido Gabriel, iban a dejar la ciudad para regresar a Trelay a primera hora del día siguiente. Hacía una semana de su llegada a Londres y habían sucedido tantas cosas en un tiempo tan breve que parecía que llevaran al menos todo un mes.

El señor Pratt se había reunido con los abogados de la familia de Georgiana a principios de aquella semana y después de comunicarles el cambio en las circunstancias de Gabriel, todos habían decidido prudentemente abandonar su intención de transmitir una petición a la Corona. El matrimonio de Gabriel con Eleanor, unido a la reputación de los Westover, había constituido un método de persuasión suficiente para atenuar su codicia. Es más, a partir de entonces, el legado de la madre de Juliana se mantendría en fideicomiso con objeto de que no pudiera despilfarrarse legalmente antes de que ella alcanzara la mayoría de edad.

Después habían visitado a la abuela de Brìghde, quien vivía sola en un pequeño lugar en ruinas en Cheapside. Gabriel contrató a un médico, quien después de examinarla, diagnosticó que la causa de su enfermedad se debía únicamente al aire acre de Londres, algo que, a diferencia de lo que habían pensado en un principio, no ponía en peligro su vida. Si emigraba de la ciudad, predijo, con toda certeza experimentaría una completa recuperación. Por consiguiente, cuando partieran hacia Escocia a la mañana siguiente, la abuela de Brìghde viajaría también con ellos.

Christian y Grace habían salido el día anterior de regreso a Skynegal con la promesa de acercarse en barco hasta Dunevin algún día del siguiente mes. Por su parte, Robert y Catriona, el duque y la duquesa de Devonbrook, harían una parada para visitarles cuando volvieran a su finca, Rosmorigh, también en las Tierras Altas, para pasar el invierno.

Eleanor había invitado a todo el mundo a viajar a Trelay para fin de año cuando ella y Gabriel volverían a casarse, esta vez en medio de la bruma y el verde y un altar de antiguas piedras verticales situadas en la colina del castillo. Estarían rodeados de su familia y amigos y de todos los isleños, y sonaría la conmovedora canción del gaitero oficial de Dunevin transportada por el viento del mar.

Por el momento, aquella tarde Eleanor y las muchachas se encontraban solas en la residencia de la ciudad. Gabriel había salido temprano para recoger de la mansión Knighton las últimas pertenencias de Eleanor, numerosos baúles, cajas y cajones de embalaje que enviarían por delante en un carruaje especial que les esperaría cuando llegaran de regreso a Trelay.

Eleanor había pasado la mañana redactando varias páginas de correspondencia llenas de novedades para Amelia B. informándole de todo lo que había tenido lugar, mientras la señora Wickett iba ajetreada de aquí para allá —en la medida en la que la formal señora Wickett soportaba «ir ajetreada de aquí para allá»— ocupándose de los detalles previos a cerrar la casa hasta la próxima temporada.

Eleanor justo había acabado de leer un capítulo de su libro, en el que el señor Darcy se lamentaba de su comportamiento con Elizabeth Bennett, y estaba pensando en pedir una taza de té a la señora Wickett, cuando alcanzó a ver por casualidad la pintura de Brìghde tendida a sus pies.

No fueron tanto los colores sino la imagen en sí lo que atrajo la atención de Eleanor, ya que era casi una copia exacta del mural que había estado pintando Juliana en las paredes del aula de Dunevin. Sin embargo, en este caso Brìghde estaba echando una mano a su amiguita. Eleanor observó con curioso interés mientras la niña dibujaba un poco y luego miraba a Juliana como para preguntarle si estaba bien.

Esto continuó durante varios minutos, con Brighde concentrada en las dos figuras en el agua y la otra en lo alto de la colina, el trozo que Juliana nunca había sido capaz de acabar en el aula a causa del incendio. Era casi como si, de algún modo misterioso, Juliana le hubiera dicho a su amiga exactamente lo que tenía que dibujar, pero por supuesto eso no era posible. Juliana no había pronunciado una sola palabra.

Finalmente, tras otros cuantos minutos de este peculiar intercambio silencioso, Eleanor se inclinó a mirar más de cerca.

—Brighde, ¿qué estás haciendo?

La niña se apartó de los ojos un rizo que se le había caído y con aquel gesto se dejó un reguero de pintura azul en la frente.

—Estoy dibujando a Juliana en lo alto de esta colina. No quiere hacerlo ella sola.

Eleanor se adelantó un poco más y se inclinó para mirar el dibujo de cerca.

—¿Cómo sabes que no quiere hacerlo?

—Porque me lo ha dicho, milady. Por eso.

Eleanor se quedó perpleja.

—¿Te lo ha dicho? ¿Qué quieres decir? ¿Cómo te lo ha dicho?

Brighde soltó una risita.

—Me lo ha dicho con sus pensamientos, milady. ¿No los puede oír? Está tan claro como que los pájaros cantan afuera en los árboles, así es.

Eleanor se quedó quieta y escuchó atentamente, pero no oyó nada, nada aparte de silencio.

—¿Estás diciendo que puedes oír lo que piensa Juliana?

Brighde roció un poco de pintura sobre el dibujo.

—Sí.

—¿Ahora mismo? ¿En este mismo momento?

—Sí.

—¿Cómo? ¿Cómo puedes oír sus pensamientos?

Se encogió de hombros.

—No sé. Pasa y ya está. Ha sido así desde el día de San Miguel.

El corazón de Eleanor empezó a latir con fuerza.

—¿De modo que me estás diciendo que Juliana te habla? ¿Incluso ahora?

Brighde miró a Juliana estrujándose la frente como si no entendiera algo, luego sonrió con dulzura y asintió:

—Sí, pero no sé lo que quiere decir, milady. Dice que echa de menos la muñeca. Por eso me hace dibujarla aquí.

Brìghde señaló una de las dos figuras que estaban metidas en el agua.

Eleanor soltó un resuello de sorpresa. Para Juliana la muñeca era Georgiana. Miró otra vez el cuadro. ¿Por qué de pronto parecía que aquellas dos figuras del dibujo estaban peleándose?

—Brìghde, ¿es ésa de ahí la madre de Juliana?

Brìghde sacudió la cabeza.

—Oh, no, milady. La señora Georgiana está aquí.

Señaló la cabeza redonda de la foca que se asomaba entre las aguas.

—Ve, cuando el mar vino a llevársela, en realidad no se marchó como dijo el hombre. Se convirtió en una *selkie* para poder vigilar a Juliana.

Eleanor recordó el día en que hicieron la primera excursión por la isla, cómo esa pequeña foca parecía seguirlas. Seguro que no…

Eleanor señaló las otras dos figuras.

—Brìghde, ¿por qué la muñeca de Juliana está en el agua?

Brìghde miró a Juliana, luego respondió tranquilamente:

—Dice que es porque el hombre se la llevó ahí y la entregó al mar, pero le dijo a Juliana que no tenía que hablar nunca de eso, ni una palabra a nadie o si no el mar también se llevaría a su padre.

Un escalofrío recorrió a Eleanor, provocándole un picor en el cuello. Con el dibujo, Juliana estaba revelándoles qué le había pasado aquel día a su madre, y empleaba la muñeca para no contradecir la advertencia de quien había matado a Georgiana, quienquiera que fuera.

A Eleanor le temblaban las manos cuando se estiró lentamente hacia delante y le señaló la tercera figura, la que estaba en el agua con Georgiana, la que Brìghde llamaba «el hombre».

—¿Quién es éste, Brìghde? ¿Quién es «el hombre» que se llevó la muñeca de Juliana y la entregó al mar?

Brìghde miró a Eleanor y dijo:

—Pues quién va a ser, el criado, milady. El asistente del señor. Él es el que entregó la muñeca de Juliana al mar.

Oh, cielos, era Fergus.

Eleanor se sintió como si alguien se hubiera introducido dentro de ella y le hubiera dejado sin aliento. Su mirada se clavó en el dibujo, asimilando toda la escena. De repente todo tenía sentido.

Había sido Fergus todo el tiempo.

Había sido Fergus el que había iniciado el fuego en la planta infantil cuando vio que Juliana estaba pintando lo que él le había prohibido decir con palabras.

Había sido Fergus el que puso la cicuta en su plato la víspera de San Miguel.

Y había sido Fergus el que había matado a Georgiana, ahogándola en el mar mientras Juliana observaba desde la costa, y luego había amenazado a ésta para que no se lo contara a nadie.

Era Fergus quien había dejado sin voz a Juliana.

Eleanor se levantó del sofá y miró afuera al vestíbulo.

—Chicas, quiero que os quedéis aquí. Voy a coger tu dibujo y ponerlo en algún lugar seguro para que podamos enseñárselo a lord Dunevin cuando regrese. Sé que querrá verlo.

Eleanor cogió el dibujo, con la pintura aún húmeda goteando sobre la alfombra, y se dispuso a salir de la sala cerrando con suavidad la puerta tras ella. Echó un vistazo al pasillo pero vio que no había nadie cerca. No había visto a Fergus en toda la mañana y cayó en la cuenta de que probablemente se había ido con Gabriel en el carruaje para ayudar con los baúles. Eleanor volvió hacia la cocina.

—Señora Wickett, ¿ha visto a Fergus esta mañana?

El ama de llaves sacudió la cabeza mientras trabajaba sobre un palto de galletas recién hechas.

—No, milady, no le he visto desde la cena de anoche.

Eleanor asintió y le dio las gracias al tiempo que se daba media vuelta para salir. El corazón latía con tal aceleración en su corazón que tuvo que respirar a fondo varias veces para calmarse. Le temblaban las manos. Lo único en que podía pensar en ese momento era en encontrar a Gabriel.

Oyó entonces una puerta que se cerraba en la parte delantera de la casa.

¡Gabriel!

Con el dibujo de las niñas agarrado en su mano, Eleanor se apresuró hacia el vestíbulo desde la cocina.

Pero estaba vacío cuando llegó allí y advirtió que la puerta del salón donde había dejado a las niñas de repente estaba entornada. Debía de haber entrado ahí en su busca.

Se fue hacia la puerta.

—Gabriel, yo…

Pero no estaba allí. En su lugar, Juliana y Brìghde se hallaban en medio de la sala mirándola con gran confusión.

Eleanor entró.

—Chicas, ¿acaba de llegar a casa lord Dunevin? Me ha parecido oír la puerta.

—Sí, claro que sí, mocita. —Una voz llegó desde detrás de ella—. Pero no era el señor. Era yo mismo.

Eleanor se dio media vuelta y observó horrorizada cómo Fergus se adelantaba desde detrás de la puerta que le ocultaba. Un escalofrío de miedo recorrió sus brazos mientras caía en la cuenta de que aún tenía el dibujo en la mano.

Fergus también se dio cuenta.

—Me doy cuenta por el dibujo y la mirada en sus ojos que sabe la verdad. —Lanzó una mirada iracunda a Juliana—. Le dije que no debía abrir la boca porque si no el mar se tragaría a su padre igual que a su madre.

—Y fue lo que hizo, de lo asustada que estaba, ni siquiera podía hablar. —Eleanor dio otro paso situándose entre ellos—. ¿Cómo se atreve? —dijo con voz temblorosa por la emoción—. ¿Cómo se atreve a mentir así a una niña y aterrorizarla todo este tiempo, sobrecogiéndola con un temor tan horrible?

El hombre se sonrió con un gesto desagradable desde detrás de su barba entrecana.

—Pero era un plan muy astuto, y estaba funcionando hasta que apareció usted, haciendo tantas preguntas, intentando con tal empeño negar la maldición de mi familia cada vez que alguien la mencionaba.

—¿*Su* familia?

—Sí. ¿No sabía que yo soy un Maclean por parte de madre? —Sus estrechos ojos centelleaban mientras la miraba—. Fue mi abuelo el que me contó todo lo de nuestra antigua maldición de la bruja contra los MacFeagh.

Eleanor sintió que se le revolvía el estómago. El hombre en realidad estaba jactándose de su condición de asesino.

—¿Por qué, Fergus? ¿Por qué tenía que hacer cosas tan terribles? Gabriel siempre le ha tratado con amabilidad, como a un miembro de su propia familia.

—¿Familia? ¡Bah! —Fergus torció el labio con desdén—. Nunca fui nada más que el criado, al que mandaban a hacer esto y lo otro. Nosotros los Maclean nunca hemos sido lo bastante buenos para los MacFeaghs, incluso en tiempos del MacFeagh que empezó todo esto. Una Maclean le salvó la vida, ¿y cómo le pagó? Rechazándola una y otra vez. Pero al final, nosotros fuimos más fuertes porque teníamos el báculo de san Columbano durante todos estos años, oculto en un lugar en la isla que ni siquiera él conoce.

«... que ni siquiera él conoce.»

Eran las mismas palabras que Seamus Maclean le había dicho a Eleanor el día que fue a su casucha en Oban.

—El báculo está en Uamh nan Fhalachasan —dijo ella—. La Cueva de lo Oculto.

Los ojos de Fergus se abrieron bajo la tira raída de su gorra.

—¿Cómo sabe que...? —Entonces cayó en la cuenta—. Seamus Maclean, ese maldito necio.

Escupió con disgusto.

—No importa, porque pronto usted también se unirá a la primera lady Dunevin. Dos esposas muertas y dos muchachas muertas. Va a resultar muy difícil de explicar para MacFeagh.

Eleanor entonces captó un movimiento en el vestíbulo, atisbó a Gabriel demorándose tras la puerta, o sea que ella intentó mantener a Fergus hablando para que Gabriel se percatara de que tenían problemas.

—¿Por qué, Fergus? ¿Qué le han hecho a usted los MacFeagh?

—Cuando murió el padre del señor, Alexander, su hermano, Malcolm, pensó en reemplazarme. Dijo que yo ya era demasiado viejo para seguir siendo el ayudante del señor. Que ya no le servía al nuevo señor de Dunevin. No podía dejarle hacer eso. Habría sido una desgracia para mí y para la familia. Los MacFeagh ya nos habían deshonrado bastante.

—¿Y por eso le mató?

—Sí. Fue fácil. Todos pensaron que fue la ensalada lo que acabó con él. —Entonces se burló con sorna—. Se olvidaron del pasaje secreto que llevaba hasta la alcoba del señor. Lo único que hizo falta fue una gran almohada.

Eleanor podía ver a Gabriel escuchando desde la puerta. Temió que Fergus advirtiera cómo miraba, de modo que sostuvo el dibujo con un ademán.

—Pero, entonces ¿por qué Georgiana? ¿Qué le había hecho ella?

—Adivinó que era yo el que había matado al hermano del señor cuando me atrapó metiéndome en el pasadizo. Iba a contárselo al señor. No podía permitirle hacer eso. Yo...

Fergus advirtió entonces que Juliana escudriñaba con ansiedad en dirección a la puerta. Se volvió en el momento en que Gabriel se apresuraba a entrar, derribaba al hombre mayor y caía con él contra el sofá.

Los dos hombres forcejearon el uno contra el otro y Brighde se puso a chillar con los ojos muy abiertos mientras ellos luchaban sobre la alfombra, esparciendo pinturas y papeles y muebles por todas partes. Eleanor se apresuró a apartar a las muchachas, a calmarlas y llevárselas al vestíbulo, y desde allí gritó a la señora Wickett que pidiera ayuda.

Para cuando Eleanor volvió a acercarse a la puerta del salón, Gabriel tenía a un jadeante Fergus sujeto por la garganta contra la pared.

—Te mataré ahora por lo que le has hecho a mi familia. —Echó una mirada a la puerta y advirtió que Eleanor y las niñas estaban observándole paralizadas de horror. La mirada en los ojos de Juliana le detuvo. Ya había sido testigo de demasiado horror en su corta vida. Aquello era suficiente.

Gabriel lanzó una mirada de ira al criado.

—No someteré a mi hija a más locuras tuyas. Me contentaré sabiendo que muy pronto colgarás en la horca por tus acciones.

Gabriel sostuvo al hombre con firmeza contra la pared hasta que la señora Wickett, que había perdido su compostura habitual y estaba histérica de alarma, regresó con el magistrado.

Una vez se llevaron a Fergus, maniatado con cadenas, hizo falta un rato para explicar todo a las autoridades. Se presentarían cargos, sin duda se le acusaría y el magistrado aseguró a Gabriel que el juicio tardaría bastante tiempo, quizá un año o más. Gabriel remitió el tema a su abogado, el señor Pratt. No tenía ninguna intención de quedarse en Londres tanto tiempo.

Se marcharían por la mañana, como estaba planeado, y ni un momento más tarde.

Epílogo

Qué loco el que se casa por Navidad;
cuando el cereal se corta y nace el niño.
—Proverbio escocés.

Isla de Trelay, diciembre de 1820

*L*os siete días que van de Navidad a Año Nuevo se conocen en todas las islas escocesas como *Nollaig*, un momento en el que nadie debería realizar ningún trabajo, en el que lo propio es comer y hacer regalos, un momento repleto de celebración y alegría.

La mañana de Navidad todo el mundo competía por ver quien era el que abría primero la puerta ya que el que «dejaba entrar la Navidad» tendría garantizada la prosperidad para el año venidero. Cada niño esperaba con paciencia, con la seguridad de que iba a recibir una moneda de Navidad, o *bawbee*, de sus mayores. El acebo y el muérdago colgaban de todas las puertas, pues se sabía en todas las islas que las hadas se refugiaban bajo sus hojas y protegían a todos quienes cobijaban la planta sagrada.

Una compañía de jóvenes iba de cabaña en cabaña cada noche, cantando villancicos y cánticos de Navidad. En cada casa, la gente les recompensaba con pan, mantequilla, queso y otros caprichos para que los cantores disfrutaran más tarde.

Al frente de este grupo abigarrado de cantores de villancicos estaba el joven Donald MacNeill, vestido con una colorida levita confeccionada con telas escocesas y coronado por un tonto sombrero de tela blanda. Para animar a su público a que recompensara a su compañía de cantarines como se merecía, cantaba bastante alto y ciertamente desafinado, provocando muchas risas para que el dueño de la casa le diera un cesto lleno de tortitas sin levadura sólo por dejar de cantar.

El día de Nochevieja, encendieron una alta vela aromatizada con varias hierbas y especias en el gran vestíbulo. Tenía que ser lo bastante alta como para arder durante toda la noche, para asegurar buena suerte y prosperidad en el Nuevo Año. Ardían hogueras y antorchas, los niños recitaban rimas de Nochevieja. Cuando empezaba a anochecer se estudiaba el cielo, y si las nubes más grandes y algodonosas se situaban hacia el norte, sería un año de plenitud para hombres y animales.

Era un momento de verdadero regocijo y había muchos motivos de celebración para todos. Era el momento perfecto del año para celebrar una boda típica de las Hébridas.

Al poco de su regreso de Londres, Juliana les había dejado pasmados a todos cuando una mañana temprano bajó a desayunar, ocupó su asiento en la mesa y, como si fuera otro día cualquiera, pidió con toda calma un poco de sal para sus gachas de avena.

Gabriel dejó caer su taza de café.

Màiri rezó una oración de agradecimiento a los santos.

Eleanor simplemente sonrió, ya que siempre había creído que llegaría el día en que Juliana finalmente tendría algo que decir.

Sucedió justamente el día siguiente a que Seamus Maclean mostrara a Gabriel y a Eleanor dónde se encontraba la Cueva de lo Oculto, donde de hecho destaparon el antiguo báculo Maca'phi, perdido durante tanto tiempo, que devolvieron al lugar que le correspondía en el viejo baúl.

A partir de ese momento, fue como si de pronto amaneciera un día nuevo y glorioso. Y de hecho así había sido.

Juliana se reía, cantaba, hacía comentarios sobre casi todo lo que veía y nadie protestaba jamás; a menudo había ocasiones en las que Eleanor pillaba a Gabriel mirando a su hija, escuchándola con una sonrisa de dicha y ternura absolutas.

Frances y el viejo duque llegaron desde Londres poco antes de Navidad, y trajeron con ellos una sorpresa que dejó a Eleanor lloriqueando de placer. Amelia B. había venido a la boda, con toda su familia a la zaga, marido y dos niños, y las viejas amigas se habían sentado durante toda aquella primera noche, arropadas por el fuego de la chimenea en el estudio de Gabriel, bebiendo numerosas teteras y charlando igual que cuando eran compañeras de colegio.

Christian y Grace llegaron desde Skynegal la víspera de Navidad con las mejores noticias sobre el bebé que esperaban para algún momento del verano siguiente. Los Devonbrook, Catriona y Robert, navegaron desde Rosmorigh con el joven James, y trajeron también al hermano de Robert, Noah, y su esposa Augusta, con su hija pequeña, «Gussie», que tenía el pelo negro y los ojos atentos de su madre, y el buen talante de su padre.

La mañana de fin de año amaneció con unos copos de las primeras nieves sobre la ladera de la colina cubierta de brezo donde, pese al clima, Eleanor insistió en que les casaran. Mientras se preparaba para hacer el breve recorrido con Christian hasta donde los invitados ya estaban reunidos entre una dispersión de antiguas piedras verticales que daban a la bahía, oyó que alguien llamaba a la puerta de su habitación y la abrió para encontrarse con la visita inesperada del viejo duque esperando allí.

—Buenos días, niña, quería que tuvieras esto.

En sus manos sostenía una pequeña caja envuelta en un papel colorido y atada con una cinta de seda.

—Dicen que nunca es demasiado tarde para rectificar. Os traté fatal a ti y a tu hermano durante demasiado tiempo. Confío en que aceptes esto como primera muestra de mi arrepentimiento y de mi esperanza de un futuro feliz.

Eleanor abrió la caja que le descubrió un elegante collar con una larga cadena de vueltas de oro entrelazadas con delicadeza. Colgando de ella había un colgante redondo tallado en oro, esmaltado con gran colorido con el emblema de Westover.

—Hay un pequeño botón —dijo el duque, indicando el lado del colgante.

Eleanor lo encontró y lo apretó, y el colgante se abrió mediante un resorte, revelando dentro un reloj *oignon* de elegante filigrana. Un momento después, el suave repique tintineante empezó a tocar la melodía de una de sus piezas favoritas de Mozart.

Eleanor nunca había visto nada así. Miró al duque y sonrió.

—Gracias. Es verdaderamente precioso. —Se lo tendió—. ¿Me ayudarás a ponérmelo?

—Era de tu padre —dijo mientras enganchaba el cierre por detrás de ella. Eleanor se volvió y el duque la miró con ojos llenos únicamente de sinceridad—. Sí, *tu* padre, Eleanor. Era un gran amante de la música y le conmovería tu talento para la flauta. Quiero que lo conserves para que siempre guardes un recuerdo de él cerca, aunque nunca le conocieras. Era un buen hombre.

—Por supuesto que sí —dijo Eleanor, pestañeando para contener las lágrimas mientras abrazaba al duque, su abuelo, por primera vez en su vida—. Lo conservaré siempre.

Aquel día, el sol se abrió paso a través de las nubes dispersas del invierno por encima de ellos, bañando a los congregados con una brillante luz celestial mientras Eleanor y Gabriel se juraban sus votos de por vida, esta segunda vez en la antigua colina entre la nieve y la bruma, con su familia y amigos.

Momentos después, mientras miraban la bahía, Eleanor juraría haber visto la misma foca pequeña que las había seguido a ella y Juliana a lo largo de la costa. Sonrió.

Aquella noche, mientras el jolgorio se prolongaba en el gran salón hasta bien avanzada la madrugada, nadie se dio cuenta cuando el novio hizo desaparecer silenciosamente a la novia, escabulléndose por una apartada escalera lateral que sólo ellos conocían.

Gabriel había traído artesanos incluso de Edimburgo para trabajar en la restauración de la planta superior del castillo durante los meses posteriores al incendio; habían acabado las nuevas habitaciones del señor justo a tiempo para la noche de bodas.

Gabriel atrajo a Eleanor a sus brazos cuando estuvieron al otro lado de la puerta y la besó con ternura, esta mujer que había cambiado en tal medida todo su mundo. La miró, perdiéndose en el calor del amor que veía reflejado en sus ojos verdes. Fue entonces cuando de pronto recordó las palabras escritas por la bruja Maclean de Jura tantos años atrás.

«Alguien de corazón y mirada pura enmendará los errores del pasado...»

Y ciertamente Eleanor lo era. Agradeció en silencio el sortilegio que trajo a esta mujer a su vida, fuera cual fuera.

—Grace me ha dicho que debo llevarte en brazos al cruzar el umbral o me arriesgo a consecuencias terribles.

Eleanor le estaba mordisqueando la oreja, ansiosa de encontrarse a solas con él.

—Entonces, como no, hágalo, milord.

Gabriel la levantó hasta tenerla en sus brazos y tomó su boca en un profundo y apasionado beso que le provocó un hormigueo en la punta de los pies que la dejó aturdida de deleite. No dejó de besarla mientras abría la puerta con el codo y atravesaba la habitación. No separó la boca de ella hasta que la tumbó sobre la cama, su nueva cama en sus nuevas habitaciones.

Eleanor tardó un momento en percatarse exactamente en dónde estaba. Pero cuando lo hizo, sus ojos se iluminaron con un deleite instantáneo.

—¡La increíble cama del señor Gray! —Miró a Gabriel, evidentemente asombrada—. ¿Cómo conseguiste…?

—Requirió cierto esfuerzo y una gran dosis de persuasión, pero conseguí convencer a nuestro amistoso posadero de que simplemente nuestro hijo no podía nacer en otra cama que en ésta.

—¡Oh, Gabriel! —Eleanor le echó los brazos al cuello y le besó por todo el rostro—. ¡Gracias! ¡Gracias! Es el mejor regalo de bodas que una novia podría recibir.

—Tuve que prometerle a él y a la señora Gray que podrían visitarnos en verano. —Gabriel puso un mueca—. Ah, pero hay algo de lo que tenemos que ocuparnos antes de que podamos pensar en tener nuestros hijos en esta monstruosidad. —Le dedicó una mirada que acabó de retorcer por completo las puntas de los pies de Eleanor.

Sonrió radiante, pues ya sabía en qué estaba pensando.

—¿Oh, y qué puede ser, mi esposo?

Gabriel ni siquiera se molestó en contestarle. En vez de ello, se soltó la corbata, que arrojó al suelo, y se unió a ella en la cama mientras la atraía hacia sí, pegando sus labios a los de Eleanor para poder pasar las siguientes horas mostrándole de qué se trataba.

Nota de autora

Espero que hayáis disfrutado de vuestra visita con Gabriel y Eleanor, y con los amigos de otros libros de esta misma serie, durante el viaje por las brumosas islas occidentales de Escocia.

Aunque la isla de Trelay no existe en realidad, me basé en gran medida en las dos pequeñas islas de Colonsay y Oronsay, que quedan frente al litoral de Argyllshire en Escocia, cerca de la ciudad costera de Oban, que Gabriel y Eleanor visitaron en uno de los primeros capítulos de esta historia.

El castillo de Dunevin también es ficticio, aunque seguí el modelo de varios fortines de las Tierras Altas, incluido el de Duart en la isla de Mull, y el castillo Stalker en Argyllshire, dos fortalezas muy próximas a donde se desarrolla la historia de *Blanca Bruma*.

El clan MacFie es el nombre que recibe uno de los clanes escoceses más antiguos, tan antiguo de hecho que la historia de sus inicios no consta en ningún texto. Hay quien afirma que el clan surgió de un hada o bien de una mujer foca, pero es una creencia extendida que los primeros miembros de esta tribu de antiguos escoceses de pelo oscuro eran los habitantes originales de Colonsay, isla que mantuvieron hasta que les despojaron de ella en el siglo XVII.

Después de eso, los MacFie siguieron el mismo camino que los demás clanes rotos y desposeídos de sus tierras, y se refugiaron con algunos de los clanes más grandes en las costas e islas próximas.

El báculo mágico del clan que se menciona en el relato es una leyenda verdadera del clan MacFie, y se cree que les protegió durante cientos de años antes de que desapareciera más o menos durante la misma época en la que los MacFie perdieron su papel dominante en el extremo azotado por el viento de Escocia. Desde entonces nunca se ha vuelto a ver, pero su imagen está tallada en varias de las tumbas celtas de los antiguos jefes MacFie que pueden encontrarse hoy en día en el santuario de la isla de Oronsay fundada, dicen, por san Columbano.

Si alguna vez habéis visitado las islas y las Tierras Altas de Escocia, debéis de saber que verdaderamente es un lugar de bruma y magia. La antigua lengua gaélica afortunadamente aún perdura a lo largo y ancho de las islas, y en fechas recientes incluso ha disfrutado de cierto resurgimiento. La historia susurra por las laderas cubiertas de brezo, como el legendario son de la gaita, y en algunos lugares casi puedes creer que el tiempo se ha detenido durante cientos de años.

Una nota especial de agradecimiento para los lectores que me han escrito para opinar sobre los demás libros de esta serie. Os doy las gracias por vuestras amables palabras y por vuestras peticiones de continuidad de la colección. Me emociono cada vez que leo lo mucho que habéis disfrutado compartiendo un poco de vuestro tiempo con mis personajes. Mis gracias más sinceras por eso. Pero lo que empezó con *El secreto de Rosmorigh*, y continuó con *Magia Blanca* y *Caballero Blanco*, ha concluido con *Blanca Bruma*.

Al menos por ahora.

¿Quiere esto decir que nunca volveré a visitar a los amigos de esta serie de historias? Creo firmemente que nunca hay que cerrar las puertas a algo. Tal vez dejo que Juliana y Brìghde disfruten un poco de sus años de infancia y luego regreso a Trelay en otro momento, en otra historia. Pero al menos por ahora, la isla que me llama para el próximo relato es la isla de Skye, la más grande de las Hébridas, marcada en cada momento de la historia. Podéis conocer más cosas de este libro y de cualquiera de las historias venideras en mi website http://www.jacklynreding.com

www.titania.org

Visite nuestro sitio web y descubra cómo ganar
premios leyendo fabulosas historias.

Además, sin salir de su casa, podrá conocer
las últimas novedades de
Susan King, Jo Beverley o Mary Jo Putney,
entre otras excelentes escritoras.

Escoja, sin compromiso y con tranquilidad,
la historia que más le seduzca
leyendo el primer capítulo de cualquier libro
de Titania.

Vote por su libro preferido y envíe su opinión
para informar a otros lectores.

Y mucho más…